BASTEI
LÜBBE

Marie-Claire Villefranche

Amour Amour

Erotischer Roman aus Paris

Ins Deutsche übertragen von Cécile G. Lecaux

BASTEI LÜBBE

BASTEI-LÜBBE TASCHENBUCH
Band 13 945

Erste Auflage: April 1998
Zweite Auflage: Juni 1998

Deutsche Lizenzausgabe 1998 by
Bastei-Verlag Gustav H. Lübbe GmbH & Co.,
Bergisch Gladbach
Originaltitel: Amour Amour
Titelbid: IFA-Bilderteam
Umschlaggestaltung: QuadroGrafik, Bensberg
Satz: KCS GmbH, Buchholz / Hamburg
Druck und Verarbeitung:
Brodard & Taupin, La Flèche, Frankreich
Printed in France
ISBN 3-404-13945-3

Suzette am Morgen

Die Vorhänge vor den Schlafzimmerfenstern waren so dick und die Läden so fest verschlossen, daß der Raum auch um zehn Uhr früh noch im Dunkeln lag. Robert wachte zuerst auf. Er rollte sich auf den Rücken und streckte Arme und Beine, ohne Suzette zu stören.

Sie lag auf der Seite, ihm den Rücken zugekehrt, und atmete tief und gleichmäßig; sie mußte sich aus einer Umarmung gewunden haben, während sie beide schliefen. Sie hatte die Knie ein wenig angezogen, und ihr warmer, nackter Po berührte ganz leicht Roberts Hüfte.

Als er nach und nach richtig wach wurde, nahm er den schwachen Duft ihres Parfums wahr. Es war so edel sinnlich und exquisit teuer, daß das ganze Zimmer von ihm erfüllt schien. *Soir Fou* hieß es. Er selbst hatte es ihr geschenkt – nur eins von vielen Geschenken, die er ihr in den wenigen Monaten, die sie einander kannten, gemacht hatte. Er setzte sich vorsichtig auf, um sie nicht zu wecken, und stützte sich mit dem Arm auf das hölzerne Kopfteil des Bettes, so daß er sich über sie beugen und ihr Gesicht betrachten konnte.

Im dämmrigen Licht hob sich ihr Haar dunkel vom Kopfkissen ab, ein tiefschwarzer Fleck, undurchdringlich wie ein bodenloses Loch. Auch bei Tageslicht war die glänzende Haarpracht so rabenschwarz, daß er sich zuweilen fragte, ob nicht ein geschickter Friseur ein wenig nachhalf.

Sie trug das Haar gewöhnlich im Nacken hochgesteckt, mit einem Pony, der ihr in die Stirn fiel. Jetzt lag es offen über das weiße Kopfkissen mit dem zarten Spitzenbesatz gebreitet und ließ sie jünger aussehen als zweiundzwanzig Jahre. Daß sie das Haar tagsüber hochsteckte, hatte keinen modischen Hintergrund – sie bevorzugte diese Frisur allein deshalb, weil sie ihren langen schlanken Hals zur Geltung brachte.

Ihre Züge waren im Dunkeln nur undeutlich auszumachen, aber das war unwichtig – ihre klassische Schönheit hatte sich tief in Roberts Herz und Gedächtnis eingebrannt. Hätte er zeichnerisches Talent besessen, er hätte aus dem Gedächtnis ein gelungeneres Porträt von ihr anfertigen können als ein Maler vom linken Seineufer in mehreren Sitzungen.

Das Besondere an Suzette war, daß ihr Gesicht und ihr Körper eine harmonische Einheit von makelloser Schönheit boten. Schön zu sein war gewissermaßen ihr Beruf. Bei den Folies-Bergères zeigte sie jeden Abend auf der Bühne ihren wunderschönen Körper, dessen Anblick allen anwesenden Herren bewundernde Seufzer entlockte und ihre Sehnsüchte beflügelte.

Das heißt, Suzette zeigte sich nackt bis auf einen winzigen Slip aus goldenen Pailletten – nicht größer als eine Männerhand – und einem mit glitzerndem Straß besetzten Kopfputz mit meterhohen weißen Straußenfedern.

Natürlich trat sie nicht allein auf. Sie war eine von zwölf wunderschönen jungen Frauen, die gemeinsam verführerische Posen einnahmen auf sich drehenden Karussells und unter Kaskaden blitzender farbiger Lichter, vor eleganten Bühnenbildern aus Pappbögen und Kuppeln im Stil des alten Bagdad oder anderen exotischen Kulissen. Die zwölf Showgirls bildeten einen faszinierenden, lebenden Hintergrund, jung und appetitlich, neun Zehntel ihrer Körper den Blicken des bewundernden Publikums ausgesetzt. Es war die berühmte Kulisse der großen Stars von den Folies-Bergères.

Aber zu sagen ›ein Dutzend junger Frauen wie Suzette‹ wäre falsch gewesen und hätte ihr Unrecht getan. Alle zwölf waren hübsch, sonst wären sie erst gar nicht engagiert worden. Unscheinbare Frauen mußten zusätzlich Talent besitzen, das an Genie grenzte, um es auf der Bühne zu etwas zu bringen – wie beispielsweise Edith Piaf mit der Stimme eines Engels aus der Gosse, der von Herzensleid sang.

Häßliche Frauen, die namentlich zu benennen grausam wäre, mußten noch außergewöhnlicheres Talent vorweisen können, um auf der Bühne erfolgreich zu sein. Aber Schönheit war für sich allein schon eine Begabung, die keiner weiteren Bestätigung bedurfte.

Bei Männern war das selbstverständlich anders. Ein Mann auf der Bühne mochte beinahe so bizarr aussehen wie ein Wasserspeier von Notre Dame und konnte trotzdem, wenn er singen, ein wenig tanzen und dazu Charme versprühen konnte, sehr erfolgreich sein – wie so viele in der Vergangenheit bewiesen haben. Wie immer sind die Männer auch hier im Vorteil.

Aber lassen wir das. Obgleich die anderen elf Schönheiten neben Suzette im Ballett der Folies beinahe ebenso groß waren wie sie und ihre Brüste und Körper ebenso makellos waren, mit faszinierenden kleinen Grübchen als Nabel – trotz alledem und vielem mehr vereinten sich in Suzettes Körper die Teile zu vollkommener Schönheit, die sie außergewöhnlich machte.

Zumindest in den Augen von Robert Dorville. Er lehnte sich vor, um ihre nackte Schulter zu küssen, und lächelte, als er sie im Schlaf leise seufzen hörte. Ihre Haut fühlte sich unter seinen Lippen warm und samtig an. Er zog das Laken weiter herunter, um mehr von ihrem wundervollen Körper zu entblößen, und kniff in der Dunkelheit die Augen zusammen, um die schattenhaften Umrisse einer runden und entzückenden Brust ausmachen zu können. Aber ihre ganze Faszination ging im Dunkel unter, die rosige Farbe ihrer frechen, kleinen Brustwarzen nur verschwommene Schatten, die sich schwach vom blassen Schimmer ihrer Haut abhoben.

Mit unendlicher Geduld langte er über ihre nackte Schulter hinweg, bis er ihre warme Brust mit seiner Hand umschließen konnte. Die Freuden des Tastsinns werden nicht von Licht oder Dunkel, Sonnenschein oder Schatten gesteuert, weder verstärkt noch vermindert. Ganz vorsichtig, um sie nicht zu wecken, ließ Robert sich wieder neben ihr auf die Matratze sinken, an ihren langen, nackten Rücken geschmiegt. Seine Hand glitt von ihrer Brust abwärts über ihren flachen Bauch, und er genoß es, ihren schlanken Körper zu fühlen. Dann wagten sich seine Finger weiter vor …

Aber sie hatte im Schlaf die Knie angezogen, und ihre Schenkel lagen übereinander, so daß Robert sein Ziel nicht erreichen konnte. Mit ein wenig Glück, sagte er sich, konnte er sie, wenn er sie zwischen den Schenkeln streichelte, sanft wecken, erregt und bereit, ihn zu empfangen. Sie würde sich auf den Rücken drehen, damit er sich auf sie legen konnte, und bereitwillig die Beine spreizen.

Seine Männlichkeit drückte steif und bebend vor Erregung gegen ihren weichen Po. Ganz sanft massierte er mit der offenen Hand ihren Bauch, in der Hoffnung, ihrem schlafenden Bewußtsein sein Verlangen einzuflößen.

Sie rührte sich und murmelte etwas Unverständliches, vielleicht zu sich selbst. Robert unterbrach sein Streicheln, als sein Glied von dem Vergnügen, das die Berührung ihrer seidigen Haut ihm bereitete, ungeduldig zuckte und danach lechzte, in sie einzudringen.

Sie schien das leichte Zucken an ihrer Haut wahrzunehmen und drehte sich langsam auf den Rücken. Ihre Beine streckten sich, und Roberts Hand wanderte tiefer, auf das samtige Dreieck zwischen ihren Schenkeln zu.

Aber Robert hatte sich zu früh gefreut; ihre Schenkel blieben beisammen. Und trotz der Dunkelheit konnte er erkennen, daß sie die Augen geöffnet hatte und zu ihm aufblickte.

»Bonjour, chérie«, sagte er leise und küßte sie, während seine Finger weiter versuchten, sich zwischen ihre Schenkel zu schieben.

»Robert, chérie!« antwortete sie leise.

Sie setzte sich auf und machte endgültig seinen Versuch zunichte, sie zwischen den Schenkeln zu streicheln. »Ist es früh oder spät?«

Er warf einen Blick auf das Leuchtzifferblatt seiner goldenen Armbanduhr. Suzette fand es unzivilisiert, im Bett eine Uhr zu tragen, aber es war ein sehr teures Stück, mehr ein Schmuckstück als ein Zeitmesser. Er nahm sie nur zum Baden ab.

»Kurz nach zehn«, entgegnete er. »Aber wen interessiert das? Leg dich wieder hin und laß mich dich in den Armen halten.«

Er hatte einen Ellbogen auf das Kissen gestützt und betrachtete sie im dämmrigen Licht. Sein geistiges Auge fügte die Einzelheiten ihres makellosen, ovalen Gesichts ein, die er in der Dunkelheit nicht auszumachen vermochte. Sie legte die Hand sanft um sein Glied.

»Sag mir, daß du mich liebst«, verlangte sie.

»Ich bete dich an, Suzette«, antwortete er ohne Zögern.

»Das sagst du nur, weil du möchtest, daß ich mich hinlege und mich von dir belästigen lasse«, erwiderte sie. »Ich bin überrascht, daß du nach der vergangenen Nacht die Energie aufbringst, überhaupt an so etwas zu denken!«

»Wenn ich bei dir bin, kann ich an nichts anderes denken, *chérie*«, entgegnete er, während seine Hand auf ihrem Bauch weiter versuchte, sich zwischen ihre zusammengepreßten Schenkel zu schieben.

Seine Fingerspitzen waren bis dorthin vorgedrungen, wo bei den meisten Frauen die krausen Härchen begannen, so daß sie nur noch wenige Zentimeter von ihrem Ziel trennten.

Zwischen Suzettes Schenkeln waren keine Härchen, wie er sehr wohl wußte. Bei ihren nächtlichen Bühnenauftritten trug sie interessante Variationen der winzigen *cache-sexe*, die der Anstand vorschrieb. Bei manchen Szenen waren sie aus schwarzem, mit Straß besetzten Leder, bei anderen aus Goldlamé oder sogar schwarzer Spitze –

oder nur ein Hauch weißer Federn, je nach Laune des Kostümdesigners.

Darum entfernte Suzette aus ästhetischen Gründen ihr natürliches keines schwarzes Pelzmäntelchen vollständig. Ihre Haut war glatt, samtig und schimmerte wie Porzellan, von ihrem Bauchnabel bis – nun ja, bis zwischen ihre Schenkel.

»Bist du ein Mann oder eine Dampfmaschine?« fragte sie und drückte Roberts Glied jetzt fester. »Hast du denn nie genug?«

»Aber du liebst es doch, wenn ich dich belästige«, konterte er. Sein Mittelfinger war inzwischen nur noch einen Zentimeter von den weichen Lippen entfernt, die ihn magisch anzogen.

»Stimmt«, gab sie zu. »Aber nicht vor dem Frühstück. Erst brauche ich einen Kaffee.«

Ehe er reagieren und sie zurückhalten konnte, glitt sie unter seinem Arm fort und schwang die Beine seitlich über die Bettkante. Robert lag zutiefst enttäuscht da, während sie barfuß zum Fenster ging, die Vorhänge zurückzog und die Klappläden öffnete.

Das grelle Tageslicht blendete ihn einen Augenblick, dann hörte er den vorbeifahrenden Verkehr auf der Rue de Rome und das Rattern der Züge drüben in der Gare St. Lazare.

Sobald seine Augen sich an die Helligkeit gewöhnt hatten, bot sich ihm eine herrliche Ansicht von Suzettes nacktem Po, als sie sich über die leuchtendroten Geranien auf der Fensterbank beugte, um die morgendliche Szene unten zu betrachten.

Es war ein ausgesprochen hübscher Po, kein Zweifel, und Robert wäre am liebsten aus dem Bett gesprungen, um die zwei prallen runden Backen zu küssen. Dann würde er die Arme um Suzettes Taille schlingen und die Zähne in ihr Fleisch graben, bis sie sich anmutig wand und *Non, non!* rief.

Zwischen den perfekten Backen, sichtbar, weil sie nun

vorgebeugt war und die Schenkel nicht mehr zusammendrückte, konnte er die langen, glatten rosigen Lippen erahnen, die das Ziel seines Begehrens waren.

Da sie splitternackt war, konnte jeder in der Rue de Rome – und um diese Zeit herrschte dort rege Betriebsamkeit –, der zufällig zum zweiten Stock hinaufsah, Suzettes zerzausten Haarschopf am Fenster erspähen. Und, noch reizvoller, ihre wundervollen Brüste, die ebenfalls von unten zu sehen sein mußten!

Dieser Gedanke schoß Robert durch den Kopf, während er von seiner Position auf dem Bett aus die festen Backen ihres reizenden nacken Hinterns betrachtete. Schmerzhafte Stiche höchst unvernünftiger Eifersucht durchbohrten ihn wie Dolche – wie konnten diese idiotischen Passanten es wagen, sich an Suzettes Brüsten zu ergötzen!

Seine Eifersucht war nicht nur deshalb völlig unvernünftig, weil er keinerlei Besitzansprüche an ihr hatte – sie waren nicht verheiratet, er war nicht ihr Verlobter, nicht einmal ihr erster Liebhaber, und sie hatten nie ernsthaft die Möglichkeit einer dauerhaften Beziehung in Betracht gezogen. Darüber hinaus war jegliche Eifersucht deshalb absurd, weil Abend für Abend Hunderte von Fremden ihre Brüste anstarrten, wenn sie auf der Bühne der Folies-Bergères stand.

Aber wann wären intime Beziehungen zwischen Mann und Frau je von Vernunft und Logik geprägt gewesen? Robert wollte aus dem Bett steigen, die Arme um Suzette legen und die Hände über ihre wunderschönen Brüste legen, um sie vor neugierigen Blicken zu schützen. Das Vergnügen, sie zu berühren, während er ihre Blöße bedeckte, wäre Lohn genug.

Zumal er hierzu unweigerlich dicht hinter ihr stehen mußte, seine Erektion an ihren Po gepreßt, zwischen seinem Bauch und ihren warmen Bäckchen gefangen!

Dies würde aller Wahrscheinlichkeit nach zu weiteren, intimeren Zärtlichkeiten führen. Wenn er sie umdrehte, fort vom Fenster und den Voyeuren der Rue de Rome, könnte er eine Hand von einer Brust nehmen und sie abwärts gleiten lassen, dorthin, wo er sie sich wünschte – zwischen ihren Schenkeln.

Dann würde eine sanfte Liebkosung sie in die richtige Stimmung bringen, ins Bett zurückzukehren und ihn seinen noch nicht aufgegebenen Plan in die Tat umsetzen zu lassen, mit ihr zu schlafen. Die vergangene Nacht war phantastisch gewesen, aber letzte Nacht war eben letzte Nacht – dies war ein völlig neuer Tag. Ein Tag neuer Versprechungen und Hoffnungen – ein Mittwoch, der angemessen begrüßt werden sollte.

All das spielte sich jedoch allein in Roberts Phantasie ab. Suzette zog den Kopf zurück und wandte sich vom Fenster ab. Sie hob die Arme über den Kopf, wölbte den langen Rücken und streckte sich gähnend.

Robert fand den Anblick entzückend – die schöne Suzette, wie sie splitternackt eine Show abzog. Natürlich war er wütend auf sie, aber jeder Mann, der in dieser Situation nackt auf dem Bett gelegen hätte, wäre angetan gewesen davon, wie ihre Brüste sich beim Strecken der Arme hoben. Jeder Mann hätte wie Robert ein schmerzhaftes Ziehen in den Lenden verspürt beim Anblick ihres vorgeschobenen Bauches. Und jeder hätte in unverhohlener Bewunderung geseufzt beim Anblick der langen, rosigen Lippen zwischen den schlanken Schenkeln, durch ihre Haltung mit gespreizten Füßen, das Gewicht schwerpunktmäßig von einem Bein getragen, in ihrer ganzen verführerischen Pracht entblößt.

Das Schauspiel war für Robert so erregend, daß sein Glied unter dem Laken zuckte.

»Komm wieder ins Bett«, bat er. »Ich bete dich an!«

Robert war ein sinnlicher Mensch, der für diese aufregenden Augenblicke in Frauenschlafzimmern lebte. Er liebte ihre Körper, die er als vollendeter Liebhaber küßte und liebkoste. Er entfachte in ihnen ungeahnte Gefühle, versetzte sie in Ekstase, schürte die Lust, bis sie sich in atemberaubenden Höhepunkten entlud. Aber zu seinem Leidwesen war er darüber hinaus ein unverbesserlicher Romantiker, der dazu neigte, Lust und tiefe, dauerhafte Gefühle durcheinanderzubringen. Das war bedauerlich und machte ihn zuweilen sehr unglücklich.

»Kaffee«, sagte Suzette und nahm ihren kurzen, türkisrot gemusterten Kimono von einem Stuhl.

Zu Roberts großem Bedauern zog sie den Kimono über und verknotete den Gürtel um ihre schlanke Taille, so daß ihre Reize bis auf die wohlgeformten Waden und schlanken Fesseln verhüllt waren.

Ehe er dazu kam, noch ein Wort zu sagen, hatte sie die Schlafzimmertür geöffnet und war fort. Robert ließ sich in die Kissen zurücksinken, eine Hand um sein trauriges, enttäuschtes Glied gelegt. Kurz darauf hörte er durch die Tür eine Unterhaltung.

Suzette teilte sich die Wohnung mit einer Freundin – Gaby Demaine – die in einem Ensemble tanzte, das zweimal am Abend im Cabaret Mouchard auftrat. Gaby war im gleichen Alter wie Suzette, eine große langbeinige Schönheit mit dem geschmeidigen Körper einer Frau, die ihren Lebensunterhalt damit verdiente, daß sie auf einer Bühne die Beine schwang.

Im Kontrast zu Suzettes rabenschwarzem Haar war Gabys blond, genaugenommen so hell, daß man es als silbrigblond bezeichnen konnte – fast zu blond, wenn man Robert fragte. Natürlich fragte ihn niemand, und Gaby blieb so blond, wie es ihr gefiel.

An den Abenden, da Robert nach der Vorstellung auf Suzette wartete und mit ihr ausging, hätte er es vorgezogen, sie anschließend zum Liebesspiel mit in seine eigene Wohnung zu nehmen. Er wohnte in einem gepflegten Mietshaus in der Nähe des Boulevard de la Madeleine, in einer geräumigen und komfortablen Wohnung, die geschmackvoll und modern eingerichtet war. Aber obwohl Suzette ihn zwei oder dreimal dorthin begleitet hatte, fühlte sie sich in ihren eigenen vier Wänden wohler, auch wenn diese bei weitem nicht so komfortabel und praktisch waren. Und trotz Gabys Anwesenheit.

Robert war diese Vorliebe für die Rue de Rome gelinde gesagt unverständlich, aber andererseits wußte ja jeder, daß Frauen von Natur aus rätselhafte Wesen waren. Er ging von dem stark duftenden Schlafzimmer in das winzige, überfüllte Bad, zog Hemd und Hosen an und gesellte sich dann zu Suzette und Gaby, die in der Küche im Stehen ihren Kaffee tranken und tratschten. Gaby trug keinen Kimono wie Suzette. Sie war mehr oder weniger fertig angezogen, da sie bereits unten gewesen war, um beim Bäcker frische Croissants zu holen.

Sie hatte sich noch nicht geschminkt, sich noch nicht mal die Lippen angemalt, aber ihr langes blondes Haar war gekämmt, und sie trug einen rosagestreiften Pullover über einem grauen Plisseerock. Keine Strümpfe, wie Robert registrierte, als sie sich *bonjour* sagten. Ganz offensichtlich war sie gleich nach dem Aufstehen in Rock und Pullover geschlüpft, ohne sich mit Unterwäsche aufzuhalten.

Das verriet ihm auch der enganliegende Pullover, unter dem sich deutlich die Brüste abzeichneten. Und der Rock, der die Konturen ihres runden Tänzerinnen-Pos nachzeichnete, ließ darauf schließen, daß sie auch auf einen Slip verzichtet hatte.

Wenn Robert der süßen Suzette nicht so ergeben gewesen wäre, hätte er sich fast sicher mit Gaby zusammengetan. Sie wußte das, weil hübsche Frauen immer wissen, was Männer über sie denken, vor allem, wenn es darum geht, ihnen an die Wäsche zu gehen, auch wenn sie gar keine anhaben.

Gaby hatte Robert nie ermutigt, nicht im geringsten. Für sie waren Männer nur Begegnungen *en passant*, sie kamen und gingen, alle ziemlich gleich. Ihre Freundschaft mit Suzette war ihr unendlich viel wichtiger.

Die Stimmung wurde ein wenig förmlicher, als Robert dazukam. Der Tisch wurde gedeckt, und er bekam einen

Teller mit Croissants, etwas Butter und süßer Aprikosenmarmelade vorgesetzt, die er so gerne aß. Die Frauen setzten sich zu ihm, knabberten kleine Bissen Croissant und tranken ihren *cafe au lait*.

Gabys Brüste hätten aufgrund des dünnen Pullovers ebensogut nackt sein können, und Suzettes Kimono klaffte vorn auf, so daß ihr Busen ebenfalls weitgehend entblößt war. Alles in allem eine Frühstücksszene, an der Robert Gefallen fand.

»Liebe Gaby, hast du auch eine Zeitung mitgebracht?« fragte er.

»Wozu?« fragte sie, und ihre Brüste hüpften verführerisch unter dem Pullover, als sie die Achseln zuckte. »Es ist zu deprimierend, jeden Tag von Vergewaltigungen, Betrügereien und Morden zu lesen oder darüber, ob die Regierung nun gestürzt wurde oder nicht.«

»Und, wurde sie?« fragte Robert besorgt.

»Woher soll ich das wissen?« entgegnete sie desinteressiert. »Mach das Radio an, wenn du schlechte Nachrichten hören willst. Regierungen überdauern nie länger als sechs Monate, bevor man ihre Skandale enthüllt. Die jetzige ist schon überfällig. Und dieser ganze Unfug nur deshalb, weil man General de Gaulles Rücktritt akzeptiert hat, nachdem er doch Frankreich befreit hatte. Ihn gehen zu lassen war dumm, sogar für Politiker. Seit diesem Tag wird das Land von Betrügern und Luden regiert.«

»Und du Suzette? Bist du auch Gabys Ansicht?« wollte Robert wissen, wobei sein Tonfall seine Wut über Gabys Worte verriet.

»Ich interessiere mich nicht für Politik, das weißt du doch«, erwiderte sie kühl.

Ihre schöngeschwungenen Lippen verzogen sich zu einem entzückenden Schmollmund, der ihre Verachtung kundtun sollte. Robert wollte sie küssen, die Hände unter den Kimono schieben und diese wunderbaren Brüste fühlen. Ah, wäre sie doch bloß am vergangenen Abend mit in seine Wohnung gegangen! Ohne Gabys störende Anwesenheit hätte er sie seit dem Aufwachen schon zweimal geliebt, im Bett und auf dem Frühstückstisch!

Unter den gegebenen Umständen hielt es Robert für das Beste, das Thema Politik fallenzulassen. Als er in sein zweites Croissant biß, ging ihm auf, daß er Suzette wohl kaum dazu bewegen könne, mit ihm ins Bett zurückzugehen. Trotzdem war es einen Versuch wert, jetzt da sie ihren Kaffee getrunken hatte und endlich richtig wach war.

Er griff über den Tisch hinweg nach ihrer Hand und drückte ihren Handrücken an seine Wange. Er lächelte und erklärte ihr blumig, wie wunderschön sie morgens nach dem Aufstehen wäre. Er ging sogar soweit, ihre Augen als Rehaugen zu bezeichnen, was Gaby ein Kichern entlockte.

Um halb elf von ›früh‹ zu sprechen, das bringen nur Langschläfer fertig. Unnötig, darauf einzugehen, daß Suzette gern hörte, daß sie schön sei – das hört jede Frau gern. Andererseits hatten ihr das seit ihrem vierzehnten Geburtstag schon so viele Männer gesagt, daß sie Komplimente inzwischen nur als Prolog einer geplanten Verführung betrachtete.

Nicht, daß sie etwas dagegen gehabt hätte. Sex rangierte auf der Liste ihrer Lieblingsbeschäftigungen ganz oben, gleich hinter ihren Bühnenauftritten. Aber es war nur vernünftig, nie zu vergessen, daß Männer mit einer gewissen Steifheit in der Hose immer irgendwas Charmantes erzählten und alles versprachen. Sogar die unscheinbarste Frau bekam in solchen Augenblicken zu hören, wie schön sie sei, und selbst abgebrannte Nassauer versprachen großzügig Diamanten und Rubine, wenn es darum ging, einer Frau zwischen die Beine zu fassen.

Auch Gaby merkte natürlich, was er vorhatte. Sie zwinkerte Suzette zu, grinste und erinnerte sie daran, daß sie vereinbart hatten, zusammen in den Galeries Lafayette auf dem Boulevard Haussmann Unterwäsche zu kaufen. »Ja natürlich«, sagte Suzette und stand zu Roberts Enttäuschung auf. »Dann mache ich mich jetzt besser fertig. Wird nicht lange dauern. Robert, *chérie*, möchtest du uns nicht begleiten? Du könntest uns hinterher zum Mittagessen einladen.«

Ihr hübscher türkis-roter Seidenkimono – ebenfalls ein Geschenk von Robert – war verrutscht, während sie mit übereinandergeschlagenen Beinen am Tisch gesessen hatte. Sie zog ihn wieder fester zu, bedeckte ihre Beine und knotete den Gürtel enger. Einen flüchtigen Moment, kaum länger als ein Zwinkern, bekam Robert einen wohlgeformten Schenkel zu sehen.

Das reichte für seine rege Phantasie, die sofort zwei lange, makellose nackte Schenkel mit zwei rosigen Lippen dazwischen heraufbeschwor – Schenkel, die sich anmutig spreizten, um ihn zu empfangen, Schenkel, die sich von der Matratze hoben, um seine Taille zu umschlingen, Schenkel, die ihn an ihren bebenden Leib preßten!

Aber es war vergeblich. Der Kimono war züchtig geschlossen, und Suzette beabsichtigte ganz offensichtlich nicht, ihn mehr sehen zu lassen. Ob sie ihm erlauben würde, ihr in der Wanne den Rücken zu waschen? fragte er sich, während sein Glied in seiner Hose wieder bebte vor unterdrücktem Verlangen.

Er liebte es, mit ihr zu baden. Nachdem er mit teurer duftender Seife – ein Geschenk von ihm – ihren Rücken gewaschen hatte, würde er ganz selbstverständlich zu ihren Brüsten übergehen, so zärtlich, daß das Einseifen beinahe einem Streicheln gleichkam, sofern überhaupt jemand einen Unterschied darin sehen wollte. Und von den Brüsten könnte er die Hände sanft über ihren warmen Bauch abwärts gleiten lassen …

»Ich brauche keine zwanzig Minuten, um zu baden und mich anzuziehen«, versicherte Suzette Gaby. »Kannst du mir ein Paar Strümpfe borgen? Ich habe mir mein letztes Paar gestern ruiniert.«

Robert kam zu dem bedauerlichen Schluß, daß an diesem Morgen nichts zu machen war. Es würde keine

Rückkehr ins Bett geben. Er konnte also ebensogut gehen.

»Ich würde liebend gern mit euch einkaufen gehen, aber heute kann ich nicht«, sagte er mit einem Kopfschütteln, das wichtige Geschäfte signalisieren sollte. »Ich bin zum Mittagessen verabredet.«

»Wie schade«, meinte Gaby mit leicht ironischem Unterton und warf ihm unter langen Wimpern einen Blick zu, als sie sich erhob.

Er verabschiedete sich mit einem Kuß auf die Wange von Gaby und drückte flüchtig ihre Schulter. Ihre Haut fühlte sich warm und verlockend an durch den dünnen Pullover. Suzette begleitete ihn zur Tür, wo er sie in die Arme schloß, sie leidenschaftlich küßte und dabei ihren Po knetete.

Nachdem er gegangen war, setzte Suzette sich wieder hin. So eilig brauchten sie nicht zum Boulevard Haussmann aufzubrechen. Sie und Gaby plauderten noch eine weitere Viertelstunde über Belanglosigkeiten. Dann überraschte sie ihre Freundin mit der Bemerkung, daß sie beginne, Roberts überdrüssig zu werden.

»Aber warum denn?« fragte Gaby und schüttelte verständnislos den hübschen blonden Kopf. »Er sieht gut aus und trägt dich auf Händen!«

»Soll ich dafür dankbar sein? Ich sehe auch gut aus, und auch ich bin nett zu ihm.«

»Na ja«, bemerkte Gaby und wölbte die Brauen. »Wenn ich das Stöhnen, das ich durch die Schlafzimmerwand höre, als Anhaltspunkt nehme, würde ich sagen, daß er als Liebhaber fünf Sterne verdient. Er ist verrückt nach dir und hat reichlich Kohle.«

Sie untermalte ihre Bemerkung, indem sie Daumen und Zeigefinger aneinanderrieb.

»Das weiß ich alles«, seufzte Suzette. »Aber das ist es nicht, was ich will.«

»*Bon Dieu*! Wenn dir das noch nicht genug ist, was willst du *dann*? Einen ausländischen Millionär mit einer

Yacht, einem eigenen Flugzeug und einer Suite im Ritz? So einen findet man nicht im Laden wie ein Paar Strümpfe, weißt du! Etwas Besseres als Robert wirst du nie finden; er ist es wert, an ihm festzuhalten. Wenn du dem Glück ins Auge spuckst, könntest du es noch bereuen.«

»Das Problem ist, daß er mich nicht ernst nimmt«, entgegnete Suzette. »Er tut zwar so als ob, aber im Grunde sieht er in mir nur ein hübsches Gesicht und einen schönen Körper. Eine lebensgroße Puppe zum Spielen – das bin ich für ihn, mehr nicht.«

»Ehrgeiz ist ja eine feine Sache«, sagte Gaby, »jeder sollte Ehrgeiz haben. Mein Traum ist es, im Lido zu tanzen und dann mit dem Ensemble in Monte Carlo, New York und London aufzutreten. Und einen phantastischen Vertrag von den Filmleuten in Hollywood zu ergattern – sie brauchen mich dort, jetzt wo Betty Grable fast vierzig ist, ganz zu schweigen davon, daß ich eine bessere Tänzerin bin, als sie je eine war. Und ich möchte einen Herzog oder Grafen heiraten, mit einem großen Haus und Dienstboten, die mich in der Avenue Foch und einem Château an der Loire verhätscheln.«

Suzette lächelte. »Letzte Woche wolltest du noch einen brasilianischen Großgrundbesitzer, der Polo spielt, eine eigene Goldmine besitzt und die größte Wohnung im nobelsten Viertel von Rio de Janeiro.«

»Ich bin zu dem Schluß gekommen, daß ich nur in Frankreich glücklich sein kann«, entgegnete Gaby und zog die perfekte Nase kraus. »Ich bin nicht mehr auf der Suche nach einem reichen Ausländer.«

»Pech für die Brasilianer«, meinte Suzette. »Aber ich möchte immer noch Sängerin werden, und daran wird sich *nie* etwas ändern. In ein, zwei Jahren könnte ich ganz oben sein. Alles, was ich brauche, ist eine Chance und ein wenig Unterstützung.«

»Bezahlt Robert deinen Gesangsunterricht?«

»Ganz sicher nicht! Ich will nicht, daß später gesagt wird, jemand anders hätte meinen Traum wahr werden lassen. Ich zahle die Stunden selbst. Robert ist dagegen – er meint, daß ich meine Zeit vergeude, obwohl er es nicht offen ausspricht.«

»Die Hälfte der Mädchen, die in der Rue de Belleville geboren sind, möchten Sängerinnen werden«, sagte Gaby und zuckte mit einer schlanken Schulter. »Die anderen wollen als Huren Karriere machen. Rate mal, welche Hälfte ihren Traum wahr macht?«

Gaby findet einen neuen Freund

Es war schon nach zwölf, als Suzette und Gaby schließlich in den Galeries Lafayette eintrafen. Es war eine ihrer liebsten Einkaufsstätten – sie mochten das stilvolle Belle-Epoque-Ambiente des Kaufhauses, die Goldfarben und das viele Glas, die Schnörkel und Arabesken. Es machte ihnen Spaß, sich ins Gewühl zu stürzen und die Auslagen zu betrachten. Sie waren belustigt von Kunden, die von den Verkäuferinnen erwarteten, daß sie ihnen dies und jenes zeigten, um dann an allem etwas auszusetzen – vor allem Frauen mittleren Alters mit kleinen Schoßhündchen.

Aber ganz besonders amüsierte es sie, die Scharen plappernder, junger Frauen mit älteren Freunden im Schlepptau zu beobachten. Und sie belächelten die Männer, die allein gekommen waren und den Verkäuferinnen das Leben schwer machten bei der Auswahl eines Geschenks für ihre Herzensdame. Männer schienen so wenig Phantasie zu haben, daß sie fast immer Dessous oder Parfum wählten – oder beides.

Die Lingerie-Abteilung, die Suzette und Gaby ansteuerten, verfügte über eine reiche Auswahl eleganter Nachthemden. Zur Zeit waren lange spitzenbesetzte Modelle aus Satin oder preiswerterem Nylon modern, mit hoher Taille, um die Brüste zu betonen, und tiefem Dekolleté, um die Männer zu reizen. Gaby betrachtete die Negligés mit merkwürdigem Blick, um dann festzustellen, daß sie sich nicht vorstellen könne, welche Frau solche Fummel im Bett trüge – zweifellos müsse es sich um unscheinbare alte Jungfern handeln, die allein schliefen und etwas brauchten, um sich aufzuheitern. Oder vielleicht Frauen, die schon lange verheiratet waren und versuchten, das Interesse ihrer Männer neu zu wecken, indem sie ihren Körper, den diese nur zu gut kannten, neu verpackten.

Für sich selbst erachtete sie es als überflüssig, ein Nachthemd anzuziehen, nur damit es ihr drei Minuten später von einem hechelnden Mann wieder ausgezogen wurde. Es war viel einfacher, gleich nackt ins Bett zu gehen.

Suzette widersprach und behauptete, Gaby wäre nur dieser Ansicht, weil sie nicht jeden Abend nackt in den Folies-Bergères auftreten mußte, um sich von hechelnden Männern anstarren zu lassen. Wäre sie dazu verdammt, würde sie Nacktheit weniger reizvoll finden und das Vergnügen verstehen, etwas Hübsches auf dem Leib zu tragen.

Und überhaupt, sagte sie, wäre es aufregend, sich ausziehen zu lassen.

»Was! Du willst mir weismachen, daß du ein raffiniertes Nachthemd anziehst, wenn du Robert mitbringst?« rief ihre Freundin aus. »Erzähl mir doch keine Märchen. Er wirft dich aufs Bett und hat dich ausgezogen, eine Sekunde nachdem die Tür zugefallen ist.«

»Du beobachtest uns durchs Schlüsselloch, stimmt's?«

»Das brauche ich gar nicht. So benehmen sich Männer eben, sobald sie einen ins Bett bekommen haben – so macht es Claude auch bei mir. Und ich liebe es, wenn ein Mann im Bett dominant ist.«

»Hast du Claude in letzter Zeit gesehen?« fragte Suzette, bemüht, ihre Frage beiläufig klingen zu lassen.

»Nein«, gestand Gaby mit einem verärgerten Achselzucken. »Seine Frau ist schwanger, und er ist zu ihr zurückgegangen. Ich habe schon immer gedacht, es wäre zu schön, um wahr zu sein.«

»Der bekehrte Herr Anwalt mag ja in Geldfragen großzügig sein, aber das heißt noch lange nicht, daß er für dich der Richtige ist«, stellte Suzette fest. »Und was die Dominanz betrifft, hat eben jeder seinen eigenen Geschmack. Wenn man allerdings Gefallen daran findet, sich fesseln und auspeitschen zu lassen, sollte man sich auf seinen Geisteszustand untersuchen lassen.«

»*Oh la la!*« rief Gaby aus. »Wofür hältst du mich? Für Blaubarts Freundin? Ich meinte doch nicht diese Art von Dominanz. Aber ich mag es, wenn ein Mann mich so festhält, daß ich kaum noch Luft kriege, und seine Hände über meinen Körper fahren – in solchen Augenblicken wünschte ich, er hätte acht Hände und würde mich überall gleichzeitig berühren.«

»Du liebst einen Riesenoktopus!«

»Tu nicht so, als wüßtest du nicht, wovon ich spreche. Es gibt nichts Schöneres, als auf dem Rücken zu liegen und von einem gutaussehenden Mann geküßt zu werden, mit einer Hand auf jeder Brust, einer zwischen den Beinen und einer auf jeder Pobacke, während eine weitere Hand einem den Bauch streichelt und die anderen einem den Rücken kraulen.«

Suzette grinste und wölbte die Brauen.

»Allein der Gedanke erregt mich!« sagte Gaby. »Ganz fest gehalten zu werden und vor Liebe zu ersticken, während prickelnde Schauer einen durchlaufen und man weiß, daß man innerhalb der nächsten zehn Sekunden explodieren wird wie eine Bombe!«

Suzette hatte mitgerechnet. »Das sind aber erst sieben Hände. Was möchtest du denn, daß er mit der achten macht?«

»Daß er meinen Nacken gepackt hält, so daß ich ihm hilflos ausgeliefert bin wie ein Kaninchen in den Fängen eines Jagdhundes.«

»Aber das bedeutet doch, sich zum Opfer zu machen!«

»Nein, das stimmt nicht«, widersprach Gaby entschieden. »Ich werde mir niemals von einem Mann vorschreiben lassen, wie ich mein Leben zu leben habe, ganz gleich, wie gern ich ihn habe. Im Bett ist das allerdings anders. Da mag ich es, wenn ein Mann die Führung übernimmt. Du nicht?«

»Ich weigere mich, das Püppchen zu spielen und mit mir herumspielen zu lassen«, erklärte Suzette. »Und genau diesen Fehler macht Robert.«

Gaby zuckte die Achseln und schlenderte weiter, um sich andere Dessous anzusehen, die eher dazu angetan waren, nicht nur Männern, sondern auch ihr selbst zu gefallen. Besonders interessant waren Seidenteddys in Pastellfarben mit Chiffonbesatz an Kragen und Beinauschnitten und winzigen Perlmuttknöpfen im Schritt.

Die Freundinnen verglichen die Farben und diskutierten über die Vorteile von Primel gegenüber Krokus und umgekehrt, als ihnen plötzlich bewußt wurde, daß sie jemand beobachtete. Er stand an einer Auslage schwarzer Seiden-BHs an ausdruckslosen Schaufensterpuppen und bemühte sich, ebenso unbeteiligt dreinzuschauen wie diese – ein dunkelhaariger Mann in einem leuchtendblauen Anzug.

»Er beobachtet uns«, sagte Gaby. »Ist das der Kaufhausdetektiv, was meinst du? Er kann doch unmöglich finden, daß wir wie Diebinnen aussehen!«

Beide Frauen hatten sich für ihren Einkaufsbummel sorgfältig zurechtgemacht. Beide waren so hübsch, daß nicht einmal der abgestumpfteste Detektiv in ganz Paris ihnen hätte mißtrauisch und feindselig gesinnt sein können.

»Er sieht zu gut aus für einen Kaufhausdetektiv«, meinte Suzette mit einem leichten Stirnrunzeln. »Sieh dir seinen Anzug an, teuer und neu. Kaufhausdetektive verdienen nicht genug, um sich solche Klamotten leisten zu können, nicht einmal mit Angestelltenrabatt.«

»Nun, dann wissen wir ja, weshalb er sich für uns interessiert!« sagte Gaby. »Er versucht, uns anzumachen. Vielleicht bietet er an, uns einen teuren BH zu kaufen, wenn er uns dafür bei der Anprobe zusehen darf. Wollen wir uns einen Spaß mit ihm erlauben?«

»Dieser Typ ist nicht sehr spaßig«, entgegnete Suzette achselzuckend.

»Welchen Typ meinst du?«

»Der Typ, der Unterhosen von Wäscheleinen klaut. Du

weißt, was sie hinter verschlossenen Türen mit ihnen machen.«

»Ich bin einem solchen Kerl noch nie begegnet«, sagte Gaby kichernd.

Sie lächelte strahlend in Richtung der Büstenhalterabteilung und schob ganz leicht eine Hüfte vor. Wenn der Spanner im blauen Anzug sich in das allgemeine Strahlen von Gabys Lächeln mit einbezog, war das seine Entscheidung, aber es war nicht speziell an ihn gerichtet.

Kurz darauf war er bei ihnen und lüftete den Hut, so daß die glänzenden Wellen in seinem dunkelbraunen Haar zu sehen waren. Ohne das geringste Anzeichen von Nervosität oder Zögern stellte er sich vor und sagte, er wäre absolut sicher, sie beide schon einmal gesehen zu haben, wenngleich er sich im Augenblick nicht entsinnen könne, wann und wo.

Kaum eine originelle oder interessante Anmache, aber er sah wirklich gut aus, dieser Lucien Cluny, mit einem gewissen Charme, der in seinen Augen glühte und wohl ausreichte, Suzette und Gaby zu veranlassen, seine Annäherung in der Öffentlichkeit zu dulden.

Es war klar, worauf er aus war – das Übliche –, und er machte keinen Hehl daraus. Während die drei miteinander sprachen, nahm Lucien einen der Teddys auf, den die Verkäuferin herbeigebracht hatte – es war der in Krokusgelb. Er hielt ihn bei den Spaghettiträgern hoch und betrachtete erst nachdenklich das Dessous und dann Gaby.

Sie und Suzette wußten sehr genau, was in seinem Kopf vorging. Er zog Gaby in Gedanken das gewagte tiefausgeschnittene rotgelbe Kleid mit dem weitschwingenden Rock aus. Er stellte sie sich in dem Seidenteddy vor. Seine Augen leuchteten, während er sich fragte, wie ihre Haut wohl durch die Seide hindurchschimmern würde. Sicher malte er sich das Vergnügen aus, die zwei kleinen Perlmuttknöpfe zwischen ihren Schenkeln zu öffnen.

Er sagte kein Wort, während er das krokusgelbe Dessous betrachtete, aber seine Gedanken waren so offensichtlich, daß es unmöglich war, ernst zu bleiben. Beide Frauen lachten. Damit war das Eis endgültig gebrochen.

»Das ist die falsche Farbe für Sie, Mademoiselle«, teilte er Gaby mit und reichte den Teddy zurück an die geduldige Verkäuferin. »Ihrer Freundin würde sie wunderbar stehen, aber bei Ihrem wunderschönen blonden Haar sollten Sie vielleicht dem Orchideenrosa oder vielleicht dem Kirschrot den Vorzug geben. Wie Sie sehr wohl wissen, steht Ihnen die Farbe ihres Kleides ausgezeichnet und wurde mit Stil ausgewählt.«

»Monsieur ist Experte für Damenunterwäsche?« fragte Suzette, die schön geschwungenen Brauen leicht gewölbt, und Gaby lachte wieder.

»Experte nicht, Mademoiselle, aber Bewunderer.«

»Von Unterwäsche? Sind Sie Fetischist?«

Er entwaffnete sie mit einem Lächeln, nahm sie und Gaby sanft beim Arm und führte sie allein kraft seines Charmes fort von der Verkaufstheke, quer durch den Laden und hinaus auf die Straße.

»Aber ...«, begann Suzette, als sie draußen auf dem Gehsteig standen.

»Aber ...«, sagte auch Gaby, in einer Art verwirrtem Echo.

Er führte sie in ein nahegelegenes Restaurant. Es war kein Nobellokal mit Gourmetspeisen, einem temperamentvollen Chef de Cuisine und einem Michelin-Stern, wo fette Männer sich Servietten um den Hals knoteten. Vielmehr handelte es sich um ein kleineres Lokal in einer Seitenstraße, in dem es köstliche Crêpes gab, zu denen sehr anständiger Wein unbestimmbaren Jahrgangs serviert wurde.

Lucien war sehr beredt. Er plauderte fast ohne Punkt und Komma, ein leichter und entspannter Konversationsfluß, nicht tiefgründig, aber alles in allem charmant. Auch konnte er nicht stillsitzen – seine Hände waren ständig in

Bewegung, gestikulierten zum Klang seiner Worte, berührten. Faszinierend.

Er zuckte die Achseln, lächelte, rümpfte die Nase, nickte – er erinnerte an ein aufgezogenes Spielzeug, das so lange weitermachen würde, bis die Feder ausleierte. Dieser witzige Eindruck wurde noch von seiner Größe – oder besser einem Mangel an körperlicher Größe – verstärkt.

Lucien war kein großer Mann. Er war kleiner als Suzette, aber andererseits wurden Showtänzerinnen neben ihren körperlichen Reizen auch nach Größe ausgewählt, so daß durchschnittlich große Männer gewöhnlich vier oder fünf Zentimeter kleiner waren als Suzette. Aber Lucien war nicht einmal durchschnittlich groß – nicht ganz. Selbst Gaby überragte ihn ein wenig.

Und an sie hatte er sein Herz verloren, soviel stand fest, auch wenn er seinen Charme gerecht auf beide Frauen verteilte, während sie die Pfannkuchen aßen und den Wein tranken, den er bestellt hatte. Vermutlich hatte ihr blondes Haar ihn verzaubert.

Gaby fand ihn amüsant, was er auch zweifellos war. Der Plan, sich bloß einen Spaß aus seiner Annäherung zu machen, wurde aufgegeben – er war zu amüsant, sich über ihn lustig zu machen. Gaby zeigte sich ihm gegenüber sehr freundlich. Sie fragte ihn, ob er schon mal im Cabaret Mouchard gewesen sei. Als er bejahte, schenkte sie ihm ein Lächeln.

»Dann haben Sie mich tatsächlich schon mal gesehen«, erklärte sie. »Ich bin eine der exotischen Tänzerinnen – die zweite von links in der Reihe.«

»Ich wußte, daß ich Sie schon mal gesehen hatte – ich erinnere mich an Sie!« rief Lucien strahlend aus. Das war wahrscheinlich gelogen, aber was machte das schon? Gaby war geschmeichelt; jede Frau hält sich gern für unvergeßlich.

Ob Gaby ihm glaubte, stand auf einem anderen Blatt. Sie war keineswegs naiv, was Männer anbelangte –

immerhin war sie seit ihrem Abgang von der Schule Kabarettänzerin.

»Aber wenn Sie tanzen, ist Ihr Haar hochgesteckt und fast vollständig von einer Art spanischem Hut mit flacher Krempe bedeckt«, sagte er.

Das bedeutete, daß er wenigstens das Ensemble gesehen hatte.

»Ich erinnere mich an Ihre langen, wunderschönen Beine«, fuhr er fort, wobei eine seiner rastlosen Hände flüchtig ihren Handrücken streifte.

»Mir ist noch kein Mann begegnet, der einem Mädchen nicht erst auf die Beine schaut, ehe er ihr ins Gesicht sieht«, mischte sich Suzette in das Gespräch ein.

»Ah, es gibt nicht mehr viel Bein zu sehen, seit der neue Look modern ist und jede Pariserin Röcke trägt, die fast bis zu den Knöcheln reichen«, erwiderte Lucien.

In seiner Stimme schwang Bedauern ob der kleinen Freuden mit, die Christian Dior den Männern im Namen der Haute Couture verwehrte.

»Phantastische Beine wie Gabys sind überaus anziehend«, erklärte er Suzette. »Und Beine in Seidenstrümpfen sind am schönsten, ich bin überzeugt davon, daß die Ihren ebenso makellos sind. Sind Sie auch Tänzerin?«

Sie schüttelte den Kopf und beschloß, ihm nicht zu verraten, daß sie in den Folies-Bergères auftrat, splitternackt, abgesehen von der einen oder anderen Feder. Nicht, daß sie sich ihrer Arbeit geschämt hätte – tatsächlich war sie stolz darauf, unter Tausenden ausgewählt worden zu sein. Aber Lucien schien ihr ein wenig zu leicht erregbar zu sein.

Die Art, wie er mit glänzenden Augen das Seidendessous im Kaufhaus und dann Gaby betrachtet hatte, sowie eine verräterische Wölbung in der Hose hatte sie bewogen, seine rege Phantasie nicht durch die Erwähnung von Nacktheit zusätzlich anzufachen. Sie war sicher, daß er sie schon nackt auf der Bühne gesehen hatte. Wohl die meisten Männer in Paris hatten sie in den Folies-Bergères gesehen, aber es war nicht ihr Gesicht, an das sie sich erinnerten.

Und überhaupt war Gaby nicht erfreut davon, daß das Gespräch sich nicht mehr um sie und ihre umwerfenden Tänzerinnenbeine drehte.

»Sie waren vielleicht überrascht, uns in der Show die Beine schwingen zu sehen«, sagte sie zu Lucien. »Bei den südamerikanischen Tänzen in Kabaretts handelt es sich meist um Flamenco und Rumba-Rhythmen mit viel Gestampfe und Geklatsche, Kastagnetten und Gitarren und langen weitschwingenden Kleidern.«

»Sehr lebendig«, pflichtete Lucien ihr bei, und es klang, als würde es ihm gefallen.

»Aber das Management war nicht recht glücklich damit«, fuhr Gaby fort. »Man war der Ansicht, daß das Publikum, das das Cabaret Mouchard frequentiert, von dieser altmodischen Routine gelangweilt sein würde. Also tragen wir Röcke, die bis zum Bauchnabel geschlitzt sind und schwingen die Beine wie beim Cancan, um unsere Schenkel zu zeigen.«

»Entzückend«, kommentierte Lucien begeistert. »Eine Art spanischer Cancan. Aber wie schaffen Sie es bloß, die flachen Hüte aufzubehalten, während Sie so schwungvoll tanzen?«

»Sie sind ein Witzbold, Lucien. Ich rede von künstlerischer Integrität und der Idiotie von Gangstern, die das Showgeschäft regieren, und Sie interessieren sich nur dafür, wie ich es schaffe, meinen Hut aufzubehalten!«

»Sie sind wunderschön, wenn Sie wütend sind«, sagte Lucien. »Ihre Augen funkeln wie Sterne am Himmel.«

Gaby und Suzette tauschten einen Blick, schüttelten den Kopf und lachten. Banalität in dem Maße, wie Lucien sie demonstrierte, hatte ihren ganz eigenen Charme. Vermutlich gehörte er zu jenen Männern, die im Bett die Socken anbehielten.

Als sie ihre Mahlzeit beendet hatten und die Weinflasche leer war, entstand eine kleine Pause, die Luciens

Unschlüssigkeit verriet. Er wußte nicht recht, wie er Gaby von Suzette trennen sollte, ohne eine der Frauen vor den Kopf zu stoßen. Suzette machte es ihm leicht. Sie erklärte, daß sie um drei eine Gesangsstunde habe und gehen müsse.

Tatsächlich begann der Unterricht erst um fünf, aber sie wollte Gaby freie Bahn schaffen.

Lucien sprang auf und brachte wortreich sein Bedauern zum Ausdruck, daß Suzette sie schon so bald verlassen müsse. Er küßte ihr stilvoll die Hand und erklärte, daß er hoffe, sie würden sich bald wiedersehen. Und so weiter. Als sie gegangen war, setzte er sich wieder und bestellte beim Ober zwei Gläser des besten Cognacs.

Gaby erfuhr, daß er auf dem Boulevard de Magenta wohnte, als er sie im Taxi dorthin brachte. Sie wußte nicht recht, was sie von seinem Zuhause erwarten sollte – offensichtlich hatte er Geld, wollte sich jedoch nicht klar dazu äußern, womit er es verdiente. Als sie ihn fragte, was er beruflich machte, antwortete er, er führe Geschäfte und sei Investor. Natürlich glaubte sie ihm kein Wort, aber wenn er ein Betrüger war, dann zumindest ein charmanter, und solange er sie nicht in krumme Sachen verwickelte, sollte es ihr egal sein.

Die Wohnung war sehr geräumig und völlig stillos eingerichtet. Es war ein seltsam anonymer Ort, der an das Schaufenster eines Möbelgeschäftes erinnerte. Sobald sie durch die Tür waren, küßte er Gaby leidenschaftlich. Er schlang die Arme um sie und drückte sie an sich, ein Bein zwischen ihren Schenkeln, an ihre Weiblichkeit gepreßt, auf die er so scharf war. Gaby ließ ihn gewähren, überrascht von seiner gekonnten Annäherung, nachdem er nicht mehr den Charmeur spielte, um statt dessen die Führung zu übernehmen.

Obgleich sie einige Zentimeter größer war als er, war die Körpergröße unwichtig, als sie beieinander lagen – was sehr bald der Fall war. Sie brauchten etwa dreißig Sekunden von der Wohnungstür ins Schlafzimmer, und weitere dreißig Sekunden später hatte er ihr das rote Kleid ausgezogen.

Er entkleidete sie mit einer Geschicklichkeit, die ihr gefiel, ließ sich Zeit, ihren Slip genüßlich über ihre langen Beine zu streifen. Er war aus weißem Seidencrêpe und mit handgeklöppelter Spitze besetzt. Als Gaby den angespannten, eifrigen Ausdruck auf seinem Gesicht sah, fragte sie sich einen Augenblick, ob Suzette ihn vielleicht doch zu recht als Fetischisten bezeichnet hatte.

Sie hörte ihn überrascht seufzen, als er ihre Scham erblickte. Seine heißen Hände ruhten auf ihren Schenkeln, dann schoben sich seine Finger zwischen sie und berührten sacht ihre weichen rosigen Lippen. Nach einer Weile wanderte seine Hand aufwärts zu dem kleinen Dreieck silbrigblonder Locken.

Wie ihre Freundin Suzette trug auch Gaby bei der Arbeit sehr knappe Theaterkostüme, obgleich von Tänzerinnen nicht verlangt wurde, ihre Brüste zu zeigen. Gabys Truppe wurde als südamerikanisches Tanzensemble verkauft, und bei ihrem Auftritt trug sie kurze Bolerojäckchen aus Goldlamé, die ihren Bauch freiließen, und dazu knöchellange Röcke, die jedoch vorn bis zur Taille geschlitzt waren.

Um zu vermeiden, mehr zu zeigen als das, wofür das Publikum bezahlt hatte, wenn sie ihre Beine bis in Nasenhöhe schwang, rasierte sich auch Gaby die Schamhaare – allerdings nicht so radikal wie Suzette. Sie ließ mittig einen feinen Streifen Haare stehen, die sie bleichte, so daß sie vom gleichen silbrigen Blond waren wie ihr Kopfhaar. Die Wirkung war faszinierend.

Lucien legte die Hände flach auf ihre Pobacken und hielt sie fest, während er die Lippen auf die nackte Spalte unterhalb der blonden Locken drückte. Gaby war diese Reaktion auf den Anblick ihrer Weiblichkeit gewohnt, und sie war stolz auf ihre Fähigkeit, Männer vor sich hinknien zu lassen, damit sie sie zwischen den Schenkeln küßten.

Das war wahre Huldigung ihrer Schönheit, die sie nicht

nur erwartete. Sondern forderte! Wenn ein neuer Freund sich als unsensibel erwies, wenn er von ihren blonden Reizen nicht angemessen überwältigt war und sich hinkniete, um ihren hübschen Pfirsich zu küssen, bekam er keine zweite Chance!

Lucien bestand den Test mit Auszeichnung. Er massierte mit geschickten Fingern ihren Po, während er sie wieder und wieder küßte. Er liebkoste sie mit der Zungenspitze, bis ihre weichen Lippen sich ein wenig öffneten, wie um seinen Kuß zu erwidern. Sie streichelte sein Haar, und als ihre langen Finger über die glänzenden Wellen glitten, stieg von ihnen der Geruch teuren Haarwassers auf.

In exakt dem richtigen Augenblick machte er seinen Küssen ein Ende und erhob sich. Er schob Gaby auf das Bett zu und drückte sie auf die Matratze. Blitzschnell entledigte er sich seines blauen Anzugs. Hemd, Schuhe – und Socken – folgten sogleich.

Gaby registrierte interessiert, daß seine Socken aus Seide waren, ebenso wie sein Hemd – Lucien schien wirklich wohlhabend zu sein. Er sank neben ihr auf das Bett, und seine Hände strichen über ihre Brüste. Sie betrachtete zufrieden seinen wohlgeformten Körper und die dunklen Haare auf seiner Brust. Zwischen den krausen Härchen ruhte ein goldenes Kreuz, das von einem dünnen Goldkettchen um seinen Hals baumelte.

Lucien hatte nicht den Eindruck eines gläubigen Mannes gemacht, und das, was er gerade mit ihr machte, so wunderbar es auch sein mochte, würde wohl kaum von seinem Gemeindepfarrer gutgeheißen werden. Aber was machte das schon? Männer waren so sentimentale Wesen, daß das kleine goldene Kreuz vermutlich ein Konfirmationsgeschenk seiner Mutter war. Oder ein Souvenir von seiner ersten Freundin.

Weiter unten war er ebenfalls dunkel und dicht behaart, und das Glied, das stramm hervorragte, entsprach allem, was eine Frau sich nur wünschen konnte.

Es war nicht übermäßig lang, aber dick und sah kräftig und leistungsfähig aus. Kurz, es besaß die Robustheit, die sie mochte.

Sie lag auf dem Rücken, und Luciens rastlose Hände glitten über ihren ganzen Körper – sie folgten den Konturen ihrer Schultern, ihren vollen Brüsten, den glattrasierten Achselhöhlen. Von dort wanderten seine Hände an ihren Seiten herab zu ihrer schmalen Taille, glitten über ihren flachen Bauch und dann wieder nach außen über ihre Hüften.

Er legte sich halb auf sie und bedeckte sie mit Küssen. Er begann mit ihren Augenlidern und arbeitete sich sehr langsam tiefer zu ihrem Mund, ihrem Kinn, ihrem Hals und ihren rosigen Brustwarzen.

Gaby war stolz auf ihre Brüste – sie waren perfekt gerundet und hoch angesetzt, nicht so groß wie Suzettes, aber das war ihr nur recht. Für eine Tänzerin war zuviel Oberweite bei schnelleren Rhythmen nur hinderlich. Außerdem war es kein ästhetischer Anblick, sondern vielmehr einer, der durchaus komisch anmuten konnte. Für Gaby waren Brüste ideal, wenn sie fest, schön geformt und von bescheidenem Umfang waren.

Aber nichts von alledem war in diesem Augenblick von Bedeutung. Nicht ihre Brüste bewegten sich, sondern Luciens Lippen um ihre verhärteten Knospen. Gaby stöhnte leise, und ihre Glieder zitterten vor Wonne. Er veränderte seine Position auf dem Bett und setzte seine Kußorgie fort – ihren Bauch hinunter, wo seine Lippen ein wenig verweilten, dann zu ihren Schenkeln, die sich langsam spreizten, als sein Mund sich immer weiter vorwagte, bis er endlich die weichen Schamlippen erreichte.

Gaby war so erregt von seinen Liebkosungen, daß sie kaum wahrnahm, wann genau sein kräftiges Glied in sie eindrang. Ihr ganzer Körper bebte vor Verlangen – Gefühle, die vorher schon sehr stark gewesen waren, erreichten eine beinahe unerträgliche Intensität. Und auch

Lucien hatte beinahe den Gipfel der Empfindungsfähigkeit erreicht. Er stieß hart und schnell zu und keuchte vor Lust.

Ihre Tänzerinnenbeine waren kräftig und geschmeidig, schlangen sich um seine Mitte und hielten ihn fest umklammert. Lucien konnte ihren keuchenden Atem hören, ihr seltsam gleichmäßiges Stöhnen, das Klatschen ihrer Fersen auf seinem nackten Po. Er ahnte nichts von ihrem Eingeständnis Suzette gegenüber, daß sie es liebte, wenn ein Mann im Bett dominierte. Und hätte man es ihm erzählt, er hätte es keine Sekunde geglaubt – die Wahrheit war, daß jetzt, da sie gemeinsam diese wunderbaren Höhen erreicht hatten, Gaby dominierte!

Natürlich tat sie dies von unten, und seinem männlichen Stolz wurde angemessen Rechnung getragen, dadurch, daß er oben lag, als wäre die Initiative bei ihm. Aber wenn Ehrlichkeit bei der Liebe eine Rolle spielte – was nie der Fall ist, weil das der Romantik ein Ende setzen würde – hätte Lucien zugeben müssen, daß seine Rolle nun darin bestand, das zu tun, was Gaby wollte.

Wer vermag schon zu sagen, ob ihm diese Erkenntnis in diesem so wunderbaren Augenblick durch den Kopf ging. Immerhin durchlebte er die intensivsten Lustgefühle. Überlegungen darüber, daß er vor allem dazu da war, Gaby in Ekstase zu versetzen, waren da gar nicht möglich. Es versteht sich von selbst, daß auch Gaby niemals eingestehen würde, daß sie zumindest auf psychologischer Ebene eben doch die weitaus Aktivere war.

So war es kaum überraschend, daß Gaby als erste zum Höhepunkt kam. Sie wölbte den Rücken, und ihre Schenkel umschlossen Lucien mit solcher Kraft, daß ihm beinahe die Luft wegblieb. Ein lautes Schluchzen entrang sich ihrer Kehle – ein erregender Laut weiblicher Lust, und wunderbare Gefühle durchströmten in Wellen ihren Körper.

Ihre rückhaltlose Hingabe schmeichelte Lucien und trug auch ihn zum Höhepunkt. Sein wimmernder Aufschrei vermischte sich mit ihrem überwältigenden Schluchzen, als er zum Höhepunkt kam.

Hinterher lagen sie an das Kopfende des Bettes gelehnt da und tranken zusammen ein Glas Champagner. Lucien hatte ihn aus der Küche geholt, und der perlende Rebensaft war kälter, als er hätte sein müssen. Offenbar hatte er etwas zu lange in seinem Kühlschrank gelegen, aber davon abgesehen war er wunderbar erfrischend.

Sein Schlafzimmer war nicht sonderlich interessant. Es war mit einem breiten Bett, einer Frisierkommode mit Spiegel, einem Kleiderschrank und einigen Stühlen möbliert, alles in unauffälligem, hellbraunem Holz. Auf dem Fußboden lag ein beigefarbener Teppich mit nicht auszumachendem Muster, und an einer Wand hing ein langweiliges Bild – eine Reproduktion einer Nackten von Modigliani.

Gaby wußte, wer der Maler war, weil jeder Amateurfälscher in Paris versuchte, ihn zu kopieren. Sie boten die schlechten Kopien dann auf dem Kopfsteinpflaster der Place du Tertre zum Verkauf an, in der Hoffnung, Touristen Geld aus der Tasche zu ziehen. Vielleicht kauften sie diese Bilder als Pariser Souvenirs, wenngleich man kaum verstehen konnte, warum.

Der Modigliani an Luciens Schlafzimmerwand zeigte eine nackte Frau auf einem dunkelroten Diwan, mit einem türkisblauen Kissen unter dem Kopf.

Gaby verglich ihre eigenen Reize mit der Nackten auf dem Bild – das Modell hatte kurzes dunkles Haar, ein schmales Gesicht, ein spitzes Kinn, große runde Brüste und vollschlanke Hüften. Gaby kam zu dem Schluß, daß sie um vieles besser aussah. Wenn dieser Modigliani sich nicht totgesoffen hätte, bevor er die dreißig erreicht hatte, wäre er die italienisch anmutenden Frauen, die er malte, vielleicht leid geworden.

Wenn die Nackte Luciens Geschmack entsprach, was machte dann Gaby in seinem Bett? Aber das Bild weckte ebenso wie das Mobiliar den Eindruck, daß Lucien eines

Tages mit einem Bündel Scheine in irgendein Möbelhaus gegangen war und wahllos auf verschiedene Stücke gezeigt hatte – *Das, das und das – Lieferung bis heute abend!*

Gaby kicherte, als er einen Finger in seinen Champagner tauchte und begann, Linien auf ihren nackten Bauch zu malen. Es dauerte eine Weile, ehe sie begriff, daß er seine Initialen schrieb – LC um ihren Bauchnabel, LC auf ihre kleinen runden Brüste, LC zwischen ihre Schenkel.

»Warum lungerst du in Dessousabteilungen herum, Lucien? Ist das dein Hobby?« fragte sie.

Jetzt, da er seinen Willen bekommen und gezeigt hatte, was er konnte, wollte sie mehr über ihn wissen, bevor sie entschied, ob sie ja oder nein sagen sollte, wenn er sie um ein Wiedersehen bat. Sie zweifelte keine Sekunde daran, *daß* er sie fragen würde – jeder Mann, der je das unschätzbare Vergnügen gehabt hatte, mit ihr schlafen zu dürfen, war ganz wild darauf gewesen, sich wieder und wieder mit ihr zu treffen.

Und das zu Recht, wie sie selbst meinte. Immerhin war sie eine schöne junge Frau mit einer umwerfenden Figur und einer Begeisterung für die körperliche Liebe, die der eines Mannes in nichts nachstand. Es war geradezu die Pflicht der Männer, sie um ihre Gunst zu bitten, und es war ihr Recht, sich jene Männer auszuwählen, die sie haben wollte – *oui* oder *non* zu antworten, je nach Laune.

Dieser Lucien war ja ganz in Ordnung, aber er sollte nicht gleich größenwahnsinnig werden, nur weil sie einmal für ihn die Beine gespreizt hatte, um mit ihm zu schlafen. Mit Champagner seine Initialen auf ihren Bauch zu malen war ein Spiel, mit dem er sich bei ihr nicht gerade beliebt machte – das sah zu sehr nach Besitzanspruch aus!

»Ich habe nicht herumgelungert«, entgegnete er.

Sein gewinnendes Lächeln und seine charmanten Gesten waren wieder da, jetzt da es darum ging, zu reden und zu überzeugen. »Ich bin nur so durch den Laden geschlendert und habe dich und deine Freundin gesehen.

Als ich dich erblickte, war ich wie vom Donner gerührt. Ich war wie gelähmt. Ich mußte einfach mit dir reden, das ist alles.«

»Passiert dir das öfter, Lucien, daß du in Dessousabteilungen vom Donner gerührt wirst? Meine Freundin hält dich für einen Sexkranken.«

»Mademoiselle Suzette ist sehr charmant«, entgegnete er achselzuckend, »aber woher will sie auch nur das geringste über mich wissen?«

Gaby machte sich nicht die Mühe, ihm zu erklären, daß man ihn nicht persönlich kennen mußte, wenn man erst anderen seines Kalibers begegnet war – das hätte ihn grausam in seinem Stolz verletzt. Statt dessen rollte sie sich auf den zerwühlten Laken auf die Seite und streckte die Hand nach ihrem Slip aus. Er lag auf dem Teppich, dort wo Lucien ihn achtlos hatte fallen lassen, nachdem er sie so genußvoll entkleidet hatte.

Sie lag bäuchlings auf dem Bett, die runden Backen ihres knackigen Pos dargeboten. Lucien nutzte ihre Position sofort aus, um ihr einen schmatzenden Kuß auf den Hintern zu drücken.

Seine Hand war zwischen ihren Schenkeln, als er die Zähne sacht in die Pobacke grub. Gaby kreischte und lachte, drehte sich ihm wieder zu und schob ihn von sich, bis er seinerseits auf dem Rücken lag und lachte. Sie stützte sich leicht mit einem Knie auf seine Brust und blickte auf ihn hinab, ihr Lächeln ein ganz klein wenig verschlagen.

Sie ließ ihren Seidenslip mit dem Spitzenbesatz um einen Finger kreisen, so daß er Luciens Gesicht streifte.

»Oh!« sagte er nachdenklich, während seine Hand an ihrem Schenkel hinaufglitt.

»Fetischist!« rief Gaby aus.

Sie grub das Knie rücksichtslos in seine Brust, um ihn in seiner Position zu halten, und suchte sich ein neues Ziel für ihren kreisenden Slip – jetzt strich er bei jeder Drehung über das schlaffe Glied auf seinem Bauch.

Es blieb nicht lang schlaff – sechs oder sieben Berührungen mit dem Seidencrêpe-Slip sorgten für eine rasche Verwandlung. Gaby beobachtete fasziniert, wie sein Penis sich aufrichtete und dann dicker, länger und steifer wurde, bis er schließlich auf ihren Bauch zeigte wie ein schußbereiter Revolver.

Sie hörte Lucien leise stöhnen, fast lautlos.

Ein Blick auf sein Gesicht, und sie sah die Erregung auf seinen Zügen und die Starre seiner Augen. Es brauchte keine große Kenntnis von Männern und ihren körperlichen Reaktionen, um zu erkennen, daß Lucien sich einem entscheidenden Augenblick näherte. Noch einige flüchtige Berührungen ihres Slips auf der bloßliegenden tiefroten Eichel an der Spitze seines zuckenden Gliedes, und er würde unkontrolliert kommen.

»Ich glaube das einfach nicht!« sagte Gaby. »Meine Unterwäsche erregt dich mehr als ich, stimmt's? Das wird dir noch leid tun!«

Sie ließ den Slip schneller um den gestreckten Zeigefinger kreisen und bei jeder Drehung sein pulsierendes Glied streifen. Er schnappte ungläubig nach Luft, als er erkannte, was gleich geschehen würde. Andererseits war es vielleicht gar kein Unglaube, sagte sich Gaby. Lucien hatte sicher schon früher Spielchen mit Slips gespielt und war begeistert gewesen von dem Ergebnis. Nein, keine Ungläubigkeit – freudige Erwartung.

»Gaby!« keuchte er heiser.

Sie legte ihr ganzes Gewicht auf ihr Knie, damit er ihr nicht entkommen konnte – nicht daß er die Absicht gehabt hätte, sich dem zu entziehen, was Gaby mit ihm anstellte, vielmehr schien er die kleine Illusion, ihr ausgeliefert zu sein, zu genießen. Seine Hand an der Innenseite ihres Schenkels zuckte höher, und seine Finger berührten in dem Augenblick ihre blondbehaarten Lippen, als er zum Höhepunkt kam.

Suzette hatte offenbar recht gehabt – er war ein verkappter Fetischist. Und? Die meisten Männer benahmen sich im Bett sonderbar, und jene, die es nicht taten, erwiesen sich in der Regel sehr bald als Langweiler.

»Perverser!« rief sie aus und lachte, als sein Samen ihr Bein traf. »Das wirst du noch bereuen!«

Aber er bereute es nicht, ganz und gar nicht. Tatsächlich genoß er dieses ungewöhnliche Intermezzo. Er lächelte mit trägem Blick zu Gaby auf, schob ihr Knie beiseite, umfaßte mit beiden Händen ihre Hüften und zog sie an sich.

Er hob den Kopf vom Kissen, um sie mit einer zärtlichen Zuneigung auf den Mund zu küssen, die an sich schon beeindruckend war.

»Gaby, du bist anbetungswürdig, *chérie*, wirklich anbetungswürdig«, sagte er. »Ich mag deine Art von Liebe.«

Seine dunkelbraunen Augen blickten tief in die ihren, mit liebevollem, verklärtem Ausdruck, der in seiner Intensität rührend war, wie Gaby fand. Er mochte ja ein Fetischist sein, aber andererseits war er auch charmant. Ihre Gefühle für ihn wurden durch seine nächsten Worte irritiert, die sie um so mehr überraschten, als er sie nüchtern und wie völlig selbstverständlich formulierte.

»Jetzt, da du meine Freundin bist, kannst du alles haben, was du willst. Du brauchst es nur zu sagen – egal was.«

Suzettes Gesangsstunde

Der Mann, der Suzette das Singen lehrte – damit sie über Nacht im Casino de Paris oder den Folies-Bergères, vielleicht auch in beiden, zum Star avancieren und auch im Radio singen konnte, damit sie Millionen Francs von Theaterimpresarios kassierte, ohne sich ausziehen zu müssen – hieß Jacques-Charles Delise.

Er war ein großer hagerer Mann Mitte Dreißig, mit schmalem Gesicht und strahlenden braunen Augen. Er sah irgendwie distinguiert aus, beinahe intellektuell, ein Eindruck, der wohl dadurch verstärkt wurde, daß sein Haar vorn weniger wurde und aufgrund dessen seine Stirn höher wirkte.

Er behauptete, in seiner Jugend am Pariser Konservatorium studiert zu haben, was vielleicht sogar stimmen mochte. Aber die Zweifel hieran verdichteten sich, wenn Monsieur Delise nach einigen Gläsern Pastis oder Cognac in einer möglichst düsteren Bar behauptete, er wäre der beste Student seines Jahrgangs gewesen. Gewinner der Goldmedaille des Prix de Rome und einer beträchtlichen Geldsumme, tönte er. Und um dem die Krone aufzusetzen, behauptete er, Schüler keines Geringeren als des berühmten Francis Poulenc gewesen zu sein.

Kurz, Jacques-Charles Delise war dazu bestimmt, ein Konzertpianist von Weltruhm zu werden.

Was war schiefgelaufen? Warum war er nur in den schäbigen Spelunken Pigalles zu hören – und das nicht einmal jeden Abend –, anstatt zum musikalischen Ruhme Frankreichs in den besten Konzerthallen der Hauptstädte dieser Welt die Melodien von Claude-Achille Debussy und anderen Komponisten zu spielen?

Wie ließen sich seine hochfliegenden Behauptungen mit einer schäbigen Wirklichkeit vereinbaren – Herumklimpern auf den nikotinverfärbten Tasten eines mit Brandflecken übersäten Pianos, eine Gaulloise im Mundwinkel?

Leider war diese Frage unmöglich zu beantworten. Wer immer so dreist war zu fragen, bekam eine verwirrende Antwort. Gewöhnlich schob Jacques-Charles das Scheitern seiner Karriere dem Krieg zu. Natürlich, die verfluchten Deutschen waren an allem schuld.

Tatsächlich war Jacques-Charles zu Beginn der Feindseligkeiten mit seinem Regiment ausgesandt worden, die Maginot-Linie zu verstärken und die Betonfestungen und Geschützstellungen zu besetzen. Er und seine *copains* sollten die Deutschen aufhalten, wenn sie versuchten, in Frankreich einzufallen.

Aber wie alle Welt weiß, hatte der perfide Führer Monsieur Maginots uneinnehmbare Befestigung schlicht umgangen – er hatte einen kleinen Umweg gemacht und war über Belgien einmarschiert.

Ohne Gelegenheit gehabt zu haben, auch nur einen Schuß abzufeuern, war Jacques-Charles 1940 in Gefangenschaft geraten und hatte die folgenden drei Jahre in einem Kriegsgefangenenlager verbracht. Hierdurch war seine künstlerische Ausbildung zur internationalen Berühmtheit unterbrochen worden, wie so viele andere Karrieren in jener Zeit. Manche bedauerlicherweise für immer. Aber das erklärte noch nicht, warum er nach der Befreiung nicht aufs Konservatorium zurückgekehrt war.

Vielleicht handelte es sich um einen Fall von *ars longa, vita brevis* – Musik war ja gut und schön, aber das Leben war zu kurz und zu kostbar, tagtäglich Stunden über Stunden am Klavier zu üben. Zumal es auf den Straßen von hübschen Mädchen wimmelte und man für ein paar Francs etwas zu trinken und eine Mahlzeit bekam. Das Bohèmeleben hatte seine Vorzüge und Annehmlichkeiten; es gab immer Freunde, die nur zu gern stundenlang über Gott und die Welt plauderten, solange die Flasche nicht leer war.

Aber was immer der Grund gewesen sein mochte, Jacques-Charles Delise hatte sich entschieden, und man mußte ihm zugute halten, daß er nie in Selbstmitleid verfiel oder darüber lamentierte, was hätte sein können, nicht einmal an jenen Abenden, wo er so betrunken war, daß er von seinem Klavierschemel fiel.

Er lebte sehr einfach, in einem Zimmer in einem schäbigen, heruntergekommenen Haus am Montmartre, und bestritt seinen bescheidenen Lebensunterhalt damit, daß er in düsteren Spelunken und Cafés spielte.

Für einen Pianisten hatte er eine überraschend gute Stimme – ihm zufolge verdankte er sie seiner Ausbildung zum Chorknaben von Sacré Coeur. Außerdem verdiente er sich zu seinem miesen Einkommen ein paar Francs dazu, indem er Klavier- und Gesangsunterricht gab. Allerdings sollte nicht unerwähnt bleiben, daß zum damaligen Zeitpunkt Mademoiselle Suzette Bernard seine einzige Gesangsschülerin war.

Kurz vor fünf an diesem Nachmittag ging Suzette die ansteigende Rue Lepic oberhalb des Boulevard Clichy hinauf. Die Läden der Gemüse- und Geflügelhändler auf beiden Straßenseiten waren am späten Nachmittag nicht mehr so gut gefüllt, und nur wenige der kleinen Tische vor den Cafés waren besetzt – bei den Gästen handelte es sich ganz offensichtlich um ausländische Touristen, die gekommen waren, um das ›bunte Treiben‹ des Viertels zu beobachten.

Die Marktstände, die Seite an Seite am Straßenrand aufgebaut waren, waren praktisch ausverkauft; die scharfzüngigen Hausfrauen mit ihren schweren Einkaufstaschen waren schon lange fort, aber die Marktbeschicker waren nicht gewillt, einzupacken, bevor nicht der letzte *sou* eingenommen und der letzte Strauß welker Blumen verhökert war.

Alles in allem war es ein recht angenehmer Tag für einen Spaziergang. Glücklicherweise lebte Jacques-Charles Delise nicht zu weit den Hügel hinauf, so daß der Weg zu ihm auch auf hohen Absätzen zu bewältigen war. Eine Gasse zur Linken führte zu dem Gebäude, in dem er lebte. Drinnen setzte sich der Aufstieg fort, eine steile Steintreppe hinauf bis zu seinem Zimmer im obersten Stock.

Sie klopfte zweimal, drückte dann die knarrende Tür auf und trat ein, ohne auf Delises Aufforderung zu warten. Manchmal schlief er am Nachmittag – wenn er bis tief in die Nacht oder gar bis in die frühen Morgenstunden irgendwo gespielt oder sich mittags mit seinen Kumpeln in der Kneipe um die Ecke betrunken hatte. Aber an diesem Tag war er wach und nüchtern, rasiert und trug ein sauberes, frisch gebügeltes weißes Hemd.

Als sie eintrat, schlugen ihr die vertrauten Gerüche seines Zimmers entgegen: Eine Mischung aus kaltem Zigarettenrauch und dem süßlichen Anisgeruch von Pernod. Seine Habe war sehr bescheiden: ein altes schwarzes Klavier an einer Wand, ein Diwanbett mit einer fadenscheinigen rot-blauen Patchwork-Tagesdecke, ein kleiner quadratischer Tisch, bei dem ein Bein kürzer war als die anderen, zwei hölzerne Küchenstühle – und der Anzug, den er trug, wenn er in Bars spielte. Der ehemals sicher elegante dunkle Anzug hing sauber an einem Bügel hinter der Tür.

Er wußte verschiedene Geschichten über das Piano zu erzählen, das stets tadellos gestimmt war, einfach deshalb, weil er das Stimmen des Instruments selbst übernahm. Es war ein gutes Fabrikat, auch wenn es, wie sein Besitzer, bessere Tage gekannt hatte.

Mal behauptete er, eine große Dame, die Marquise de Saint-Chapelle, hätte es ihm geschenkt, nachdem er auf dem zwölften Geburtstag ihrer Tochter gespielt habe.

Dann wieder erzählte er, er habe es für fünfzig Francs auf dem Flohmarkt erstanden und den ganzen Weg von Clignancourt bis nach Hause geschoben. Aber jedem, der seine Höhle betrat, war klar, daß er das Piano nicht die Steinstufen hinaufgeschleppt hatte – weder allein noch mit Hilfe: hierfür war das Treppenhaus viel zu schmal. Ein

Fenster seines Zimmers ging auf den Hof, und das Klavier war ganz zweifellos mit einem Seil von unten heraufgezogen und durch das Fenster gehievt worden.

Natürlich freute er sich immer, Suzette Bernard zu sehen – welcher Mann, der noch alle Sinne bei sich hatte, hätte das nicht? Daß eine so schöne Frau ihn besuchte, war ein Privileg, um das sich Millionäre mit eleganten Wohnungen in der Avenue Foch geschlagen hätten. Und wenn es sich nicht um ein großartiges Appartement mit Dienstboten und unbezahlbaren Gemälden an den Wänden handelte, sondern um ein düsteres und schäbiges, kleines Zimmer in einem heruntergekommenen alten Wohnhaus, nun, dann war das Privileg um so größer.

Jacques-Charles küßte ihr zur Begrüßung die Hand und sagte ihr, sie sähe wunderhübsch aus. Und dem war auch so, da sie sich für ihren Einkaufsbummel mit Gaby mit besonderer Sorgfalt zurechtgemacht hatte.

Sie fingen gleich mit dem Unterricht an – das war der lästige Teil, da sie Tonleitern singen mußte. Und er ließ sie die so lange wiederholen, bis er sicher war, daß sie die Noten sauber sang – oder zumindest so sauber sie es vermochte.

Um die Wahrheit zu sagen, war Suzettes Stimme nicht so überragend. Sie hatte keine stimmliche Ausbildung und konnte keine Noten lesen. Aber ihr Gesang klang leicht und gefällig, und sie trug ihn mit einer Selbstsicherheit vor, die schon die halbe Miete war – eine gelassene Sicherheit, die sie sicher auch dadurch erlangt hatte, daß sie Abend für Abend nackt bis auf ein oder zwei Federn vor großem Publikum auf der Bühne stand.

Suzette hatte sich alle großen Sänger und Sängerinnen angehört, einschließlich der alten Stars von vor dem Krieg, die inzwischen in den Sechzigern waren und immer noch auftraten: Mistinguett, Jean Gabin und Maurice Chevalier. Und sie hörte sich sehr aufmerksam die Neuaufsteiger an wie Charles Aznavour, Edith Piaf und Yves Montand. Wenn einer von ihnen in den Folies-Bergères auftrat, konnte sie sie gar ganz aus der Nähe beobachten.

Andere hörte sie sich im Konzertsaal Olympia an oder im ABC oder wo sie sonst sangen. Daheim in der Rue de Rome hörte sie sich konzentriert auf dem Grammophon Platten an, bis sie verkratzt waren und knisterten.

Wenn in den Folies-Bergères ein männlicher Star auftrat wie beispielsweise Chevalier, wurden die nackten Showgirls im Hintergrund plaziert, um dem Auftritt ein wenig Glamour zu verleihen. Weibliche Stars hingegen bestanden darauf, allein auf der Bühne zu stehen, um sich nicht dem grausamen Vergleich mit den barbusigen Schönheiten auszusetzen.

Jacques-Charles ließ eine Weile die flinken Finger über die vergilbten Tasten gleiten, während Suzette einige Minuten langsam aus- und einatmete, um sich vorzubereiten. Er begann, einen alten Herzensbrecher zu spielen – *Plaisir d'amour* – damit Suzette üben konnte, hohe Töne zu halten.

Suzette legte ihr ganzes Herz hinein: *Plaisir d'amour ne dure qu'un moment,* sang sie, um zu zeigen, was sie konnte.

»Gut, gut«, sagte Jacques-Charles am Ende des Stückes und spielte die ersten zwei Takte eines zweiten Stücks, das ebenso langsam war, aber völlig anderer Stimmung – *La vie en rose.* Er lobte sie für ihre Interpretation und verlangte gleich im Anschluß ein weiteres zu Herzen gehendes Lied: *J'attendrai.*

Suzette trällerte zu der melancholischen Melodie: *Ich werde auf dich warten, Tag und Nacht. Ich werde auf dich warten ewig.* In ihren Augen mußte eine Frau schon furchtbar blöd sein, sich derart von einem Mann abhängig zu machen, ernsthaft ein solches Versprechen abzugeben.

Nach nur minimaler Pause fuhr Jacques-Charles mit einem Lied fort, das wohl immer mit der göttlichen Mistinguett assoziiert werden würde – *Comme une fleur.*

Suzette sang es peinlichst sauber – und hiernach noch zwei weitere Stücke. Als Jacques-Charles schließlich zu spielen aufhörte, sprach sie aus, was sie dachte.

»Du weißt doch, daß ich diese Lieder nicht gut singen kann. Das ist nicht mein Stil, Jacques-Charles.«

»Du mußt in der Lage sein, jedes Lied gut zu singen«, entgegnete er achselzuckend, und Zigarettenasche rieselte auf die Pianotasten.

»Zur Übung«, räumte sie ein. »Aber bevor ich zum Star werden kann, muß ich jemanden finden, der Stücke schreibt, die auf mich persönlich zugeschnitten sind. Du hast versprochen, dich in den Kneipen, die du aufsuchst, unter den verkrachten Existenzen umzusehen. Es muß doch irgendwo arme Dichter geben, die ein paar Zeilen zusammenkriegen.«

»Ah, wenn das Leben so einfach wäre!« sagte Jacques-Charles und klimperte einige Akkorde auf dem Klavier. »Hab Geduld – ich sehe mich weiter um, und irgendwann werde ich schon jemanden finden.«

»Das will ich hoffen. Mit diesen Hinterhof-Herzensbrechern werde ich es nie zu etwas bringen. Es gibt schon genug Leute, die von der Gosse singen. Das mag ja auch vor Jahren ganz in Ordnung gewesen sein, aber das hier ist ein neues Frankreich. Ich möchte Lieder mit einem Hauch von Glamour und Lebensfreude vortragen. Nicht mehr diesen ›Hure mit dem goldenen Herzen‹-Müll und diesen ›Ich liebe meinen Mann, auch wenn er mich windelweich prügelt‹- Schwachsinn.«

»Schon gut«, sagte Jacques-Charles und hob in einer Geste der Resignation die Hände von der Klaviatur. Er hatte das alles schon früher von ihr gehört.

»Ich beabsichtige nicht, das Idol zahnloser alter fünfzigjähriger frustrierter Hausfrauen und ihrer ewig arbeitslosen Männer aus den Slums von Belleville zu werden. Das ist nicht mein Ding, niemals, hörst du, niemals! Ich will für Menschen mit modischen Kleidern, schicken Wagen und Luxuswohnungen singen, für Menschen, die jeden Tag zum Frühstück Champagner trinken. Menschen von der Place Vendôme und den Champs-Elysées.«

»Aber natürlich wirst du das«, entgegnete Jacques-Charles begütigend und ließ in einem Schwall hoher Klänge die Finger über die Tasten fliegen. »Vertrau mir. Und in der Zwischenzeit laß uns *Wenn die Nacht anbricht* probieren, ja?«

Suzette holte tief Luft, wartete auf die erste Note und fing an zu singen.

Der Unterricht setzte sich noch eine Stunde oder etwas länger fort, mit Wiederholungen jener Abschnitte, die sie seiner Ansicht nach unsauber gesungen hatte, und Ratschlägen seinerseits zu Betonung und Tonhöhe. Schließlich stand er vom Klavier auf, um sich einen kleinen Cognac einzuschenken. Er bot auch Suzette ein Glas an, und sie beschloß, es anzunehmen. Sie setzten sich mit aufgestützten Ellbogen an den Tisch und plauderten.

Sie hatte Gaby gesagt, daß sie ihre Gesangsstunden selbst bezahle und sie sich nicht von Robert finanzieren ließ. Und das stimmte auch, wenn auch etwas anders, als sie es hatte klingen lassen. Die Wahrheit war, daß sie Jacques-Charles nur zweimal Geld gegeben hatte. Er hatte sich in seine hübsche Schülerin verliebt, und sie brauchte für seinen professionellen Rat nichts mehr von ihrem hartverdienten Geld aufzuwenden.

Sie leerte ihr Glas in der gleichen Zeit, in der Jacques-Charles sich selbst zweimal nachgeschenkt hatte. Sie schob ihren Stuhl zurück, stand auf und begann, sich ausziehen.

Jacques-Charles blieb, wo er war, und beobachtete sie mit seinen dunkel umrandeten, gierigen Augen unter den buschigen Brauen, wie immer eine Gaulloise im Mundwinkel.

Sie trug ein tiefausgeschnittenes orangefarbenes Taftkleid, das vorn durchgeknöpft war und von einem grauen Schlangenledergürtel mit Goldschnalle zusammengehalten wurde. Bei ihrer Ankunft hatte sie dazu noch eine kurze Samtjacke mit großen Taschen getragen, diese jedoch bereits zu Beginn des Unterrichts abgelegt. Jetzt entledigte sie sich auch ihres Kleides, dessen Knöpfe nicht geöffnet zu werden brauchten, wie Jacques-Charles interessiert registrierte.

Als sie nackt war – Kleid, Unterwäsche und Strümpfe ordentlich über den billigen Holzstuhl gelegt, auf dem sie gesessen hatte – legte sie sich auf das Bettsofa an der Wand unter dem Fenster, unter ihr die Patchwork-Tagesdecke, da sie an der Sauberkeit der Laken zweifelte. Sie lag da, als würde sie für einen Maler posieren, womit sie sich tatsächlich in der Vergangenheit das eine oder andere Mal ein paar Francs verdient hatte.

Sie lag auf der Seite, Jacques-Charles zugewandt, eins ihrer makellosen Beine ausgestreckt und das andere in aufreizendem Winkel angezogen, die Fußsohle flach auf dem Bett ruhend. Sie war auf einen Ellbogen gestützt, ihr göttlicher Körper ihrem Ein-Mann-Publikum dargeboten.

Und tatsächlich zeigte sie hier in der Abgeschiedenheit von Jacques-Charles' schäbigem, kleinen Zimmer mehr, als das zahlende Publikum in den Folies-Bergères zu sehen bekam. Hier wurde ihre Scham nicht von einem knappen *cache-sexe* verdeckt; ihre glattrasierte Weiblichkeit war völlig entblößt.

»Du bist zweifellos die schönste Frau, die ich je gesehen habe«, lautete Jacques-Charles' einziger Kommentar.

Es war lediglich die Feststellung einer Tatsache und kein Kompliment. Er erhob sich von seinem Stuhl und ging zum Diwan hinüber. Suzette lächelte, drehte sich – ein Bein immer noch angezogen – auf den Rücken und verschränkte die Hände unter dem Kopf.

Jacques-Charles setzte sich ans Fußende des Diwans, den er irgendwann einmal gebraucht gekauft hatte, rauchte und begnügte sich damit, sie zu betrachten – wenngleich dies eine schwache Beschreibung dafür war, wie seine glänzenden Augen ihren Körper verschlangen, der seinen bewundernden Blicken hüllenlos ausgesetzt war. Und seine Bewunderung war so rückhaltlos, daß sie an Anbetung grenzte. Es war, als wären seine Augen Hände, die über ihre Haut glitten, um sie mit empfindsamen Fingern zu fühlen.

Sein Blick wanderte langsam von ihren schwarzen Brauen zu ihrem roten Mund und von dort abwärts zu ihrem kleinen Kinn und über den schlanken Hals, auf den sie so stolz war. Dann über ihre Brüste – die auch in Rückenlage wie zwei symmetrische Kuppeln aufragten und zu dem poetischen Vergleich mit den zwei goldenen Kuppeln eines alten orientalischen Palastes verleiteten!

Sie konnte das Streicheln seiner Augen fühlen, und es erregte sie. Jacques-Charles saß reglos da, während eine dünne Rauchfahne von seinem Mundwinkel zur niedrigen Decke aufstieg. Der Rauch war das einzige, was sich im Zimmer bewegte. Durch halbgeschlossene Augen betrachtete Suzette sein schmales, ausdrucksloses Gesicht. Er senkte den Blick, und Suzette kam es vor, als würde er allein kraft seiner Augen ihren Bauch liebkosen. Sie seufzte wohlig und spreizte die Schenkel.

Er genoß den Anblick ihrer dargebotenen Weiblichkeit in vollen Zügen. Endlich trat ein verräterisches Leuchten in seine Augen. Er betrachtete ihre weichen rosigen Lippen und streichelte sie, ohne sie zu berühren.

Suzette fand diese Art der Verführung unbeschreiblich erotisch und sinnlich, obwohl sie nicht erklären konnte, warum. Immerhin verdiente sie ihr Geld damit, sich anstarren zu lassen – und das fand sie alles andere als erregend.

Aber hier, als sie nackt auf Jacques-Charles' schäbigem Bett lag und er sie schweigend mit brennendem Blick betrachtete, durchlief ein seltsames Prickeln ihren Körper. Sie seufzte erneut, als wohlige Wärme sich in ihrem Bauch ausbreitete.

Es dauerte nicht lange, und Jacques-Charles' blickliche Verführung verwandelte sich in ein visuelles Liebesspiel. Suzette fühlte, wie sie feucht wurde, als würden seine Finger die glatten Lippen streicheln, die er tatsächlich nur ansah.

Dieses seltsame Spiel, dem Suzette sich jedesmal unterwarf, wenn sie bei ihm Gesangsunterricht nahm, ließ selbstverständlich auch Jacques-Charles nicht kalt, wenngleich er sich bemühte, ruhig zu bleiben. Seine Züge verrieten nichts – sein Ausdruck war unergründlich, und er atmete gleichmäßig. Aber seine Augen verrieten die Aufgewühltheit seiner Seele, hervorgerufen durch die unverhohlen wollüstige Betrachtung solcher Schönheit.

Und auch weiter unten ließ sich nicht verheimlichen, welche Wirkung Suzettes nackter Körper auf seine Männlichkeit hatte. Sie zeichnete sich aufrecht und steif unter seiner dünnen Hose ab. Aus halbgeschlossenen Augen betrachtete Suzette die lange Beule unter dem Hosenstoff und akzeptierte sie als aufrichtigen Tribut an sie.

»Zeig ihn mir«, murmelte sie – die ersten Worte, die in den vergangenen zehn Minuten gesprochen worden waren.

Seine Hände griffen sogleich nach seiner Hose, wenngleich er den Blick keine Sekunde von ihr abwandte. Er fuhr fort, sie mit glühenden Augen anzustarren, während er sich vom Gürtel bis zum Schritt entblößte. Suzettes Herzschlag beschleunigte sich. Sie begann, schneller und unregelmäßiger zu atmen. Ihre Brüste hoben und senkten sich in einem Rhythmus, der einen Mann verrückt machen konnte vor Verlangen.

Aber auch jetzt rührte er sich nicht, streckte keine Hand zu ihrem Körper aus. Er blieb sitzen und starrte weiter auf ihren verführerischen Schlitz – die weichen Lippen hatten sich leicht geöffnet, als schmollten sie, und seine Hand schloß sich fest um seinen harten Penis. Er rückte nicht einmal näher – er liebte sie allein mit den Augen, deren Glanz immer fiebriger wurde, je mehr Suzettes Erregung wuchs.

Ihre langen, wunderschönen Beine waren nun weit gespreizt und ihre Scham voll geöffnet. Ihre Lenden zuckten, und ihr Bauch bäumte sich in nervösem Rhythmus auf, während sie die Hände zu Fäusten ballte. Es war beinahe so, als läge ein unsichtbarer Liebhaber auf ihr, der mit raschen und gleichmäßigen Stößen in sie eindrang – ein dämonischer Liebhaber in der Nacht, der sie im Schlaf in Ekstase versetzte.

Jacques-Charles' Hand glitt scheinbar tröstend langsam an seinem erigierten Glied auf und ab, obwohl er sich dessen kaum bewußt war, so gefangen war er von Suzettes erregten Bewegungen. In den Wochen, die er sie nun kannte, hatte er sich rettungslos in sie verliebt – eine Liebe, die an Besessenheit grenzte. Er begehrte sie Tag und Nacht, sie beherrschte seine Gedanken und seine Träume. Wenn sie mit ihm zusammenlebte, würde er dafür sorgen, daß sie den ganzen Tag und die ganze Nacht nackt blieb, und sie lieben, bis sie – oder wahrscheinlicher er – erschöpft zusammenbrach.

Er war in den meisten Dingen praktisch veranlagt und wußte, daß sein Traum nicht mehr war als das – ein erotischer Traum. Er würde sich nie erfüllen. Sie mochte ihn gut leiden, als Lehrer, als Freund, der ihr hilfreiche Tips zu ihrer Karriere gab, die sie sich so sehr wünschte. Sie dankte ihm seine Sehnsucht und Freundschaft dadurch, daß sie ihn ihren Körper bewundern ließ, wenn sie ihn zu Gesangsstunden aufsuchte. Das war alles, was es zwischen ihnen je geben würde.

Zu sagen, *das war alles*, war an sich eine Beleidigung. Was Suzette ihm schenkte, war unschätzbar wertvoll. Wenn sie sich auszog und sich nackt auf seinen Diwan legte, um sich von ihm bewundern zu lassen, bereitete sie ihm, Jacques-Charles Delise, seines Zeichens heruntergekommener Pianist, einen Genuß solchen Ausmaßes und solcher Intensität, daß Millionäre, Filmstars, Ölscheichs, Könige, Prinzen und Maharadschas nur davon träumen konnten.

Dafür war er ihr unsagbar und bis in alle Ewigkeit

dankbar. Suzette hatte ihm einen Hauch von Paradies in sein so tristes und schwieriges Leben gebracht.

Jacques-Charles schauderte, als er das unterdrückte Stöhnen hörte, das Suzettes Orgasmus begleitete – ihr Rücken wölbte sich und hob sich von der Tagesdecke, ihre Beine zitterten, und ihre Fersen gruben sich tief in die Polster.

»Du bist so schön, so wunderschön«, flüsterte er, gebannt vom Beben ihres flachen Bauches und ihrer Brüste. Seine Finger schlossen sich fester um sein steifes Glied. Die Spannung in seiner Seele und seinen Gedanken nahm zu, näherte sich unaufhaltsam dem Punkt ohne Wiederkehr.

Ein Schlafzimmerphilosoph – natürlich war er Franzose – hat einmal gesagt, daß es in jeder Affäre einen gibt, der liebt, und eine, die sich lieben läßt. Ein Blick auf das, was sich in Jacques-Charles' Zimmer abspielte, bewies, wie wahr diese Worte waren.

Hier spielte sich eine Farce obersten Ranges ab: Jacques-Charles liebte Suzette über alle Maßen, erachtete sich selbst jedoch als ihrer unwürdig. Sie hingegen liebte ihn nicht, ließ ihn jedoch ihren nackten Körper anbeten, als wäre er ihr Liebhaber. Aber er berührte niemals ihren makellosen Körper, nicht einmal auf Armeslänge oder mit den Fingerspitzen.

Inzwischen war Jacques-Charles ganz schwindlig davon, sie anzusehen, er war nahezu berauscht von ihrer Schönheit. Seine Augen weiteten sich – er konnte nicht länger warten. Stöhnend vor unerträglicher Wonne ergoß er sich, am ganzen Leib heftig zitternd. Als er wieder ruhig wurde, registrierte er, daß Suzette ihn betrachtete.

»Liebst du mich, Jacques-Charles?« fragte sie. Das war Teil des komplexen Spiels, das sie mit ihm spielte, obgleich er selbst nicht realisierte, daß es nicht mehr war als das – ein Spiel. Er faßte es als eine Art der Zuneigung zu ihm auf. Was wieder einmal zeigt, wie falsch Männer gewöhnlich bei der Interpretation weiblicher Beweggründe liegen.

»Je t'adore, ma Suzette«, murmelte er. »Ob ich wache oder schlafe, ständig beherrschst du meine Gedanken. Du inspirierst meine Träume. Auch wenn ich wollte, ich könnte dich nie aus meinen Gedanken verbannen, nicht einmal eine Minute.«

»Träume!« sagte Suzette und schenkte ihm ein zärtliches Lächeln. »Der Alkohol, den du in dich hineinkippst, läßt deine Träume wie Filme vor deinen Augen ablaufen. Ich wette, du siehst Nacht für Nacht sämtliche Showgirls von Paris auf deinem Bett posieren.«

»Nein – nur dich, Suzette, ich schwöre es!«

»Wirklich?« fragte sie. »Und was tue ich in deinen Träumen?«

»Du ziehst dich aus«, gestand er.

Sie war verblüfft gewesen, als es Jacques-Charles das erstemal gelungen war, sie allein durch seine Blicke zum Höhepunkt zu bringen. So etwas hatte sie noch nie gehört, und hätte sie jemand gefragt, hätte sie behauptet, so etwas sei unmöglich.

Aber es geschah; er vollbrachte das Wunder zweimal wöchentlich, wenn sie zum Gesangsunterricht kam. Nach einer Weile hatte es sie nicht mehr überrascht, und sie hatte es als normal akzeptiert – normal für ihn. Sie glaubte nicht, daß ein anderer Mann, beispielsweise Robert – es schaffen würde, sie zum Höhepunkt zu bringen allein dadurch, daß er ihren Körper mit den Augen liebte.

Robert hätte gar nicht erst die Geduld aufgebracht, sie fünf oder zehn Minuten lang anzusehen, nachdem sie sich ausgezogen hatte. Er war ein Mann der Tat, nicht der Träume und Wünsche. Kaum, daß er ihr Brüste geküßt hatte, wollte er schon in sie eindringen. Warum sie aber an Robert dachte, ausgerechnet in einem Augenblick wie diesem, da Jacques-Charles ihr zum zwanzigsten Mal von ihrer Rolle in seinen Träumen erzählte ...

Sie waren nicht einmal sonderlich interessant, diese Träume – zumindest jetzt nicht mehr. Sie handelten davon, daß sie miteinander schliefen – wovon auch sonst! – nicht nur in diesem schäbigen kleinen Zimmer, sondern an anderen Orten, gewöhnlich in der Öffentlichkeit! Keinen sehr hübschen Orten – gewöhnlich den Kneipen und Gassen, die er so gut kannte. Er beschrieb ihr, wie er sie in einem seiner Träume im Stehen in einer dunklen, schmutzigen Gasse genommen und durch ihre Bluse ihre Brüste gefühlt hatte, während er sich an ihren Unterleib preßte.

In Jacques-Charles' Träumen trug sie scheinbar nie Unterwäsche. Er konnte sie in einen dunklen Hauseingang schieben, einen oder zwei Knöpfe öffnen, und schon hielt er ihre nackten Brüste in den Händen! Und er konnte ihren Rock hochziehen und gleich ihre Scham ertasten, ohne jedes Hindernis!

Obgleich er sehr offen von seinen Träumen erzählte, verriet er ihr nie, was in seinem Kopf vorging, wenn er dasaß und ihren Körper anstarrte und sie allein durch die Intensität seiner Lust zum Höhepunkt brachte.

Männer waren seltsam, was ihre sexuellen Phantasien anbelangte, soviel wußte sie. Sie malten sich gern allerlei ungewöhnliche und unbequeme Arten aus, Frauen zu lieben.

Robert beispielsweise nahm sie gern in der Badewanne. Das war ja ganz nett, aber verglichen mit einem Bett, war eine Badewanne eng und unbequem, und meistens mußte man anschließend den Boden aufwischen.

Suzette lächelte Jacques-Charles an. »Du hättest Maler werden sollen anstatt Musiker, dann könnte ich für dich posieren.«

»Ich würde dich nackt malen«, entgegnete er sofort. »Nicht nur einmal, sondern immer wieder! Ich würde nie eines der Bilder verkaufen und würde eine riesige Wohnung brauchen, um sie alle unterzubringen. Stell dir das vor, eine Wohnung groß wie ein Bahnhof, mit Reihen über Reihen Bildern von dir an allen Wänden, nackt und wunderschön. Ich wäre überwältigt, wie erschlagen, jedesmal, wenn ich sie beträte! Ich würde in Ekstase explodieren und die Besinnung verlieren!«

Seine leuchtenden braunen Augen starrten auf ihr Gesicht, mit einem Ausdruck rührender Zärtlichkeit. Seine Anbetung vor dem Altar ihrer Schönheit war grenzenlos.

Was ging in ihm vor, während er die Schönheit anbetete, von der er besessen war? Stellte er sich vor, wie er seine Bildergalerie betrat und in wortloser Liebe die endlosen Reihen Bilder von ihr betrachtete, in Lebensgröße und in Posen, bei denen ihre Reize am deutlichsten hervortraten? Stellte er sich vor, wie er seine Hose aufriß und sein Glied packte, um seine Sehnsucht zu lindern, während er mit glühendem Blick seine eigenen Porträts von Suzette anstarrte?

Wer konnte schon sagen, was in einem Menschen wie Jacques-Charles vorging? Der jahrelange Alkoholkonsum hatte seinen Verstand getrübt, und seine Träume waren für ihn inzwischen realer als sein trauriges Dasein.

Allein in der Bildergalerie seiner Träume konnte er nach Lust und Laune Bilder seiner nackten und lächelnden Suzette betrachten, bis er am ganzen Körper zitterte wie im Fieber. War es nur ein Traum, war es ein Echo der Wirklichkeit, wenn in seiner eingebildeten Galerie seine Beine nachgaben und er zu Boden sank, in Ekstase zusammengerollt, während seine heiße Lust ihm das Bewußtsein nahm?

»Adieu, Jacques-Charles«, flüsterte Suzette, kleidete sich an und verließ leise das muffige Zimmer.

Robert sucht nach Trost

Gegen sechs am Abend saß Robert Dorville allein an einem Tisch auf der Terrasse des Fouquet und sah müßig zu, wie die Welt an den Champs Elysées vorbeizog. Die Welt schlenderte größtenteils in Paaren vorbei, Arm in Arm, plaudernd und scheinbar glücklich.

Er hatte sein *fine à l'eau* geleert und starrte gedankenverloren auf sein Glas. Er überlegte, ob er sich einen zweiten bestellen sollte, bis er sich überlegt hatte, was er mit dem Abend anfangen sollte. Suzette hatte ihm ohne Worte zu verstehen gegeben, daß ihre Liebesaffäre sich ihrem Ende näherte. Das war in Roberts Augen sehr bedauerlich, da er ihr wirklich sehr zugetan war.

Liebe war natürlich etwas anderes, und gewöhnlich zog sie allerlei Unannehmlichkeiten nach sich, ganz zu schweigen von Leid und Seelenqualen, die oft die Freuden der Liebe überwogen und diese immer überdauerten. Ein wirklich intelligenter Mann sollte Roberts Meinung nach die Liebe meiden wie eine ansteckende Krankheit und sein Leben mit wahrer Zuneigung für ein hübsches Mädchen guten Charakters ausfüllen.

Oder besser mit einer ganzen Anzahl solch wunderbarer Kreaturen, da man von keinem Mann erwarten konnte, daß ihn eine Frau länger als ein paar Monate fesselte. Nicht wenn so viele von ihnen jeden Tag durch die Straßen von Paris schlenderten und nur darauf warteten, einem geeigneten Liebhaber zu begegnen.

Natürlich war eine Trennung bedauerlich, wenn es sich nicht nur um ein hübsches Ding handelte, sondern um eine außergewöhnlich schöne Frau wie Suzette. Andererseits gab es in Suzettes Persönlichkeit auch einiges, das sie zu einem Rätsel für ihn machte. Obgleich sie mit ihrem Engagement in den Folies-Bergères an der Spitze angelangt war – und wenn dieses Engagement endete, konnte sie einen gleichwertigen Job im Casino de Paris oder im Lido bekommen –, ließ ihr Ehrgeiz sie nach mehr trachten.

Ihr Wunsch, Sängerin zu werden, war Robert unverständlich, zumal er fürchtete, daß dieser Traum nur zu Enttäuschung und Herzschmerz führen würde. Aus diesem Grund hatte er sie auch nicht darin bestärkt, obwohl er wußte, daß sie ihm das verübelte. Er seufzte bei dem Gedanken. Würde er, trotz seiner Zweifel, ihr unrealistisches Ziel unterstützen, würde sie ganz sicher ihm die Schuld geben, wenn es schiefging. Robert war mit der Denkweise von Frauen vertraut genug, um zu wissen, daß es unweigerlich so kommen würde.

Andererseits betete er sie an, und es widerstrebte ihm, sich fortschicken zu lassen. Wenigstens konnte er am Abend in die Folies-Bergères gehen. Er wurde es nie müde, sie auf der Bühne zu sehen, umwerfend in ihrem Kostüm aus Straß und Federn, ihre Brüste ein Magnet für die Augen jedes Mannes im Publikum.

Obgleich er ihr Liebhaber war und diese Brüste viele Male gesehen, geküßt und liebkost hatte, stieg immer noch Verlangen in ihm auf, jedesmal, wenn er sie auf der Bühne sah. Sobald das Orchester die mitreißende Musik spielte, sich der Vorhang hob und Suzette und die anderen Showgirls erschienen, verfiel Robert in eine Art erotischer Trance. Er verfolgte die ganze Vorstellung mit einem schmerzhaften Ziehen in den Lenden.

Während der Vorstellung blieb sein Zustand aufgrund der schwachen Beleuchtung gewöhnlich unbemerkt, wenngleich es Gelegenheiten gegeben hatte ... na ja, um ehrlich zu sein, mehrere Gelegenheiten, bei denen ...

Einmal war es passiert, einige Tage nachdem er Suzettes Liebhaber geworden war. Damals war er jeden Abend in die Folies-Bergères gegangen, um sie auf der Bühne zu bewundern und sie hinterher abzuholen, um mit ihr essen und anschließend ins Bett zu gehen. Sein Verlangen war schier unerträglich gewesen, als er still in der Dunkelheit gesessen hatte, verloren in grenzenloser Bewunderung ihrer Figur und ihrer anmutigen Bewegungen trotz drei Meter langer Schleppe und hohem Kopfputz aus künstlichen Rosen und weißen Federn.

Seine Träumerei wurde von einem Luftschnappen unterbrochen. Er drehte den Kopf, um zu sehen, wer das Geräusch – war es Überraschung oder Unglauben? – verursacht haben mochte.

Neben ihm saß eine Dame mittleren Alters, mindestens fünfunddreißig, schätzte er, vielleicht auch vierzig, das ließ sich aufgrund der schwachen Beleuchtung nicht so genau sagen. Sie war ganz offensichtlich Ausländerin; sie trug ein elegantes und sichtlich teures Kleid, jedoch nicht im Pariser Stil.

Neben ihr saß ein bulliger Mann in einem dunklen Anzug, der wie gebannt auf die Bühne starrte. Auf Suzette, dachte Robert, und verspürte einen eifersüchtigen Stich. Andererseits konnte der füllige Tourist nichts anderes tun als starren. Vielleicht träumte er davon, was er gern mit Suzette anstellen würde. Aber seine Phantasien würden niemals wahr werden, wie sehr es ihn auch nach ihr verlangte.

Während er, Robert Dorville, diese atemberaubenden Brüste tagtäglich liebkoste und küßte, wenn er Suzette auf jede erdenkliche Art liebte!

Die Dame in dem königsblauen Cocktailkleid hatte sich wieder einigermaßen gefaßt, und ihr Blick war auf Roberts Schoß geheftet. Irgendwie war sie zufällig auf seinen Zustand aufmerksam geworden. Das Jackett seines maßgeschneiderten Anzugs klaffte auf, er saß mit gespreizten Beinen da, und sogar im Dämmerlicht war die Beule unter dem Stoff seiner Hose deutlich auszumachen.

Die Frage war absurd, aber – was schrieb die Etikette für solche Situationen vor? Wäre es korrekt, sich, selbstverständlich mit einem Lächeln, zu entschuldigen, daß er durch die ungewollte Zurschaustellung französischer Männlichkeit die Gefühle der Ausländerin verletzt hatte?

Oder wäre es angebrachter, ihr ein selbstsicheres Lächeln zu schenken und Stolz auf seine Sinnlichkeit zu bekunden? Oder zuckte man einfach die Achseln und ließ es dabei bewenden?

Aber in diesem konkreten Fall brauchte er sich nicht weiter den Kopf darüber zu zerbrechen. Die Dame streckte einfach die Hand aus und legte sie auf die Wölbung.

Sie fühlte sich durch den feinen Wollstoff von Roberts Hose heiß an und drückte fest zu, offensichtlich, um das Pulsieren seines Gliedes zu spüren. Sie trug Ringe mit großen Edelsteinen an jedem Finger.

Mon Dieu! dachte Robert, wenn ihr Mann einen Augenblick von der Bühne wegsieht und merkt, daß seine Frau mir zwischen die Beine faßt, gibt es ein Riesengeschrei! Er wird aufspringen, brüllen und wild gestikulieren – vielleicht will er sich sogar mit mir prügeln! Er wiegt doppelt so viel wie ich, und es scheinen mehr Muskeln zu sein als Fett.

Trotzdem war es angenehm, die Hand der fremden Dame über seine Hose gleiten zu fühlen – ganz sacht und diskret genug, keine Aufmerksamkeit zu erregen. Robert lächelte sie an und zeigte seine ebenmäßigen weißen Zähne. Bevor er sich wieder der Bühne zuwandte, zwinkerte er ihr zu, um ihr zu bedeuten, wie sehr er die Situation genoß.

Vielleicht konnte er, in dem er lässig sein Programm über den Schoß hielt, die Hand vor neugierigen Blicken abschirmen? Aber nein, ihr schickes blaues Kleid war ärmellos und ihr nackter Arm sehr hellhäutig. Wenn ihr Mann den Kopf drehte, würde er gleich erkennen, wo ihre Hand ruhte …

Aber warum sich mit solchen Gedanken belasten? Man sollte dem Rat des Poeten folgen und Rosenknospen sammeln, solange Zeit war. Ein wohliges Prickeln durchzuckte Robert, und er spreizte die Beine noch ein klein wenig mehr, während er voller Zuneigung und Lust zu

Suzette auf der Bühne aufblickte – sie und die anderen Mädchen glitten auf einem gläsernen Karussell immer wieder vorbei, wobei im Rhythmus der Musik rote und grüne Lichter aufleuchteten.

Er wollte eine Hand unter das Kleid der fremden Dame gleiten lassen und erkunden, was sich unter ihrem Höschen verbarg. Sie hatte dunkles Haar, eine bauschige Hochsteckfrisur, die von perlenbesetzten Haarnadeln gehalten wurde, und er schätzte, daß sie vermutlich ziemlich stark behaart war. Er war ziemlich sicher, daß sie aus einem Land am östlichen Mittelmeer stammte, wo die Frauen angeblich heißblütig, leidenschaftlich und fordernd waren.

Wenn man die Perlennadeln sacht herauszog, an einem angemessen privaten Ort wie einem Schlafzimmer, würde ihr das glänzende Haar bestimmt bis zu den Schultern reichen. Und was für runde, fleischige Schultern sie hatte. Ihre Brüste unter dem Cocktailkleid schienen verlockend prall.

Robert stellte sich in der fiebrigen Hitze seines steigenden Verlangens ihre großen, rötlichbraunen Brustwarzen vor. Wenn man sie küßte, schluchzte sie sicher vor Wonne.

Ihr Parfum war betörend – *Chanel 5*, sagte sich Robert. Offenbar ging sie sehr verschwenderisch damit um, so daß sie eine unsichtbare Aura der Sinnlichkeit umgab. Wenn sie nackt und erregt war, würde sich der Duft ihres brennenden Leibes mit dem Chanel verbinden und einen Mann ganz verrückt machen vor Verlangen. Niemand würde sich beherrschen können, sondern sich sogleich auf sie stürzen, um sie zu nehmen!

Leider wagte er es trotz seiner besten Absichten gegenüber Suzette nicht, die Hand unter das blaue Kleid seiner Nachbarin zu schieben. Die Bewegung hätte ihren Mann nur darauf aufmerksam gemacht, daß etwas vorging, worüber er Bescheid wissen sollte.

Es war besser, einfach still dazusitzen und gar nichts zu tun.

Die fremde Frau spürte, was mit ihm los war, und auf ihr rundes Gesicht trat ein flüchtiges Lächeln. Als sie die Hand von seinem Schoß nahm, beugte sie sich zu ihm hinüber und flüsterte ihm so leise, daß nur er sie verstehen konnte, zu: *Hotel George Cinq. Madame Sassine. Rufen Sie nach zehn an.*

Robert nickte freundlich, lächelte und strich flüchtig mit den Fingern über ihren Handrücken. Er hatte nicht vor, sie anzurufen, aber warum sollte er sie enttäuschen und ihr den Abend verderben?

Ein Mädchen, das allein in Richtung der Place de la Concorde die Champs Elysées heraufschlenderte, schenkte Robert ein warmes Lächeln, als dieser gerade dem Ober winkte, um einen weiteren Drink zu bestellen. Er erwiderte das Lächeln ganz automatisch – nur ein hoffnungsloser, verbitterter Frauenhasser ignoriert ein hübsches Mädchen.

Andererseits ließ der Umstand, daß sie allein die Champs Elysées entlangspazierte, auf ihre mutmaßliche Beschäftigung schließen, und damit hatte Roberts Interesse an ihr ein Ende. Nicht daß er etwas gegen Frauen gehabt hätte, die ihren Lebensunterhalt in der Horizontalen verdienten, aber er persönlich benötigte ihre Dienst nicht. Er hatte ihr Lächeln erwidert und damit genug.

Nur daß sie zu seiner Überraschung stehenblieb, kehrt machte und geradewegs seinen Tisch ansteuerte. Dort angekommen, blieb sie stehen und lächelte äußerst charmant auf ihn herab.

»Sie erinnern sich nicht an mich, Monsieur Dorville?« fragte sie mit einem Lächeln, das kleine weiße Zähne zeigte. »Odette Charon.«

Die *poules*, die auf Kundenfang die Champs Elysées auf und ab gingen, stellen sich in der Regel nicht in dieser Art vor, und gewöhnlich kennen sie auch den Namen ihrer Freier nicht. Robert kam zu dem Schluß, daß er sich geirrt hatte, und erhob sich.

»Ich bitte tausendmal um Entschuldigung, Mademoiselle Charon, aber mein Gedächtnis scheint mich im Augenblick im Stich zu lassen. Und das ist sehr bedauerlich – ich hätte nie gedacht, daß ich den Namen einer so hübschen jungen Dame vergessen könnte …«

Da er sie nicht einzuordnen vermochte, forderte er sie auf, Platz zu nehmen, und der Ober hielt ihr einen Stuhl bereit.

»Wir sind uns nur einmal flüchtig begegnet«, sagte sie und legte ihre elegante kleine Wildlederhandtasche auf den Tisch. »Es überrascht mich nicht, daß Sie sich nicht an mich erinnern.«

Die Wahrscheinlichkeit, daß ein hübsches Mädchen einen Mann entschuldigte, der sich nicht mehr an sie erinnern konnte, war so gering, daß Robert sofort wußte, warum sie entschieden hatte, ihre Bekanntschaft zu erneuern – sie wollte etwas von ihm.

Diese Odette war nur knapp über zwanzig, hatte klare, glänzende Augen und war entzückend lebhaft. Sie war gut und stilvoll gekleidet, wenn auch nicht sehr teuer: ein enger Zweiteiler aus pastellrosa grobgeripptem Stoff, dazu einen engen Gürtel, der die Aufmerksamkeit auf ihre schlanke Taille lenken sollte. Der schmale Rock umschmeichelte hübsch ihre langen Schenkel. Um den Hals trug sie eine Kette aus großen, polierten korallenroten Perlen.

»Ich habe für Ihren Vater Kleider vorgeführt«, klärte sie Robert auf. »Sie kamen während der Proben herein.«

»Natürlich! Jetzt weiß ich es wieder! Sie hatten etwas Grünes an, von der gleichen Farbe wie Ihre Augen!«

Wenn jemand Robert nach seinem Beruf fragte, erwiderte er, daß er eine Firma leite. Das stimmte zwar im großen und ganzen, war aber irreführend.

Roberts Vater stellte Frauenkleider her – nicht als Couturier oder Designer, sondern als Produzent von Prêt-à-porter-Modellen, in die andere ihr Etikett einnähten. Seine Fabrik befand sich in der Gegend von Sentier, dem Labyrinth kleiner Sträßchen, das sich im Süden vom Boulevard

Poissonnière bis zur Rue Réaumur erstreckte. Dort beschäftigte er über dreißig Schneiderinnen und andere qualifizierte Arbeitskräfte.

Monsieur Henri Dorville hatte beabsichtigt, seinen Sohn Robert ins Geschäft miteinzubeziehen, sobald dieser sein Studium beendet hatte – um ihm die Fabrik irgendwann ganz zu überlassen und sich aufs Land zurückzuziehen. Aber dem sollte nicht sein. Roberts Bestreben, seinem Vater zu gefallen, scheiterte an seinem mangelnden Interesse an einer geschäftlichen Karriere.

Schlimmer noch, zum Leidwesen von Dorville *père* stellte sich heraus, daß sein Sohn in geschäftlichen Dingen völlig inkompetent war.

Nachdem er die Leitung übernommen hatte, war das Unternehmen in Schwierigkeiten geraten wegen verspäteter Lieferungen und mißverstandener Anweisungen, was zum Verlust empörter Kunden geführt hatte – kurz, die Fabrik stand kurz vor dem Ruin. Monsieur Dorville machte gute Miene zum bösen Spiel und veranlaßte, daß Roberts Gehalt weiter monatlich ausgezahlt wurde, unter der Bedingung, daß er sich von der Fabrik fernhielt und sich nicht in die Geschäfte einmischte.

Das Gehalt war fürstlich, so wie es sich für den Sohn des Inhabers und Direktors der Firma gehörte, auch wenn er es nur für eine Scheinposition bezog. Und, um die Wahrheit zu sagen, hatte diese Regelung auch steuerliche Hintergründe. Robert konnte derweil ein bequemes Leben führen und tun und lassen, was ihm beliebte. Als pflichtgetreuer Sohn aß er einmal wöchentlich daheim mit seinen Eltern zu Abend, hatte jedoch seine eigene Wohnung, um seine Mutter nicht mit den zahlreichen hübschen Mädchen zu schockieren, die in seinem Leben kamen und gingen.

Zwei- oder dreimal im Monat besuchte er seinen Vater unangekündigt in der Fabrik, um ihm seine brillanten Ideen mitzuteilen. Robert war immer wieder entsetzt darüber, daß sein Vater diesen Ideen keinerlei Beachtung schenkte. Nicht ein einziges Mal hatte er seinen Papa dazu bewegen können, die wundervollen Kreationen zu realisieren, die Robert sich, von diesem oder jenem – oder besser dieser oder jener, die er im Kino, im Theater oder auf der Straße erblickt hatte – inspiriert, hatte einfallen lassen … oder in seinen Träumen, wenn man Monsieur Henri Dorville fragte. Er hatte es längst aufgegeben, seinem Sohn klarmachen zu wollen, daß er keine Kleider für reiche Damen entwarf, sondern Massenware, die andere, bekanntere Häuser dann verkauften …

Robert betrachtete dies als bedauerlichen Risikomangel bei seinem Vater. Aber er tröstete sich mit dem Gedanken, daß *eines Tages* … Ja, eines Tages, wenn der alte Knabe sich in seinem Häuschen in der Provence zur Ruhe setzte, würde Robert sein langweiliges Geschäft in eins der renommiertesten Pariser Modehäuser verwandeln.

Glücklicherweise für den Seelenfrieden von Dorville Senior behielt Robert seine Pläne für sich. Sonst hätte den alten Herrn wohl zweifellos der Schlag getroffen. Aber Robert war ein liebevoller Sohn und respektierte seinen Papa, und darum erzählte er auch keiner Seele von seinem Vorhaben – nicht einmal Suzette.

Zwei- der dreimal im Jahr, je nachdem, wie gut die Geschäfte liefen, engagierte Papa ein hübsches Mädchen mit entsprechenden Qualitäten, um seine Großkunden mit einer kleinen Modenschau zu beeindrucken. Natürlich wurden nicht seine eigenen Kreationen vorgeführt. Eine solche Schau mußte er wohl gerade mit Odette Charon besprochen haben, als Robert vorbeigekommen war.

Robert erinnerte sich, daß sie an diesem Tag vor etwa drei Monaten ein limonengrünes Kleid mit weißem Spitzenkragen getragen hatte. Es hatte ihr nicht sonderlich gut gestanden, und ganz sicher wußte sie das auch. Vielleicht war es ein Fehler gewesen, dies anzusprechen, aber er hatte ihr ein Kompliment zu ihren blaßgrünen Augen machen wollen.

Natürlich hatte er sich oft gefragt, ob Papa die Gelegenheit nutzte, mit den hübschen Mädchen zu schlafen, die er als Mannequins engagierte. Auch fragte er sich, ob eine der Schneiderinnen in Papas Fabrik vielleicht seine kleine Freundin war. Dorville *père* war erst fünfzig und besaß zweifellos ganz normale menschliche Instinkte.

Jedenfalls war nicht auszuschließen, daß die charmante Odette eine Freundin von Papa war. Robert musterte sie über den Tisch hinweg und lächelte, entzückt von dem, was er sah. Wenn sie etwas von ihm wollte, hatte sie es jedenfalls nicht eilig, damit herauszurücken. Im Gegenteil, sie schien zufrieden damit, dazusitzen und sich endlos mit ihm zu unterhalten. Er erklärte, daß er sich kurz zuvor gefragt habe, was er an diesem Abend unternehmen solle. Ob sie Lust hätte, sich ihm anzuschließen ... wozu auch immer sie sich entschlossen?

Er machte eine vage Geste in Richtung der großen Kinos auf den Champs Elysées und fragte, ob sie schon den neuen Film mit Danielle Darrieux gesehen habe. Ja, sie hatte, und sie war Anfang bis Ende begeistert gewesen. Und kannte sie auch schon *Casque d'Or* mit Simone Signoret? Ja, auch den.

»Ich habe ihn auch schon gesehen«, sagte Robert lächelnd, »zweimal. Ich bete diese Frau an.«

Nachdem sie sich noch eine Weile über die laufenden Filme unterhalten hatten, beschlossen sie, gemeinsam essen zu gehen. Sie schlenderten Arm in Arm die Champs Elysées hinunter und ließen das abendliche Treiben und den Lärm auf sich wirken, echte Pariser, die entschlossen waren, sich zu amüsieren. Sofern einer von ihnen Sorgen hatte, und tatsächlich hatten beide den Abend mit schwerem Herzen begonnen, war die schlechte Laune verflogen.

Gemeinsam spazierten sie den ganzen Weg bis zur Place de la Concorde, wo Taxifahrer sich immer wieder nach Kräften bemühten, unschuldige Passanten umzubringen und andere Fahrzeuge in Unfälle zu verwickeln, vor allem solche mit Ehefrauen und Kindern als Beifahrer.

Robert führte Odette nach links in die Rue Royale, vorbei an den imposanten griechischen Kolonnaden des Hotel Crillon, bevor sie sich einbilden konnte, daß er sie *dorthin* einlud. Er hatte nicht die geringste Lust, in Gesellschaft vertrockneter englischer Lords und ihrer pferdegesichtigen Ladys zu speisen, umgeben von Hollywood Stars mit blutjungen Begleiterinnen, die zu Hummer Thermidor Whisky tranken, und Börsenspekulanten, die mit ihren diamantbehängten Mätressen dinierten.

Nicht einmal dem Essen und dem phantastischen Speisesaal zuliebe war er bereit, diese Tortur auf sich zu nehmen! Er steuerte den Boulevard de la Madeleine an. Dort wohnte er, und somit kannte er auch in der Nähe einige kleinere Restaurants. Und dort war er auch als Stammgast bekannt, so daß man sich förmlich überschlug, um ihn zufriedenzustellen.

Das war sehr wichtig, wenn man mit einer jungen Dame ausging – es machte immer Eindruck, wenn ihr Begleiter respektvoll behandelt wurde und ein aufmerksamer Ober oder gar der *patron* persönlich mit großem Aufheben nach den Wünschen fragte.

Alles in allem konnte man sagen, daß das Abendessen ein großer Erfolg war. Die Speisen waren köstlich, und dazu tranken sie zwei Flaschen hervorragenden Weins. Odette war eine charmante Begleiterin – was sie sagte, hatte Hand und Fuß, und sie hörte aufmerksam zu. Ihr Lächeln und ihre Gestik waren anmutig, und sie lachte über jeden von Roberts Scherzen, wobei sie ihn aus ihren grünen Augen bewundernd ansah.

Bei einem kleinen Glas erstklassigem Cognac deutete Robert dezent an, ob sie möglicherweise Lust hätte, ihn zu sich nach Hause zu begleiten, wo er doch zufällig gleich um die Ecke wohne.

»Gut«, sagte sie langsam, wobei sie die Hände zusammenpreßte, als wäre sie tief in Gedanken, tatsächlich jedoch, um ihm zu zeigen, daß sie keinen Ring trug, weder einen Ehe- noch einen Verlobungsring.

Die Geste war überflüssig, da Robert dies bereits in den

ersten Minuten, nachdem sie sich auf der Terrasse des Fouquet zu ihm gesetzt hatte, registriert hatte. Und überhaupt, auch wenn sie Ringe an den Fingern getragen hätte, hätte das für ihn keinen Unterschied gemacht.

Er genoß es, seine Wohnung Frauen zu zeigen, die er mit seinem Domizil beeindrucken konnte. Er hatte sich persönlich um Dekoration und Einrichtung gekümmert: Es hatte ihn immer geärgert, daß Suzette in den Tagen ihrer intimen Freundschaft nie mit ihm hatte dort übernachten wollen. Er verstand einfach nicht, warum sie ihn lieber in ihre eigene Wohnung in der Nähe der Gare St. Lazare mitgenommen hatte.

Bei Odette war das ganz anders – sie äußerte sich anerkennend zu seinem Geschmack und bewunderte seine Bilder. Sie nahm auf dem eleganten schwarzen Ledersofa Platz wie eine Katze, die es sich in einem weichgepolsterten Körbchen bequem macht. Als Robert zwei Gläser Cognac einschenkte, zog sie die hochhackigen Schuhe aus, krümmte die Zehen und legte die seidenbestrumpften Beine angewinkelt auf das Polster. Im Radio lief langsame Musik, das Licht war gedämpft und romantisch, und eins führte zum anderen, so wie es in solchen Augenblicken auch sein soll. Es dauerte nicht lange, und Robert hielt sie in den Armen und küßte sie. Odette erwiderte den Kuß leidenschaftlich. Ihre grünen Augen waren in freudiger Erwartung halb geschlossen und ihre glänzenden roten Lippen leicht geöffnet, um seiner Zunge Einlaß zu gewähren.

Wenig später befand sich Roberts Hand unter ihrem tiefausgeschnittenen rosa Blazer und zwischen ihren Brüsten. Seine Finger schlossen sich um das warme Fleisch, aber noch hinderte ihn ein dünner Spitzen-BH. Robert entschied, daß hier zielstrebigeres Handeln angesagt war. Er löste ihre Gürtelschnalle und knöpfte ihre Jacke vollständig auf. Seine Hände schoben sich unter den Stoff.

»Robert«, hauchte sie, aber ob sie meinte, *Bitte, Robert, tu es* oder *Bitte, Robert, tu es nicht*, interessierte ihn in diesem Moment herzlich wenig. Er legte die Hände auf ihre nackten Schultern und fühlte ihre samtweiche Haut und die Wärme, die sie ausstrahlte. Er griff hinter sie, um den Verschluß ihres Büstenhalters zu öffnen. Ihre Brüste waren klein, wirkten jedoch aufgrund ihrer schmalen Taille größer und vorstehender. Er streichelte sie, küßte sie und murmelte die üblichen Worte, die Frauen in solch zärtlichen Augenblicken gerne hörten.

Während er sie streichelte, plante er in Gedanken bereits den nächsten Schritt. Er würde unmöglich die Hand unter einen so engen Rock schieben können, und so kam er zu dem Schluß, daß es praktischer wäre, sie ins Schlafzimmer zu bringen und dort vollständig zu entkleiden. Nach einer Weile, als sie leise seufzte und sich mit aller Kraft an ihn klammerte, nahm er sie auf die Arme und trug sie ins Schlafzimmer. Sie kicherte, als er sie hochhob, dann bedeckte sie seine Wange mit heißen Küssen. Er setzte sie auf die Bettkante und registrierte, daß der Rocksaum bis zu ihren Knien hochglitt. Sie zog die Jacke aus und präsentierte ihm stolz ihre nackten Brüste.

Robert kniete sich vor sie und umfaßte leicht ihre Fußknöchel. Er wollte die Strümpfe ausziehen und ließ beide Hände langsam von ihren schlanken Fesseln zu ihren runden Knien wandern.

»Du hast wirklich schöne Beine«, sagte er, was auch ohne seine Bemerkung offensichtlich war. Andererseits, was sollte ein Mann einem hübschen Mädchen sonst sagen, wenn er es auszog?

»An mir ist alles schön«, entgegnete sie lächelnd.

Robert wollte die Weichheit ihrer Schenkel fühlen, aber das würde schwer sein, solange sie den Rock anhatte. Er beugte sich vor und preßte die Lippen in einem langen, anhaltenden Kuß auf die ihren, während seine Hände von den Knien aufwärts glitten, bis zum Rand ihrer Strümpfe und dann weiter, über die nackte Haut ihrer Schenkel. Sie stöhnte, als er sie dort berührte.

»Ich liebe dieses Kostüm«, sagte sie, als er den Kuß

abbrach. »Aber der Rock ist wie ein Keuschheitsgürtel. Jedes Mädchen sollte von deinem Vater ein solches Kostüm geschenkt bekommen.«

»Ist das Kostüm von meinem Vater?« Robert war selbst verblüfft von seiner Frage – sie war so schrecklich trivial, wo seine Hände doch auf warmen Schenkeln oberhalb von Seidenstrümpfen ruhten.

Und überhaupt, hatte Papa Dorville je Kleider in einem grobgerippten Material hergestellt?

Der Rock saß so eng, daß er ihre Schenkel zusammenpreßte und seine Hände nicht höher wandern konnten. Er küßte sie erneut, diesmal fordernder, und drückte sie sanft auf die Matratze. Als sie fühlte, wie sie das Gleichgewicht verlor, ließ sie sich willig zurücksinken.

Aber sie konnte die Beine nicht spreizen, und Robert zog die Hände unter dem Stoff hervor, um an der Taille nach dem Verschluß zu tasten.

Er wollte sie nackt sehen, unverhüllt, und er wollte sie überall küssen und ihren Körper bewundern. Er öffnete den Rock, packte ihn beim Saum und zog ihn über ihre Beine. Jetzt hatte sie nur noch einen dünnen Seidenslip an und ihre Strümpfe. Sie hatte einen runden, glatten Bauch mit einem tiefen Nabel. Er küßte ihn und füllte ihn mit der Zungenspitze aus.

Erst ihre Strümpfe! Robert löste die Strapse und begann, ihre Strümpfe an ihren Schenkeln herabzurollen, wobei er ab und an inne hielt, um ihre warme Haut zu küssen. Ihr Slip war knapp und eng, wie es bei einem solchen Rock auch erforderlich war. Er war tiefrot und mit einem ganz schmalen Spitzenrand besetzt.

An den Seiten des Dessous schauten dunkelbraune Härchen hervor. Robert betrachtete sie fasziniert – nußbraune Haare, die drei bis vier Zentimeter die Schenkel herab wuchsen. Und naturbelassen, weder rasiert noch gezupft! Es war, als würde sie eine elegant geschorene und gestylte Scham verachten.

Ihre Achselhöhlen hingegen waren enthaart, wie

Robert registrierte, ihre Nägel gefeilt und lackiert, ihr Gesicht fachmännisch geschminkt. Nur diesem kostbaren Teil ihres schlanken Model-Körpers gestattete sie völlige Natürlichkeit.

Der Anblick hatte auf Robert eine gelinde gesagt erotisierende Wirkung. Er zog ihr hastig das Höschen aus, spreizte ihre Beine und neigte den Kopf, um Lippen und Nase in dem dichten Schamhaar zu vergraben.

»Ah, wie ich sehe, gefällt dir mein kleiner Pelzmantel«, sagte sie und spreizte die Schenkel noch etwas mehr. »Manche finden ihn zu *sauvage.*«

Robert legte sich neben ihr aufs Bett, um ihre Lippen und ihr Gesicht zu küssen, während seine Finger ihren Körper erforschten. Seine Hand glitt über ihre Brüste und massierten leicht ihre Brustwarzen, bis sie stoßweise und schluchzend Luft holte. Er streichelte ihren Bauch und wandte sich dann dem lockigen Dreieck und den weichen Lippen darunter zu.

Wie anders sich das anfühlt als bei Suzette, dachte er mit einem Hauch von Boshaftigkeit. Zwischen Suzettes Schenkeln war kein einziges Härchen zu finden – nur glatte samtweiche Haut und zwei schmollende Lippen wie bei einer Zwölfjährigen. Aber Odette! Ah, welch sinnliches Gefühl, dieses krause Haar zu ertasten, dieses buschige Dreieck zu erforschen!

Seine Finger schoben die warmen Lippen unter den buschigen Haaren beiseite und fanden die weiche, feuchte Vulva. Er fand ihre Klitoris und streichelte sie sacht. Fast sofort fühlte er, wie Odette anfing zu zittern. Sie atmete unregelmäßig, und ihre Finger gruben sich in seine Arme.

»Zieh dich aus«, keuchte sie.

Robert gehorchte sofort und entledigte sich blitzschnell seines Jacketts, seiner Hose, seiner Krawatte und seines Hemdes. Er setzte sich auf die Bettkante, um sich Schuhe, Socken und Unterwäsche vom Körper zu reißen. Dann stand er wieder auf und wandte sich ihr zu.

Er war stolz auf seinen Körper und empfand nicht die

geringste Scham dabei, sich nackt zu zeigen. Sein Körper war schlank und wohlgeformt, mit breiten Schultern, flachem Bauch, knackigem Po und muskulösen Beinen.

Er hielt seine Figur durch tägliche Fitneßübungen in seiner Wohnung in Form. Er stemmte schwere Gewichte und trainierte dazu mit einem straffgespannten Expander. Dazu machte er täglich hundert Armbeugen auf dem Teppich, gefolgt von einhundert tiefen Kniebeugen, um die Muskeln seiner Schenkel und Waden zu trainieren.

Und was sein männlichstes Teil betraf, daß so eifrig nach oben zeigte und sich Odettes Blicken präsentierte, so bekam auch dieses regelmäßig Übung! Ob regelmäßiger Einsatz Fitneß und Durchhaltevermögen dieses speziellen Körperteils beeinflußte, war umstritten, aber die Natur hatte es unleugbar gut mit Robert gemeint.

Odette war beeindruckt von seiner Nacktheit. Sie rutschte bis zur Bettkante vor und umschloß sein steifes Glied mit ihren manikürten Fingern. Robert seufzte vor Wonne beim Anblick der leuchtendroten Fingernägel auf der hellen Haut seines besten Stücks.

»Und wie geht es Jean Jeudi?« fragte sie, sein Glied scherzhaft bei einem Namen nennend, den sie auf der Straße aufgeschnappt hatte.

»Er ist hoch erfreut, Ihre Bekanntschaft zu machen, Mademoiselle«, entgegnete Robert lächelnd.

Er mochte Odette für ihren Humor – etwas, das bei Frauen sehr selten war! Er vermutete, daß irgendein Selbstschutzmechanismus in der weiblichen Psyche dafür verantwortlich war, daß sie offenbar nie scherzten und auch keinen Spaß verstanden. Suzette war hierfür ein Paradebeispiel – diese unglaublich schöne Frau besaß nicht den geringsten Sinn für Humor. Oder zumindest hatte Robert nie etwas davon gemerkt.

Das mußte auch der Grund sein, weshalb es in den Varieté-Vorstellungen keine weiblichen Komiker gab. Abgesehen natürlich von Männern in Frauenkleidern – eine in Roberts Augen äußerst langweilige Art der Unterhaltung. *Sie* versuchten, Witze zu reißen und komisch zu sein. Aber Frauen waren sie nicht, egal, was sie sich auch einbilden mochten. Der eigentliche Witz war die Art, wie sie gewöhnliche weibliche Eigenschaften übertrieben, was Robert anödete. Wozu Geld dafür bezahlen, sich einen Mann mit angemalten Lippen und in Damenunterwäsche anzusehen, der sich über Frauen lustig machte?

Nachdem sie Jean Jeudi so charmant begrüßt hatte, entschied Odette, daß er auch einen Kuß verdient hatte. Sie neigte den Kopf, wobei die rote Perlenkette um ihren Hals vorschwang, und drückte die Lippen in einer liebevollen Geste auf die tiefrote Eichel. Robert strich ihr haselnußbraunes Haar zurück.

Sie blickte mit einem wissenden, leisen Lächeln zu ihm auf, öffnete die leuchtendrot angemalten Lippen und nahm Jean Jeudi in den Mund. Robert stand schwer atmend und mit zitternden Beinen da, als Wellen der Lust seinen Körper durchströmten. Es dauerte nicht lange, und er konnte es nicht mehr erwarten, sie an sich zu drücken und in sie einzudringen.

Er faßte sie unter die Achseln, und seine Finger gruben sich tief in die warmen, glattrasierten Höhlen. Sie stand jetzt ganz dicht vor ihm, die Brüste an seinen Brustkorb gedrückt.

Sie rieb sich an ihm und dirigierte den aufrechten Stab, der zwischen ihren Bäuchen gefangen war. Roberts Hände umschlossen ihre Pobacken. Für eine Frau mit kleinen Mannequinbrüsten und einer so schlanken Figur war ihr Hinterteil erstaunlich wohlgerundet. Genüßlich streichelte er darüber.

Ihr heißer Bauch rieb sich ungeduldig an seinem. Sie legte ihm die Hände auf die Brust und schob ihn sanft von sich. Dann blickte sie erwartungsvoll hinab auf sein erigiertes Glied. Sie umschlang es mit einer Hand, zog Robert mit sich und ließ sich rücklings mit gespreizten Schenkeln auf das Bett sinken.

»Komm«, murmelte sie.

Robert ließ sich nicht zweimal bitten und drang tief in ihre nasse, warme Höhle ein. So begann eine Nacht rückhaltloser Lust, in der Odette ein Verlangen zeigte, das dem seinen in nichts nachstand und ihn immer wieder von neuem erregte.

Als irgendwann mitten in der Nacht seine Kräfte nachließen, drückte sie ihn auf die Matratze, setzte sich rittlings auf ihn und versetzte sie beide erneut in Ekstase.

Der neue Tag dämmerte bereits, als sie schließlich erschöpft engumschlungen einschliefen. Es war Mittag, als sie aufwachten und sich sofort von neuem streichelten, bereit, sich wieder zu lieben. Aber sie waren so hungrig, daß ihr Verlangen warten mußte.

Hastig kleideten sie sich an und gingen hinüber in eine Brasserie, in der Robert häufig aß. Bei einer reichlichen Mahlzeit, die Frühstück und Mittagessen in einem war, erfuhr er schließlich, was Odette von ihm wollte.

Sie fragte ihn, ob er vielleicht einen Mannequin-Job für sie wüßte. Sie ahnte nicht, daß er nicht viel mit der Fabrik seines Vaters zu tun hatte, und glaubte wohl, daß er als Direktor das Unternehmen leitete. Robert entgegnete, daß seines Wissens derzeit nicht viel liefe, woraufhin sie ihm erzählte, daß ihr letzter Auftrag bereits Wochen zurücklag und schlecht bezahlt gewesen war.

Sie hatte ihre Miete nicht zahlen können und war aufgefordert worden, ihre Wohnung zu räumen. Ihre Sachen hatte sie bei einer Freundin untergestellt, aber die vergangene Nacht hatte sie nicht dort verbringen können, weil ihre Freundin nur ein Zimmer bewohnte und ihren Freund mit nach Hause gebracht hatte. Als Odette Robert auf den Champs Elysées begegnet war, hatte sie fünf Francs in der Tasche gehabt und war schrecklich hungrig gewesen.

»Aber das ist ja entsetzlich!« rief Robert betroffen aus und ergriff über den Tisch hinweg ihre Hand. Sie sah so verloren aus in ihrem Elend, so verwundbar. Und so unglaublich hübsch.

Ihm ging durch den Kopf, daß sie, als sie sich begegnet waren, unterwegs gewesen war, um sich nach den Preisen für ein billiges Hotelzimmer zu erkundigen! Er beglückwünschte sich dazu, eine so verführerische und intelligente junge Dame gerettet zu haben, die die Umstände auf die Straße gezwungen hatten.

»Da muß dringend etwas geschehen!« verkündete er.

Odette blickte aus ihren blaßgrünen Augen liebevoll zu ihm auf und gab ihm zu verstehen, daß sie ihr Schicksal in seine Hände legte.

»Laß uns zurück ins Bett gehen«, sagte Robert. »Dort können wir am besten überlegen, was wir tun können, deine Probleme zu lösen.«

»Robert, *chérie*«, sagte sie, »du bist so gut zu mir.«

Und sie klang dabei sehr aufrichtig.

Suzette auf einer Party

Armand Regence war in den zwanziger Jahren Sänger und Tänzer gewesen. Er hatte etwas an sich, das ihn von den vielen, vielen Sängern/Tänzern, die in den Musiksälen von Paris auftraten, unterschied. Er hatte einen schalkhaften Ausdruck, *joie de vivre* und Charme. Natürlich hatten das alle anderen auch, aber Regence verkörperte einfach die vollkommene Einheit all dieser Varietékünstler-Eigenschaften.

Er erfreute sich schon bald großer Beliebtheit und konnte beträchtliche Gagen für seine Auftritte verlangen. In den Dreißigern bekam er von Paris-Cine ein Filmangebot für ein Musical mit der üblichen Junge-trifft-Mädchen-Handlung. Die Produktion war künstlerisch nicht eben wertvoll, abgesehen von den Liedern, die für Regence geschrieben wurden, aber der Film trug seinen Ruhm bis nach Amerika.

1939 wurde er nach Hollywood eingeladen, gerade noch rechtzeitig, um dem Krieg zu entgehen. Nicht daß man ihn zum Kriegsdienst herangezogen hätte – er war damals bereits weit über vierzig. Er hatte nur das Glück, daß er durch die Musicals, die er in Hollywood drehte, der Unfreiheit eines von den Nazis besetzten Paris entging.

Er drehte drei überaus erfolgreiche Musicals in zehn Jahren, wurde sehr reich und zum internationalen Star. Aber bei jedem Interview erklärte er den Reportern, daß er Pariser mit Leib und Seele sei und sein Herz in Paris weile. Tatsächlich gefiel ihm dieser Satz so gut, daß er ein Lied komponieren ließ, in dem diese Zeile vorkam. Dieses Lied nahm er sowohl in Französisch auf als auch in seinem charmanten französisch akzentuierten Englisch, das ihn die besten Sprachlehrer Hollywoods gelehrt hatten. Von beiden Versionen wurden Millionen Platten verkauft.

Nach Kriegsende kehrte er im Triumph nach Paris zurück, sang ein paar Lieder, kassierte horrende Gagen und kehrte dann zurück nach Beverly Hills. Wo immer sein Herz weilen mochte, in Hollywood war er zu Hause.

Ab und an, um sich die Verehrung seiner Landsleute zu erhalten, trat er einige Wochen in dem Pariser Unterhaltungstempel auf, der ihm die besten Konditionen bot.

Nach sechs Wochen in den Folies-Bergères befand er sich wieder im Aufbruch in die Staaten. Er gab eine Party für alle Beschäftigten des Kabaretts, und da die Frauen den Herren zahlenmäßig weit überlegen waren, wurden sie aufgefordert, einen Freund mitzubringen.

Suzette beschloß, ohne Begleiter hinzugehen; sie wollte die Gelegenheit nutzen, um mit Regences Song-Arrangeur zu sprechen, einem legendären Hit-Schreiber. Er wußte, wie man einen Star machte, und Suzette hoffte, ihm den einen oder anderen Ratschlag gratis zu entlocken. Dabei wäre ein aufmerksamer Begleiter nur hinderlich. Und so bat sie Gaby, sie zu begleiten, ganz gleich, was böse Zungen reden mochten.

Sie sorgte sich zunehmend wegen Gabys neuem Freund, Lucien. Er schien stinkreich zu sein, äußerte sich jedoch nie dazu, womit er sein Geld verdiente. Gaby sagte, daß er ein aufregender Liebhaber sei und ein amüsanter Gesellschafter. Und ja, er wäre Fetischist, eine Neigung, die er jedoch weder verheimlichte noch als ehrenrührig erachtete – tatsächlich seien seine Schlafzimmerspielchen höchst unterhaltsam.

Das alles mochte ja stimmen, aber in Suzettes Augen war dieser Lucien Cluny ein dubioser Typ. Ihr wäre es lieber, wenn Gaby sich einen anderen Freund suchte, einen, der ebenso attraktiv, gutgekleidet und großzügig war wie Lucien, aber mit einer durchschaubaren Erwerbsquelle und weniger geheimniskrämerisch.

Die Party fand an ihrem freien Abend statt; sie hatten

keine Vorstellung und konnten den ganzen nächsten Tag ausschlafen. Gewöhnlich fanden solche Feiern hinter der Bühne statt, aber um seine Wichtigkeit und seinen Reichtum zu demonstrieren, ließ Regence seine Party in der geräumigen und luxuriösen Wohnung steigen, die er gemietet hatte. Sie befand sich auf dem Boulevard Lannes, mit Blick auf den Bois de Boulogne.

Suzette beschloß, ihr weißes Chiffonkleid anzuziehen – der Kontrast zu ihrem rabenschwarzen Haar war umwerfend. Das Modell war schulterfrei, und da ihre Schultern perfekt waren, zeigte sie sie auch gern. Auch mochte sie das Kleid wegen der Art, wie der feine Stoff ihre Brüste umschmeichelte, ihre vollendete Form hervorhob und sie dennoch dezent bedeckte.

Sie hatte die Erfahrung gemacht, daß so etwas den Männern gefiel. Ihre Phantasie brauchte einen gewissen Kick, und Kleider, die Busen und Po eng umschlossen, halfen ihnen entsprechend auf die Sprünge. Weite Kleider, die verbargen, was sich unter ihnen versteckte, lohnte es sich in ihren Augen nicht zu tragen, ganz egal, welcher große Name auf dem Etikett stand.

Sie trafen auf dem Boulevard Lannes ein und fuhren mit dem Fahrstuhl hinauf zu Regences Wohnung, wo im Wohnzimmer eine große Musiktruhe spielte. Die Teppiche und Möbel waren zum Tanzen beiseite geräumt worden, und wie zu erwarten gewesen war, tönte Armand Regences Stimme aus dem Lautsprecher. Zehn oder fünfzehn Paare waren auf der Tanzfläche, und obgleich die Party erst vor einer knappen Stunde begonnen hatte, tanzten einige der Paare engumschlungen, die Schenkel fest aneinandergepreßt und die Hände zärtlich Pos streichelnd.

Suzette winkte ein paar Freundinnen zu und küßte andere zur Begrüßung auf die Wange. Dann steuerte sie, Gaby im Schlepptau, die Bar an, um sich ein Glas Champagner zu holen, ehe sie den Gastgeber begrüßte. Regence stand an einem Ende des langen Raumes, umgeben von

Bewunderern und Schmeichlern. Er trug als einziger ein Dinner-Jackett – vielleicht ein Symbol seiner Überlegenheit.

Sein international bekanntes Gesicht war aufgepeppt worden – gecremt, geklopft, massiert und mit Dampf behandelt, um einer leichten Fülligkeit entgegenzuwirken. Sein Toupet wirkte wunderbar natürlich, und sein Bauch war fachmännisch zu jugendlicher Schlankheit geschnürt.

Natürlich wurde er auch als Liebhaber gefeiert – der urtypische Pariser Liebhaber, wenn man den Geschichten glauben konnte, die in Umlauf waren –, der zuvorkommende und weltgewandte Verführer zahlloser hübscher junger Mädchen und Ehefrauen. Er war der Franzose, für den jede ausländische Frau Mann und Heim aufgeben würde. Armand Regence vermochte ihnen so meisterhaft den Kopf zu verdrehen, daß sie für den Rest ihres langweiligen Lebens davon zehrten.

Er küßte Suzette stilvoll die Hand – in den vergangenen sechs Wochen hatte er mehrmals ihren nackten Po getätschelt, wenn die Showgirls die Bühne verlassen hatten, und sie hinter den Kulissen beobachtet. Jeder wußte, daß er ein Auge auf Suzette geworfen hatte – sogar die Techniker. Einige Kollegen hatten ihr wohlmeinend geraten, sie solle sich nicht zieren, während andere der Ansicht gewesen waren, die Hinhaltetaktik wäre am erfolgversprechendsten.

Suzette hatte ihn nicht entmutigt, wohl wissend, daß sie keine inakzeptablen Avancen zu befürchten hatte. Regence hatte viermal geheiratet. Einmal vor dem Krieg in Paris und weitere dreimal in Hollywood. Letztere drei Ehen war er mit Starlets eingegangen, die immer jünger gewesen waren, je älter er selbst geworden war.

Aber leider wurde gemunkelt, daß der große französische Liebhaber dieser Tage Potenzprobleme habe. Natürlich hatte er noch Beziehungen, aber offenbar bedurfte es dabei einiger Unterstützung, weshalb er seinen drei Sekretärinnen treu blieb, die zu seinem Hofstaat gehörten. Keine von ihnen war auch nur einen Tag älter als achtzehn. Hinter der Bühne hatten ihre beruflichen Fähigkeiten Anlaß zu wilden Spekulationen gegeben.

Sie stammten aus Französisch-Indochina, ein Trio zierlicher asiatischer Schönheiten. Es hieß, sie wären von frühester Jugend an in den geheimen Liebeskünsten des Fernen Ostens unterwiesen worden, jenen Künsten, die in den guten alten Tagen Kaiser entzückt hatten. Aber wie dem auch sei, sie alle drei lagen Regence unzweifelhaft sehr am Herzen.

Suzette sonnte sich in seinem strahlenden Lächeln und lauschte belustigt seinen charmanten Komplimenten, die den wahren Experten verrieten. Sie flirtete mit ihm, was ihm schmeichelte und ein Kichern entlockte. Er ehrte sie mit der höchst fragwürdigen Auszeichnung des Verführers, indem er ihr durch den dünnen Chiffon ihres Kleides in den Po kniff.

Aber es war nur ein Spiel, und das wußten sie beide. Als er schließlich sein Repertoire erschöpft hatte, wandte er sich einer anderen zu. Suzette zog sich diskret zurück. Sie sah, daß Gaby von zwei oder drei Verehrern belagert wurde und ihrer Unterstützung nicht bedurfte. Sie konnte sich also dem eigentlichen Zweck ihres Kommens zuwenden. Wo steckte der berühmte Arrangeur?

Auf der Tanzfläche brandete Gelächter auf, und Suzette trat näher, um zu sehen, was vor sich ging. Neben ihr stand Angélique Brabant, eins der Showgirls aus den Folies-Bergères, eine anmutige Brünette mit großen Rehaugen und Schmollmund. Angéliques Aussehen wog bis zu einem gewissen Grad ihre mangelnde Intelligenz auf, aber sie war von Natur aus gutherzig.

»Was gibt's denn?« fragte Suzette. »Was gibt es denn zu lachen?« Sie hakte Angélique in einer freundschaftlichen Geste unter, was ihr einen zornigen Blick des Mannes einbrachte, der neben Angélique stand und einen Arm um ihre Taille gelegt hatte.

»Das ist Jean-Pierre!« stellte Angélique ihren mißgestimmten Freund vor. Suzette begnügte sich mit einem Nicken; er war keinen Händedruck wert.

Die Frage nach der Ursache des Gelächters erübrigte sich. Miss Hetty tanzte mit einem ihrer *Jungs*. Hetty war ein Star – sie war Amerikanerin und Sängerin und beim Pariser Publikum wegen ihrer Extravaganz beliebt. Sie sang sentimentale Liebeslieder in sehr annehmbarem Französisch. Ihre Lieder waren romantisch bis zum Überdruß, und unter normalen Umständen hätte ihre zuckersüße Darbietung ein anspruchsvolles Publikum wohl kaum begeistern können.

Hetty trat in glänzenden, schwarzen Satinkleidern auf, ihr Busen züchtig bedeckt und mit mehreren Kilo falscher Diamanten um den Hals und an den Handgelenken. Während sie sang, posierten ihre Jungs in einer Reihe hinter ihr. Diese sogenannten Jungs – oder *Boys* – waren Mitte oder Ende zwanzig und einer wie der andere umwerfend gebaut. Halbnackt erinnerten sie an griechische Athleten bei den olympischen Spielen der Antike!

Und bei Hettys Auftritten waren sie tatsächlich mehr als nur halbnackt – auf der Bühne trugen sie lediglich knappe Lendenschurze aus Leopardenfellimitat, glänzende schwarze Zylinder, gestärkte weiße Manschetten und um den breiten Hals schwarze Samtfliegen. Hinter Hetty stehend, ließen sie gekonnt ihre Muskeln spielen, wobei ihre eingeölte Haut im Scheinwerferlicht golden schimmerte.

Die Zurschaustellung von so viel männlicher Haut – glattrasierte muskulöse Brustkörbe, kräftige Schenkel und knappe Leopardenfell-Lendenschurze – verlieh Hettys unschuldigen Texten eine reizvolle Doppeldeutigkeit, und das Publikum fand Gefallen an ihrer Dreistigkeit.

Sie sang *Parlez-moi d'amour* mit lieblicher Stimme – während die *Boys* den Unterleib in ihre Richtung vorschoben. Wenn sie *Je t'aime* hauchte, standen die Jungs mit gespreizten Beinen da und ließen ihre gewaltigen Oberschenkelmuskeln spielen.

Die Gentlemen im Publikum lachten, während ihre Damen auf die Lendenschurze starrten und sich ihre eigenen Gedanken machten.

Hinter der Bühne wurde natürlich entsprechend getratscht. Die meisten von Suzettes Kollegen und Kolleginnen glaubten, daß Hetty sich alle sechs Jungs abwechselnd ins Bett holte, während andere davon überzeugt waren, daß nur schwule Boys ausgewählt wurden, die sich untereinander vergnügten. Die dritte Variante lautete dahingehend, daß Hetty das Bett jede Nacht mit allen sechs Jungs teilte.

Wie auch immer, Hetty tanzte mit einem von ihnen – Anatole Soundso – zu einer seelenvollen Ballade von Armand Regence, die aus der Musiktruhe plätscherte. Hettys Jungs waren allesamt wahre Hünen, während sie selbst sehr klein war, einen halben Meter kleiner als Anatole. Sie sah in seinen Armen aus wie ein kleines blondes Püppchen.

Sie hatte Anatole aufgefordert, Jackett und Hemd auszuziehen, damit sie beim Tanzen seine nackte Brust streicheln konnte. Auf der Bühne faßte Hetty nie einen der Jungs an, und auch sie wahrten einen Abstand von mindestens zwei Metern.

Daß sie nun so offen Anatole streichelte, war Anlaß für wüste Spekulationen. Dann stimmte es also doch, daß die Jungs ihre Liebhaber waren! Die Frage war nur, ob sie sie einen nach dem anderen vernaschte oder alle gleichzeitig.

Die schlaueren unter den Zuschauern erkannten jedoch, daß sie ein völlig anderes Spiel spielte. Die Publicity-Leute hatten der Presse die sensationellste Showbusineß-Story seit Armand Regences kürzlicher Scheidung zugeflüstert, nämlich daß die internationalen Stars Armand Regence und Miss Hetty sich unsterblich ineinander verliebt hätten. Sie wären Tag und Nacht unzertrennlich – die leidenschaftlichsten Liebenden seit … seit egal, wen man anführen wollte, bis hin zu Antonius und Kleopatra.

Zeitungsleser liebten solche Geschichten, und sie waren gut fürs Geschäft. Die Wahrheit war natürlich eine völlig andere, aber was hatten Zeitungen schon mit der Wahrheit zu tun? Regence und Hetty konnten einander nicht ausstehen und wechselten nie ein Wort miteinander. Wenn in seiner Gegenwart ihr Name erwähnt wurde, zuckte er mit den Achseln und meinte, daß es bedauerlicherweise auch ein Publikum für weniger anspruchsvolle Unterhaltungsformen gäbe. Hetty ihrerseits bezeichnete ihn als zweitklassigen Gestrigen.

Im Augenblick machte sie sich gerade über ihn und seinen Song lustig. Ein starres Lächeln trat auf seine gehätschelten Züge, als er erkannte, was sie beabsichtigte. Um das Gesicht zu wahren, tat er, als würde es ihn amüsieren.

Brüllendes Gelächter ertönte, als Regence auf der Schallplatte heiser sang »Laß mich dich umarmen, Darling«, und Hetty daraufhin eine Hand in Anatoles Hose steckte und darin herumfuhr!

»Amerikaner!« schnaubte Angéliques Freund verächtlich. »Sie besitzen keinerlei *Finesse*!«

»Was meinst du, Suzette – sind Hettys Jungs alle vom anderen Ufer, oder schläft sie mit ihnen?« fragte Angélique, die hübsche Stirn nachdenklich gerunzelt.

»Ich für meinen Teil hatte da nie Zweifel«, entgegnete Suzette. »Ich bin überzeugt davon, daß sie in ihrem Hotelzimmer sämtliche Kissen auf dem Boden ausbreiten und alle zusammen schlafen, Hetty und ihre sechs Jungs.«

»Aber das wäre ja eine Orgie!« rief Angélique atemlos aus. »Stell sich das einer vor – im Dunkeln mit sechs nackten Männern dazuliegen. Und alle diese Hände, die einen gleichzeitig anfassen! Unglaublich – wirklich unglaublich!«

Angéliques Freund warf Suzette einen finsteren Blick zu. Um ihn noch mehr zu ärgern, drückte sie Angéliques Arm und flüsterte: »Aber stell dir doch einmal vor, wie phantastisch es sein muß, von sechs starken Männern gleichzeitig geliebt zu werden!«

Als Jean-Pierre seiner Empörung Luft machte, zog Suzette sich zurück, um die beiden ihre Differenzen allein beilegen zu lassen. Sie schlenderte in der riesigen Wohnung von einem Zimmer ins andere, begrüßte Freunde und tauschte Nettigkeiten aus. Einige mochte sie, andere nicht, während sie wieder andere kaum kannte, aber ihre Kollegen waren alle da – die Stars und die Showgirls, die Tänzer, Akrobaten, Jongleure und Magier, der unglückliche Transvestit, der Kostümbildner, die Abzocker, die Redenschwinger, die ganze glitzernde Gesellschaft, die eine Theaterproduktion umfaßt.

Nur den Mann, den sie suchte, konnte sie nirgends entdecken. Wo steckte bloß dieser Liederarrangeur, in den Armand Regence solches Vertrauen steckte? Wo war Raoul de Montmilieux Pontillard, wie er sich nannte? Ein Name wie dieser mußte einfach ein Künstlername sein, und der Mann selbst war bestimmt ein Scharlatan – vermutlich ein Provinzlehrer, der gefeuert worden war, weil er kleine Mädchen befummelt hatte!

Aber er besaß diese Fähigkeit, bedeutungslose Worte in Melodien zu verwandeln, in etwas völlig Neues, aus dem sogar Armand Regence mit seiner brüchigen Stimme und seinem schwindenden Charme einen Hit machen konnte, der sich millionenfach verkaufte!

Endlich fand sie ihn – im Schlafzimmer des großen Stars. Sie vermutete, daß er dieses Zimmer gewählt hatte, weil das Bett breit genug war für drei bis vier Personen und dazu mit pfirsichfarbenen Satinlaken und passendem Baldachin ausgestattet war.

Raoul de Soundso lag der Länge nach auf dem Bett – das Jackett hatte er abgelegt, die Schuhe jedoch anbehalten. Offensichtlich wollte er damit demonstrieren, daß er sich alles erlauben konnte. Ohne ihn gab es keine Hits mehr für Regence, nie wieder! Sollte er sich also beschweren, wenn er es wagte, der alte Knacker!

Raoul war ein beleibter Mann mit rundem, feistem Gesicht. Sein dunkles Haar war mit glänzender Pomade zurückgekämmt, und er hatte nicht einmal seine Hornbrille abgenommen. Rechts und links von ihm lag je ein Mädchen, beide nur noch mit Slips bekleidet.

Eins der Mädchen träufelte ihm aus einem Glas Champagner in den geöffneten Mund. Sie war eine rothaarige Schönheit mit Alabasteraugen und gehörte nicht zum Varietéensemble. Vermutlich hatte einer der Gäste sie mitgebracht.

Bei dem zweiten Mädchen handelte es sich um eine von Regences asiatischen Schönheiten. Ihre Haut war von der Farbe dunklen Honigs. Wie schmal sie gebaut war – beinahe knabenhaft mit ihren schmalen Hüften und den flachen Brüsten! Man konnte sich schwer vorstellen, welche besonderen Reize Regence an seinen *Sekretärinnen* so faszinierten.

Die kleine Lotusblüte aus dem Osten hielt eine fast leere Flasche in der Hand und goß schäumenden Champagner auf Raouls Brust. Sein weißes Hemd war völlig durchnäßt.

Alle drei kicherten betrunken. Aber Raoul de Was-auch-immer war nicht so betrunken, daß er nicht bemerkt hätte, daß Suzette den Raum betreten hatte und ihn anstarrte.

»Aaah!« krächzte er und schob sich mit dem Zeigefinger die Brille höher auf die Nase. »Ich kenne dich – du bist Suzy – und du hast zwei wirklich schöne *nichons*! Die schönsten in der Show! Zieh dich aus und leg dich zu uns. Ich will sie fühlen!«

Suzette zuckte die Achseln. Da konnte man nichts machen – in seinem Zustand würde er ihr keinen vernünftigen Rat geben können, und sie hätte das Bett lieber mit einer Kröte geteilt als mit ihm.

Es war so lächerlich, wie er sich über seinen kleinen Triumph freute und Regence auf diese miese Art eins auswischte! Suzette lachte – über ihn, den einfältigen Hanswurst, und über sich selbst, weil sie sich eingebildet hatte, er würde sich herablassen, ihr zu helfen.

Sie schlüpfte aus dem Raum, während er von einem Hustenanfall geschüttelt wurde, nachdem er sich am Champagner verschluckt hatte. Die nackten Mädchen kreischten vor Lachen, und die Asiatin mit der honigfarbenen Haut warf die leere Flasche durch den Raum.

Im Wohnzimmer hatte Hetty ihre Show beendet, und auf der Tanzfläche befanden sich inzwischen mehr Paare. Offenbar hatte Regence befohlen, den Stapel seiner eigenen Platten zu entfernen und etwas anderes aufzulegen. Zwei Männer forderten Suzette zum Tanz auf, und sie willigte ein. Den zweiten hatte sie noch nie gesehen. Er war etwa fünfunddreißig, dunkelhaarig, gutaussehend und gutgekleidet, wenn auch konservativ. Er gehörte nicht zum Ensemble, und sie erfuhr, daß er Finanzberater sei, was immer das sein mochte. Sein Name war Blaise Fulbert.

Er war ein guter Tänzer und sehr beredt. Er hielt Suzette locker im Arm und doch auf eine Art, die Geborgenheit vermittelte. Er erzählte ihr, daß er sich oft die Vorstellung in den Folies-Bergères ansah, das heißt, etwa einmal im Monat, und daß er stets nach ihr Ausschau halte. Er sagte, daß sie die schönste Frau wäre, die er je gesehen habe, und daß mit ihr zu tanzen die Erfüllung eines Traums wäre!

Suzette fand ihn nett. Ein Finanzberater mußte darüber hinaus auch finanziell gut gestellt sein. Wer würde schon auf den Rat eines Mannes hören, der nicht in der Lage war, sich selbst zu bereichern? Aber hiervon abgesehen, strahlte er auch eine Verläßlichkeit aus, die bei den Künstlern, mit denen sie zusammenarbeitete, selten war. Und überhaupt war er charmant.

Nachdem sie sich erst kennengelernt hatten, blieben sie zusammen. Blaise holte Champagner, sie plauderten und lachten, wie es Männer und Frauen tun, wenn sie einander kennenlernen und abschätzen. Die ersten Eindrücke waren positiv, und so dauerte es nicht lange, und Blaises Arm lag um Suzettes Taille.

Sie zogen sich aus dem Tanzsaal zurück in den langen Flur vor dem Wohnzimmer, lehnten sich lässig an die mit Seide bespannte Wand und tauschten Einzelheiten aus ihrem Leben aus – natürlich nur eine Auswahl schmeichelhafter Details. Als im Wohnzimmer Überrachungsrufe laut wurden, kehrten sie zu den anderen zurück.

Es war eine Nacht öffentlicher Zurschaustellung persönlicher Gefühle: erst Hetty, die demonstrierte, was sie von Armand Regence hielt, dann der schmerbäuchige Raoul, der sich so schamlos präsentierte. Wer mochte sonst noch seine Maske abgelegt haben, um sein wahres Gesicht zu zeigen? Vielleicht stimmte mit dem Champagner etwas nicht, daß er solche Bekundungen von Verachtung und Haß herbeiführte – Regence war als hinterhältig und gemein bekannt. Jetzt war es Francine Mesuet, die vor aller Augen ihrer Verachtung für ihren Bühnenpartner Luft machte.

Gilles und Francine waren akrobatische Tänzer. Das heißt, sie traten fast nackt auf – Gilles in knappen Hirschlederunterhosen, in die er sich zwängen konnte, ohne seine Männlichkeit völlig zur Schau zu stellen, und Francine in einem winzigen *cache-sexe* und barbusig. Zu angemessen romantischer Orchestermusik hob Gilles Francine mit einer Hand über den Kopf, und sie nahmen artistische Posen ein – eine Hand in ihrem Kreuz, streckte sie Arme und Beine aus; eine Hand unter ihrem Schenkel, so daß sie auf seiner Hand saß, die Knie angewinkelt und die Arme erhoben ... und so weiter und so weiter.

Als Balanceakt und akrobatische Darbietung mochte die Show beeindruckend sein, aber der wahre Reiz bestand darin, den Männern im Publikum Gelegenheit zu geben, Francines zierlichen Körper in ungewöhnlichen Posen zu studieren – auf dem Kopf stehend, ausgestreckt, die Füße gespreizt und die Beine dem Publikum zugewandt – je nachdem, wie Gilles sie hielt. Die Frauen ihrerseits erfreuten sich an Gilles gestähltem Körper.

Francine tanzte gerade mit einem ungarischen Jongleur, der sich Sandor nannte. Sie trug ein sehr enges schwarzes Minikleid und schmiegte sich in eindeutiger Manier an ihren Tanzpartner.

»Sie tanzt mit solcher Leidenschaft!« sagte Blaise, der Suzette wieder freundschaftlich einen Arm um die Taille gelegt hatte.

»Für eine Jungfrau schon, ja«, entgegnete Suzette mit einem Lächeln.

»Unmöglich! Ihr Bühnenpartner – wie heißt er noch gleich – muß in sie verliebt sein. Wo ist er überhaupt?«

Gilles war nirgends zu sehen, und das war auch gut so. Francine rieb ihren geschmeidigen Körper so verführerisch an Sandor, daß ein erregter Ausdruck auf seinem Gesicht lag und in seine Augen ein verräterischer Glanz trat. Für jeden, der ihnen zusah, war eindeutig, daß ihre Körper sich in dieser Nacht noch viel näher kommen würden.

Suzette erklärte Blaise, daß es nicht Gilles Art war, mit einer Partnerin zu schlafen – noch mit irgendeiner anderen Frau. Er hatte im Theater einen schlechten Ruf – nicht weil er vom anderen Ufer war, so wie viele Männer im Showgeschäft, sondern weil er Francine behandelte, als wäre sie sein persönliches Eigentum, ein Gegenstand, den er in irgendeinem Laden käuflich erworben hatte.

Aber nur auf der Bühne hatte er eine Beziehung zu ihrem anmutigen Körper, wenn sie nur mit ihrem knappen, von Spangen gehaltenen *cache-sexe* bekleidet graziös auf seinen Händen posierte.

Welch traurige Verschwendung, lautete das Urteil der meisten weiblichen Ensemblemitglieder über Gilles Neigung. Es hatte sogar den einen oder anderen Versuch gegeben, ihn zu bekehren. Eine Freundin von Suzette, ebenfalls Showgirl, Jasmine Bonaventure, hatte es ebenfalls versucht und war soweit gekommen, daß er mit ihr in einer Bar etwas getrunken hatte. Jasmine hatte große und schöngeformte Brüste mit so dunklen Warzenhöfen, daß sie sie rosa schminkte, bevor sie auf die Bühne ging.

Aber auch wenn sie sie grellviolett angemalt hätte, hätte dies Gilles nicht gekümmert.

»Er sieht so phantastisch aus«, beklagte sie sich traurig bei Suzette. »Er kann mit mir ins Bett, wann immer er will – und wenn er verlangt, daß ich mich auf den Bauch lege, ist mir auch das recht!«

Wenn Francine Sandor nach der Party in sein verwanztes Hotel begleitete und sich ihm die ganze Nacht hingab, würde Gilles nicht eifersüchtig reagieren. Aber er würde wütend sein, weil eine solche Freiheitsbekundung seinen Besitzanspruch an sie bedrohte. Er selbst wollte sie nicht haben, aber er wollte auch nicht, daß ein anderer sie bekam.

Alle hatten sie häufig durch die Garderobenwände hindurch lautstark streiten hören, wobei Gilles brüllte und Francine schluchzte. Jeder wußte davon, wie er sie demütigte, wenn sie sich eine Stunde lang seiner Kontrolle entzogen hatte. Er zwang sie dann, sich im grellen Neonlicht der Garderobe bis auf den Slip auszuziehen, damit er ihren Körper Millimeter für Millimeter begutachten konnte.

Er fürchtete ständig, sie könnte ihn verlassen und mit einem anderen Mann durchbrennen. Er suchte nach Beweisen dafür, daß sie mit einem Mann geschlafen hatte, untersuchte ihren Körper auf Spuren, die von Zähnen oder Fingernägeln herrühren könnten.

Er behauptete, seine Sorge rühre daher, daß man die Spuren der Liebe auf der Bühne sehen konnte – verblaßte Bißspuren an der Schulter oder Druckstellen an den Schenkeln.

Er konnte nie solche Spuren finden. Gilles weigerte sich, es zu glauben, aber Francine war ihm krankhaft treu. Und Suzette war überzeugt davon, daß sie noch Jungfrau war. Trotzdem würde Gilles heute nacht einen Tobsuchtsanfall bekommen, sie aufs übelste beschimpfen und drohen, sie zu schlagen. Natürlich erhob er nie wirklich die Hand gegen sie, aber allein die Androhung reichte gewöhnlich aus, daß sie in Tränen ausbrach.

Was seinen eigenen sehnigen, durchtrainierten Körper betraf, achtete er darauf, daß seine Liebhaber, die er in Bars aufgabelte und mit nach Hause nahm, keine sichtbaren Spuren hinterließen. Er ließ sich jeden Tag von Francine massieren, um seine Muskeln geschmeidig und seine Haut glatt zu halten. Hierfür entkleidete er sich bis auf einen knappen Slip und legte sich mit gespreizten Beinen und Armen aufs Bett.

Er verschlimmerte die sexuelle Demütigung, mittels derer er Francine kontrollierte, dadurch, daß er sie zwang, sich bei diesem tagtäglichen Ritual ebenfalls auszuziehen, Kleid und Strümpfe abzulegen und ihn nur mit einem Slip bekleidet zu massieren. Frauenbrüste reizten ihn nicht, aber er bestand dennoch darauf, daß sie sich entblößte. Der Grund hierfür war grausam. So klein Francines Brüste auch sein mochten, wenn sie sich über ihn beugte, um ihn zu massieren, schwangen sie bei jeder Bewegung mit – und Gilles nutzte die Gelegenheit für verletzende Bemerkungen.

Sie versuchte, seine Kommentare zu ignorieren, obwohl sie sie immer noch erröten ließen. Das Problem war, daß sie ihm alles Schöne in ihrem Leben verdankte. Auch er ließ keine Gelegenheit aus, sie daran zu erinnern. Ohne Gilles wären ihre Jugend, ihre Schönheit und ihre Träume in den Hinterhöfen von Paris verwelkt, in Armut und Frustration.

Gilles hatte sie in einem schäbigen Tanzschuppen gesehen und gleich ihr Potential erkannt. Er hatte sie überredet, von daheim fortzulaufen und zu ihm in seine kleine Wohnung zu ziehen. Er lehrte sie akrobatische Posen, beschimpfte sie und ließ sie sechzehn Stunden täglich trainieren, bis sie als Bühnenpartnerin perfekt war. Ihr Erfolg in verschiedenen Kabaretts mit den Auftritten in den

Folies-Bergères als Höhepunkt war eine ständige Erinnerung dafür, wie tief sie in seiner Schuld stand.

Sie war erst siebzehn, als er sie entdeckte. In ihrer Naivität glaubte sie, er würde nicht nur ihr Tanzpartner, sondern auch ihr Liebhaber werden. Sie mußte jedoch schnell erkennen, daß er kein sexuelles Interesse an ihr hatte. Tatsächlich verbrachte sie die meisten Nächte auf dem Sofa, während Gilles sich im Schlafzimmer mit einem hübschen Jüngling amüsierte.

Wenn Gilles sich zu seiner täglichen Massage aufs Bett legte, kniete Francine sich barbusig über ihn und rieb ihn mit goldenem Öl ein. Sie lockerte sehr vorsichtig seine Muskeln, massierte seine Brust aufwärts bis zum Hals und dann abwärts. Wenn sie dann seinen flachen Bauch und seine muskulösen Schenkel berührte, schloß er die Augen und versank in irgendwelchen Träumereien. Worum es in diesen Träumereien ging, blieb sein Geheimnis.

Aber Francine glaubte zu wissen, was hinter seinen geschlossenen Lidern vorging, weil sie, während sie die Muskeln und Sehnen an seinen Innenschenkeln massierte, sehen konnte, wie sein Glied in seinem schwarzen Slip anschwoll.

Wenn er sich wieder beruhigt hatte, leckte er sich die Lippen und befahl ihr, ihn eine halbe Stunde in Ruhe dösen zu lassen.

Francine hatte sich feierlich geschworen, daß Gilles eines Tages den größten Schock seines Lebens erleben würde. Sobald sie einen anderen Partner gefunden hatte, mit dem sie auftreten konnte, würde sie Gilles verlassen, ohne dadurch ihre eigene Karriere zu zerstören.

Wenn der große Tag gekommen war, würde sie ihn, bevor sie ihm die Neuigkeit mitteilte, eine letzte Massage kredenzen. Sie würde so gehorsam sein wie immer – tatsächlich würde sie es noch länger hinziehen als normal, sich vielleicht eine halbe Stunde Zeit nehmen, um sich von seinem Hals bis zu seinen Schenkeln vorzuarbeiten.

Und dann, nur mit ihrem Slip bekleidet, zwischen Gilles' gespreizten Beinen kniend, würde sie zum erstenmal stolz die Brüste vorschieben und ihn auslachen! Und in diesem Augenblick, wo er vor Wut und Demütigung außer sich sein würde, wollte sie ihm eröffnen, daß sie ihn verließ.

Und als krönende Beleidigung – um sich für die jahrelangen Demütigungen zu rächen, die er ihr auferlegt hatte – würde sie auf seinen nackten Bauch spucken.

»Francine hat sich verändert«, sagte Suzette, die aufmerksam beobachtete, wie sie sich an Sandor klammerte. »Morgen früh wird sie keine Jungfrau mehr sein, Gilles sollte aufpassen.«

»Komm und tanz auch so leidenschaftlich mit mir«, sagte Blaise.

Und so tanzten sie eng aneinander geschmiegt, und Suzette fühlte, wie sein steifes Glied sich an ihren Unterleib preßte und eine Hand durch den dünnen Chiffon ihren Po streichelte. Er küßte sie sehr zärtlich, und sie ließ zu, daß er sein Bein zwischen ihre Schenkel schob. Nach zwei oder drei Minuten wurden die Musik bedeutungslos und die anderen Tänzer lästig.

Sie verließen das überfüllte Wohnzimmer, einander umschlungen haltend, und suchten nach einem stillen Plätzchen. Trotz der zahlreichen Gäste mußte es in einer so riesigen Wohnung wie dieser einen abschließbaren Raum geben, in dem sie eine Weile allein sein konnten.

Aber die Türen, die sie probierten, waren bereits alle abgeschlossen – bis auf eine, und sie tauchten in die Dunkelheit ein. Im Licht, das vom Flur hereinfiel, bot sich ihnen ein interessanter und ungewöhnlicher Anblick: fünf Personen wälzten sich auf einem Bett.

»*Oh la la*!« raunte Blaise, und sein Arm schloß sich fester um Suzettes Taille.

Suzette wandte sich ab, Blaise schloß die Tür und folgte ihr. Er glaubte, sie wäre schockiert von dem, was sie gesehen hatte, und begann sich zu entschuldigen. Er versicherte ihr, daß er keine Ahnung gehabt hätte von dem, was dort vor sich ging. Aber der wahre Grund, weshalb sie dem Zimmer den Rücken gekehrt hatte, war der, daß eine der Frauen auf dem Bett Gaby gewesen war. Suzette hatte ihre Freundin nicht in ihrer Lust stören wollen.

»Gehen wir zu mir«, schlug Blaise vor, schloß Suzette in die Arme und küßte sie auf die Nasenspitze.

Blaise verliebt sich

Auf dem Boulevard Lannes parkte Blaises Wagen mit der vorderen Stoßstange dicht vor einem Baum. Suzette sah, daß es sich um eine große schwarze Citroen-Limousine handelte, neu und glänzend. Blaise öffnete die Beifahrertür und half ihr beim Einsteigen, wobei er mit sanfter Galanterie ihre Beine in den Wagen hob – wobei er die Gelegenheit nutzte, mit einer Hand sacht ihr Knie zu streicheln. Sie lächelte zu ihm auf. Er setzte sich ans Steuer und startete den Motor. Dann wandte er sich ihr mit fragend gewölbten Brauen zu.

»Was ist dir lieber? Meine Wohnung oder deine?« fragte er.

»Wo wohnst du denn, Blaise?«

Sie hatte nicht die geringste Absicht, mit zu ihm zu gehen, zumindest nicht am ersten Abend. Das hieße, dem Mann, der bisher nur eine flüchtige Bekanntschaft war, zu viel Initiative zu überlassen.

Aber selbstverständlich war es interessant, mehr über ihn zu erfahren, und wenn sie einander besser kannten, würde sie ihn auch bei sich zu Hause besuchen. Bei unverheirateten Männern sagte der Stil ihrer Einrichtung – oder der Mangel hieran – sehr viel aus. Aber bis dahin hatte er sie nach Hause zu begleiten.

»Boulevard Haussmann«, entgegnete er. »Am westlichen Ende.«

»Es ist noch früh«, sagte Suzette. »Fahr mit mir ein wenig durch den Bois de Boulogne.«

Es war kaum Mitternacht. Armand Regences Party würde noch Stunden dauern, bis praktisch niemand mehr sich auf den Beinen halten konnte.

Blaise setzte von dem Baum zurück und fuhr den Boulevard hinauf in Richtung der Porte Dauphine und des

Bois. Es war eine laue Nacht, die dazu verlockte, unterwegs zu sein und die Freuden zu genießen, die Paris zu bieten hatte. Suzette kurbelte das Fenster herunter, und der Fahrwind zerzauste ihren schwarzen Pony. Sie bogen in den Bois ein, und Blaise steuerte den Citroen mit einer Hand, während die andere auf Suzettes Knie ruhte. Der Schalthebel befand sich oben am Armaturenbrett, so daß er nicht störte. Nichts hinderte ihn daran, sie zu gegebener Zeit zu umarmen, weder mechanische Hindernisse noch andere Lästigkeiten.

Er fuhr durch den Wald und bog in die Allée de Longchamp ein.

»Nein, nein!« sagte Suzette. »Nicht hier – hier steht unter jedem Baum ein Flittchen. Es ist wie in Montmartre, nur ohne Neonschilder. Bieg irgendwo wieder ab.«

Nachdem sie noch eine Weile gefahren waren, fand er einen weniger frequentierten Abschnitt. Als Suzette jedoch vorschlug, er solle am Straßenrand haltmachen, wurde er leicht nervös.

»Es ist verboten, nach Einbruch der Dunkelheit im Bois zu parken«, sagte er. »Es gibt bestimmt Polizeistreifen.«

Sein Zögern erinnerte sie daran, daß er nicht ihrer Welt des glamourösen Scheins angehörte. Er mochte sich am Rand bewegen, vielleicht weil er in seiner Eigenschaft als Finanzberater Regence oder demjenigen, der ihn sonst eingeladen hatte, nützlich sein konnte. Aber dieser Blaise Fulbert war durch und durch ein solider Bürger, ein Mann, der pünktlich seine Miete zahlte und sich niemals in der Nähe eines *Défense-de-fumer*-Schildes eine Zigarette angezündet hätte.

Aber ab und an, wenn die Versuchung groß genug war, konnte er sicher sein Pflichtbewußtsein ein wenig vernachlässigen, oder? Und zweifellos, die schöne Suzette im Mondlicht – oder auch im strahlenden Licht des Tages – war eine Versuchung, der nur ein verknöcherter alter Richter hätte widerstehen können.

Blaise parkte so unauffällig wie möglich unter einem Baum und stellte den Motor ab. Nach einer Weile schaltete er auch die Scheinwerfer aus und wandte sich auf seinem Sitz Suzette zu. Sie saß sittsam da, die Knie zusammen und die Hände auf dem Schoß. Immerhin war Blaise ein Mann – es lag bei ihm, den Anfang zu machen.

Für einen Langsamstarter stellte er sich schließlich gar nicht ungeschickt an. Er legte ihr einen Arm um die Schultern, und sein Kopf näherte sich ihr. Er bedeckte ihr Gesicht mit leichten Küssen, und sein warmer Atem war beinahe wie eine Liebkosung auf ihrer Wange und ihrem Mund. Er küßte sie auf die Halsbeuge, um den leichten Puls unter seinen Lippen zu fühlen. Er küßte sie hinter den Ohren, auf die Augenlider und auf die Schläfen.

Suzette ruhte entspannt in seiner Armbeuge und ließ ihre Erregung wachsen. Jetzt, da er den Anfang gemacht hatte, wurde er mutiger. Durch den Chiffon ihres Kleides hindurch glitt seine Hand über ihre Brüste, erkundete ihre opulente Fülle, streichelte ihre verhärteten Brustwarzen, die er durch den seidigen Stoff fühlen konnte.

Suzette fühlte ein leichtes Pochen zwischen den Schenkeln, einen ersten Hauch von Feuchtigkeit und ein wohliges Kribbeln im Bauch. Blaise flüsterte, daß sie die schönste Frau sei, der er je begegnet sei, während er die Hand unter ihren Rock schob. Er legte eine Hand flach zwischen ihre warmen Schenkel, wo glatte Seidenstrümpfe ihn daran hinderten, nackte Haut zu fühlen.

»Ah, Blaise«, murmelte sie, ihre Stimme ein wenig zittrig aufgrund der wunderbaren Gefühle, die seine Küsse und seine Liebkosungen in ihr geweckt hatten. Seine Hand glitt höher, über den Rand ihrer von Strapsen gehaltenen Strümpfe, bis sie leicht auf nackter Haut ruhte, weit oben, beinahe am Spitzenrand ihres Höschens.

»*Chérie, chérie*!« seufzte er, und seine Finger überwanden die letzten Zentimeter und schoben ihre Schenkel auseinander. Dann war seine Hand in ihrem Slip, streichelte sie sanft. Erregte sie. Sie hörte, wie er hörbar nach Luft schnappte, als er entdeckte, daß sie zwischen den Beinen glatt rasiert war.

»*Oh, oh!*« rief er aus, seine Bariton-Stimme zitternd vor Erregung. »Aber ... aber ...«

»Aber ja, Blaise«, entgegnete sie und spreizte die Beine weiter.

Es dauerte einen Augenblick, bis er wieder vernünftig sprechen konnte, und auch dann bebte seine Stimme noch.

»Aber natürlich«, sagte er. »Du rasierst dich, weil du auf der Bühne diese winzigen *cache-sexe* trägst. Ich verstehe. *Mon Dieu* – all diese Abende habe ich dich bewundert, ohne je zu ahnen, daß du unter dem Straß nackt warst. Ah, welche Freude!«

Während er sprach, rieben seine Finger fieberhaft die weichen Lippen, die seine Phantasie beschäftigten. Suzette lehnte sich soweit es ging in ihrem Sitz zurück, die Beine gespreizt.

Für sie war Blaises Überraschung nichts Neues. Jeder neue Freund machte zu Beginn der Intimitäten diese Entdeckung, und bis auf zwei hatten alle verblüfft reagiert.

Manchen gefiel es, anderen nicht. Aber sie war nun einmal so, und sie hatten in diesem Punkt nichts zu sagen. Ganz am Anfang, vor zwei oder drei Jahren, als sie zur Vorbereitung auf ihren ersten Bühnenauftritt das erstemal das dichte, schwarze Haar zwischen ihren Schenkeln abrasiert hatte, war es ein seltsames Gefühl gewesen. Aber angenehm seltsam. Sie war sich ihrer Nacktheit unter ihrem *cache-sexe* überdeutlich bewußt gewesen. Es bereitete ihr eine gewisse Befriedigung, daß das Publikum ihre Brüste anstarren konnte, sosehr es ihm gefiel – die Frauen voller Neid und die Männer voller Lust – ohne daß sie jedoch ihr Geheimnis kannten. Ein Geheimnis, das ihr ganz allein gehörte.

In dieser ersten Nacht war sie allein gewesen und hatte ihr eigenes Geheimnis erkundet. Sie hatte mit gespreizten Beinen auf dem Bett gelegen und die glatte, samtweiche Haut zwischen ihren Schenkeln ertastet. Es hatte sich sehr angenehm angefühlt. Sie hatte die rasierte Haut sacht gestreichelt, nicht eigentlich, um sich zu erregen, sondern einfach das Gleiten ihrer Fingerspitzen auf der empfindlichen Haut genießend.

Es kam ihr vor, als würde ihr Vergnügen in zwei Richtungen gehen. Da war das Kribbeln, das sie beim Streicheln der nackten Schamlippen empfand, das Kribbeln, das ihren Bauch durchströmte. Aber da war auch dieses völlig andere Vergnügen, die die Berührung ihren Fingerspitzen bereitete. Das kam nicht stoßweise, sondern in langanhaltenden Wellen, die ihren Arm heraufwanderten, durch ihre Schulter, zu ihren Brüsten, deren Knospen sich aufrichteten, und von dort in ihren Bauch. Die beiden Ströme der Lust trafen in ihrer Mitte aufeinander wie elektrische Strömungen aus zwei verschiedenen Leitungen. Und dort, wo sie einander begegneten, entstanden starke Vibrationen, die sie beinahe in Ekstase versetzten.

Nach ein paar Wochen hatte sie sich dann daran gewöhnt und nicht länger das Bedürfnis gehabt, ihre nackte Scham mindestens zweimal täglich zu fühlen. Sie vergaß, daß sie je anders gewesen war – daß es eine Zeit gegeben hatte, da sie das dicke, glänzende, schwarze Haar zwischen ihren Schenkeln als reizvolle Ergänzung zu ihrem rabenschwarzen Kopfhaar betrachtet hatte.

Blaise Fulbert gehörte zu jenen, die entzückt waren von ihrer rasierten Scham.

»Suzette, Suzette ...«, seufzte er, als müsse er sterben vor Wonne.

Sie schlang die Arme um seinen Hals und preßte die Lippen auf seinen Mund. Es war ein Kuß, der ihn für den Augenblick zufriedenstellen sollte. Das heißt, bis sie zu gegebener Zeit in ihrer Wohnung in der Rue de Rome eintrafen.

Sie mochte Blaise und wünschte sich, daß er sie mit Liebe überhäufte, bis sie völlig erschöpft waren. Dann würden sie Seite an Seite auf ihrem Bett liegen, entspannt und zufrieden, die Arme locker umeinander gelegt – er leergepumpt, sie erfüllt von ausgelebter Leidenschaft. Ah, allein der Gedanke daran! Sie würden umschlungen einschlafen und sich sogar im Schlaf ihrer Nähe bewußt sein. Sie würden schlafen, bis die Natur sich wieder bemerkbar machte, bis sie wieder bei Kräften waren und bereit, sich von neuem zu lieben.

Aber es war kein Trost, den Blaise brauchte, so zärtlich er auch angeboten wurde.

Verblüfft erkannte Suzette, daß er unerwartet zum Höhepunkt gekommen war – er ergoß sich in seine Kleider und durchnäßte seine Unterhosen.

Mitfühlend preßte sie die Hand fest auf seine Hose und fühlte, wie er sich beruhigte. Er küßte sie erneut, wenn auch weniger gierig, und seine Zunge berührte die ihre.

Dann begann er, sich zu entschuldigen, und sie mußte in der Dunkelheit lächeln.

»Was habe ich getan!« keuchte er und klang dabei ganz entsetzt. »So etwas ist mir noch nie passiert – was mußt du nur von mir denken!«

Suzette lachte nur und sagte, sie fühle sich geschmeichelt, daß sie eine so durchschlagende Wirkung auf ihn gehabt habe.

»Ich denke ... du solltest deine Unterwäsche ausziehen. Sie ist völlig durchweicht. Laß uns zu mir fahren, dort kannst du es dir gemütlich machen.«

Sie zog ihre Hand zurück, und Blaise startete den Citroen. Er wußte nicht recht, wo sie waren, und folgte einer Weile wahllos den Straßen, bis er schließlich die Porte d'Auteuil fand. Er lenkte die Limousine auf den Boulevard Suchet, der von eleganten Wohnhäusern gesäumt war.

Natürlich fanden sie, als sie die Gare St. Lazare und die Rue Rome erreichten, keinen Parkplatz. Die Anwohner schliefen und hatten ihre Wagen abgeschlossen und auf beiden Seiten der Straße abgestellt, in jede noch so enge Lücke gezwängt. Suzette zeigte Blaise, wo sie wohnte und bat ihn, sie schon einmal aussteigen zu lassen – sie hatte keine Lust, neben einem zornigen Mann zu sitzen, der verzweifelt einen Parkplatz suchte.

»Beeil dich«, sagte sie, als sie aus dem Wagen stieg und küßte ihn auf die Wange.

Als sie die Treppe in den zweiten Stock hinaufstieg, fragte sie sich, ob es richtig war, mit Blaise gleich am ersten Abend nach hier zu kommen. Aber sie verwarf den Gedanken sofort wieder.

Die Wohnung war dunkel und verlassen. Gaby war noch auf Regences Party, es sei denn, sie verbrachte die Nacht anderswo – vielleicht bei einem der Männer, die mit ihr zusammen auf dem Bett gewesen waren. Oder auch bei jemand anders, wenn die Herren auf dem Bett sich zu sehr verausgabt hatten, weiterzumachen.

Als Weg, einen akzeptableren Freund zu finden als Lucien, fand Suzette die Orgie in Armand Regences Gästezimmer weder klug noch durchdacht. Aber Gaby war eben chaotisch veranlagt, das war sie immer gewesen und würde es immer sein – so nervenaufreibend es häufig auch sein mochte, es war Teil ihres Charmes.

Zwanzig Minuten vergingen, ehe Suzette Blaise an der Tür hörte und ihn hereinließ. Er bedachte sie mit einem vorwurfsvollen Blick, als wäre es ihre Schuld, daß kein Parkplatz zu finden gewesen war.

Sie überging seine Mißstimmung mit einem Kuß und drückte ihm ein kleines Glas Cognac in die Hand. Seine Abwesenheit war nützlich gewesen – sie hatte Zeit gehabt, sich das Gesicht zu pudern, den Lippenstift aufzufrischen und ihr seidiges schwarzes Haar zu bürsten. Und mit dem schlanken Mittelfinger zu überprüfen, ob das Pessar auch richtig saß.

Blaise war nicht in Stimmung, sich hinzusetzen, zu trinken und zu reden. Trotz seiner Verärgerung wegen des Parkplatzproblems hatte die kurze Trennung sein Verlangen nach ihr wiederbelebt. Und um die Wahrheit zu sagen, war auch Suzette nicht in der Laune für weitere Verzögerungen.

Sie standen einander gegenüber, dicht beieinander, die Gläser in der Hand. Suzette streckte die Hand aus, um Blaise zu berühren, um mit den Fingern über die faszinierende Wölbung in seiner Hose zu streichen. Und wie hart sie war! Sie drückte ihm auch ihr Glas in die Hand, und jetzt, da er beide Hände voll hatte, hatte sie sich einen gewissen Vorteil verschafft. Sie knöpfte sein Jackett auf – das gutgeschnittene Jackett seines teuren, aber sehr konservativen mitternachtsblauen Anzugs.

Dann öffnete sie seine Hose, schob das feuchte Hemd beiseite und schob eine Hand durch den Schlitz seiner durchweichten Boxershorts. Mit fester Hand drückte sie sein steifes Glied und holte es dann hervor, um es zu betrachten.

Bei seinem Anblick stieß sie einen leisen Seufzer aus. Ihr Eindruck war richtig gewesen, Blaise war ebensogut bestückt, wie sie erwartet hatte – lang und dick und so hart wie Stahl.

Aber Blaise schien ihr Blick verlegen zu machen; vielleicht empfand er sich selbst als unnormal, weil die Natur ihn großzügiger bedacht hatte als den Durchschnittsmann in der Metro. Jedenfalls stellte er die Gläser ab und ergriff Suzettes Hände. Er zog sie in die Arme, um sie zu küssen.

Alles in allem sagte sie sich, daß es wohl das Beste wäre, ihm gleich das Schlafzimmer zu zeigen.

Sie hatte vorher schon die diskrete Nachttischlampe angeknipst, die den Raum in warmes, intimes Licht tauchte. Blaise setzte sie auf das Bett, kniete sich vor ihr auf den Teppich und schob den Rock ihres weißen Chiffonkleides hoch. Seine Finger legten sich auf ihre Knie. Ihre Schenkel waren geschlossen, aber er beugte sich weit vor und küßte die glatte, geschmeidige Haut oberhalb ihrer Seidenstrümpfe.

Mit starken Händen drückte er ihre Knie auseinander. Sie wehrte sich eine Weile dagegen. Dann gab sie mit einem tiefen Seufzer seiner überlegenen Kraft nach und gestattete ihm, ihre Beine weit zu spreizen. Seine Hände glitten an ihren Schenkeln hinauf und streichelten die zarte Haut auf der Innenseite, bis seine Finger schließlich die weiße Seide ihres Slips berührten, die dünne Seide, die ihre Scheide verbarg. Mit einer Fingerspitze fuhr er über die glatten Lippen, und Suzette erschauerte in plötzlicher Wonne.

Dann streifte er ihren Slip über ihre Schenkel, und ihre Beine schlossen sich wieder, als er ihn über ihre Knie und ihre schlanken Fesseln gleiten ließ. Als der Slip neben ihm auf dem Teppich lag, spreizte sie die Schenkel wieder und bot alles seinem glühenden Blick dar. Wie in Trance hockte er vor ihr, den Mund leicht geöffnet, als könnte er die Schönheit dessen, was er sah, nicht begreifen. Direkt vor ihm waren die rosigen, feuchten Lippen, glatt und haarlos, nackt und greifbar!

Sie konnte seine Gefühle verstehen und teilen, weil sie ihren eigenen Körper liebte und vor allem diesen besonderen geheimen Teil ihrer Anatomie. Wie oft hatte sie mit gespreizten Beinen auf der Bettkante gesessen und, einen Handspiegel in der Hand, ihre eigenen Geheimnisse erforscht!

Stolz spreizte sie die Beine noch weiter unter Blaises durchdringendem Blick – es kam ihr beinahe vor, als könnte sie die Hitze seines Blickes spüren. Einen kurzen Augenblick lang war es wie bei Jacques-Charles in seinem schäbigen kleinen Zimmer in Montmartre. Auch er starrte mit glühendem Blick zwischen ihre Schenkel, so devot, daß er sie allein mit seinem Verlangen zum Höhepunkt bringen konnte.

Aber jetzt war sie mit einem anderen Mann zusammen, einem Mann, der phantastisch stark war, und sie wollte fühlen, wie sein Glied in sie eindrang.

Prickelnde Schauer durchliefen in freudiger Erwartung ihren Bauch. Allein bei dem Gedanken wurde sie ganz feucht.

Aber erst mußte er sie in Bewegung bringen; er hockte immer noch da wie versteinert. Ganz offensichtlich hatte er noch nie eine erwachsene Frau mit glattrasierter Scham gesehen und war schlicht überwältigt.

Blaise war in einer merkwürdigen Träumerei versunken, und wenn sie nicht eingriff, würden seine Gefühle ihn möglicherweise derart erregen, daß er erneut zu früh seinen Höhepunkt haben würde. Einmal mochte ja ganz amüsant sein, aber zweimal wäre beleidigend. Er mußte dazu bewegt werden, zu handeln. Natürlich ganz sacht, um ihn nicht in seinem männlichen Stolz zu verletzen.

»Küß mich, *chérie*«, murmelte Suzette.

Er schnappte nach Luft und vergrub dann den Kopf zwischen ihren Schenkeln, um sie zu küssen. Die Berührung seiner feuchten Zunge war überwältigend und jagte ihr Wellen der Lust durch den Leib, die die erzittern ließen – trotzdem war das nicht das, was sie gemeint hatte. Sie hatte gewollt, daß er sie auf den Mund küßte und ihr damit Gelegenheit gab, das weitere Geschehen zu dirigieren.

Sie mußte zugeben, daß das, was er tat, wahrhaft berauschend war, und wäre es Robert gewesen und nicht Blaise, hätte sie ihn weitermachen lassen, bis er sie auf diese Weise zum Orgasmus brachte.

Aber bei diesem unbekannten Blaise erschien es ihr angebracht, diese intime Bekundung seiner Anbetung hinauszuschieben, bis er seine Fähigkeiten auf die bekannte Art bewiesen hatte. Sie krallte die Finger in das dunkelbraune Haar und zog seinen Kopf von ihrer Scham fort – bis er in ihre Augen blickte, das Gesicht gerötet und sichtlich verwirrt.

Sie schob ihn von sich und stand auf. Blaise blieb in der Hocke. Er schlang die Arme um ihre Beine und preßte durch ihr Kleid hindurch die Wange an ihren Bauch. Als er sah, daß sie sich entkleidete, kam er wieder zu sich und ließ sie los. Sie zog sich das raschelnde Chiffonkleid über den Kopf, während er mit Ergebenheit zu ihr aufstarrte. Dann richtete er sich ebenfalls auf. Offenbar begann sein lustbenebeltes Hirn wieder zu funktionieren. Hastig begann er, sich der Krawatte und des Anzugs zu entledigen.

Endlich lagen sie beide nackt auf dem Bett, und Blaise murmelte ihr Komplimente zu ihren wunderschönen, prallen Brüsten ins Ohr. Er war so erregt, daß er völlig vergessen hatte, daß er sie bereits des öfteren in den Folies-Bergères gesehen hatte, inmitten der anderen elf Showgirls, die ihre entblößten *nichons* präsentierten, um das Publikum in ihren Bann zu ziehen.

Aber das hier war etwas anderes, das hier war kein Theater, und es gab auch kein Publikum; er war Suzette so nah, daß er ihre perfekten Brüste berühren und küssen konnte, sie streicheln und ihre Wärme und Weichheit fühlen konnte.

Das war ja alles gut und schön, aber er setzte seine Liebkosungen endlos fort, bis Suzette schließlich befürchtete, er würde erneut in träumerische Trance verfallen.

Sie rollte sich auf den Rücken und griff nach seinen Schultern, um Blaise auf ihren Bauch zu ziehen, und als er lustvoll nach Luft schnappte, führte sie seinen Penis zwischen ihre gespreizten Schenkel.

Der Augenblick der Wahrheit war gekommen! Blaise würde in sie eindringen!

Einen Moment lang zögerte die glatte Spitze, als wolle sie die weichen Lippen zwischen ihren Schenkeln küssen. Dann drang er mit einem Aufschrei, der Triumph, Staunen oder Dankbarkeit ausdrücken mochte, in sie ein, so tief er es vermochte.

Suzette schrie auf, als sie fühlte, wie sein Glied sich immer tiefer in ihren Bauch schob und er sie ausfüllte, wie noch kein anderer Mann vor ihm. Das Gefühl war überwältigend. Sein stahlhartes Glied dehnte sie bis an die Grenze, füllte sie so vollständig aus, als müßte sie jeden Moment platzen!

Ihre Lenden zuckten hoch, ihr langer Rücken wölbte sich, ihr Bauch zitterte – sie wand sich in augenblicklicher Ekstase.

Blaise mißverstand ihren Schrei. Er glaubte, ihr weh getan zu haben, und wollte sich zurückziehen, hielt ihren Orgasmus für einen Ausdruck von Schmerz.

Sie fühlte, wie er sich zurückzog und grub ihre rotlackierten Fingernägel tief in seine Pobacken, um ihn in sich zu halten.

Blaise hielt überrascht inne und nahm dann einen kräftigen, zügigen Rhythmus auf. Suzette hob ihm bei jedem Stoß das Becken entgegen, die Knie angezogen, um sich ihm noch weiter zu öffnen.

Er seufzte ihren Namen. Er fühlte ihren samtweichen Bauch unter seinem beben. Er fühlte ihre Weiblichkeit, die bei jedem Stoß sein Glied gierig in sich hineinsaugte. »Mehr, *chéri,* mehr«, rief Suzette, die Nägel immer noch in seinen nackten Po gekrallt, ihr Atem heiß an seinem Ohr.

Er ließ sich nicht zweimal bitten, bis er sich schließlich in einem gewaltigen Stoß, bei dem das Bett unter ihnen ächzte, im Rausch seiner Sinne in sie ergoß. Suzette stöhnte und wand sich unter seinem Gewicht, als sie den zweiten Orgasmus erlebte.

Als sie sich wieder beruhigt hatten, Seite an Seite lagen und einander in die Augen schauten, begann Blaise wieder, sich zu entschuldigen und klang dabei so betreten, daß Suzette lachen mußte. Zwei atemberaubende Orgasmen innerhalb weniger Minuten – sie fühlte jetzt noch ein leises Kribbeln –, und er bat sie, ihm zu verzeihen, daß er so brutal gewesen war!

Sie erfuhr, daß Blaise keineswegs begeistert war von der Größe seines Penis. Im Gegenteil machte sie ihn verlegen, und mit fünfunddreißig war er überzeugt davon, normalen Frauen beim Verkehr Schmerzen zuzufügen. Suzette hörte ihm erstaunt und belustigt zu. Sie fragte ihn, was er unter diesen Bedingungen tat, um seine natürlichen Bedürfnisse zu befriedigen.

Er gestand ihr, daß er vor einigen Jahren nach negativen Erfahrungen mit der Frau, die er heiraten wollte, jede

Hoffnung auf Normalität aufgegeben hatte. Dann hatte er jedoch entdeckt, daß es beim Verkehr mit Frauen, die mehrere Kinder geboren hatten, keinerlei Probleme gab.

»Ihre Vagina ist gedehnt, verstehst du«, erklärte er Suzette, die an sich halten mußte, nicht laut aufzulachen.

»Mein armer Blaise«, sagte sie, verblüfft davon, daß ein so intelligenter Mann in bezug auf weibliche Fähigkeiten so naiv sein konnte. »Als du jünger warst, hast du bestimmt nur sehr wenige Freundinnen gehabt.«

»Das stimmt«, sagte er. »Ich bin sehr streng erzogen worden und war schon achtzehn, als ich meine erste Freundin kennenlernte. Das Gewagteste, was ich mit ihr gemacht habe, war, eine Hand in ihr Höschen zu schieben, während wir uns küßten.«

»Und deine Verlobte, wie war sie?«

»Ein reizendes Mädchen, die Tochter eines engen Freundes meiner Eltern. Im Grunde haben sie alles arrangiert. Aber ich war inzwischen dreiundzwanzig und hatte mit einer Frau geschlafen – wenn auch nur mit einer Hure, die ich in der Nähe der Gare du Nord aufgegabelt hatte. Sie war kräftig und älter als ich, und es ging alles bestens – mit der Hure, meine ich, nicht mit meiner Verlobten. Natürlich wollte ich vor der Eheschließung mit ihr schlafen, nur um sicherzugehen, daß wir auch miteinander glücklich sein konnten.«

»Und?«

»Eine Katastrophe! Eine einzige Katastrophe! Sie schrie und schlug mir ins Gesicht, als ich versuchte, in sie einzudringen. Nicht, daß ich unsensibel gewesen wäre, wirklich nicht. Ich war überaus vorsichtig, mir der Problematik wohl bewußt. Aber sie wurde hysterisch und erklärte, es wäre einfach zu groß.«

»*Oh la la*! So viel Aufhebens um ein bißchen Liebe!« sagte Suzette mit allem Mitgefühl, das sie aufbringen konnte. »War das das Ende eurer Verlobung?«

»Von diesem Nachmittag an wollte Yvette mich nicht mehr sehen. Wir erzählten unseren Eltern irgendeine plausible Lüge, und damit war die Angelegenheit erledigt. Seither waren alle meine Freundinnen Mütter von zwei oder drei Kindern. Nicht meine eigenen natürlich. Du verstehst, was ich meine.«

Suzette drehte ihn auf den Rücken und nahm das betreffende Teil in die Hand. Staunend beobachtete sie, wie die Spitze wuchs und die Vorhaut abstreifte. Die Säule in ihrer Hand wurde zunehmend härter.

»Suzette – es gibt da etwas, was ich dir sagen muß.«

»Was denn?«

»Ich habe mich in dich verliebt, *chérie*. Ich möchte dich heiraten. Du bist für mich die einzige Frau auf der Welt!«

Der Gedanke war natürlich absurd, und schlimmer noch, unpassend. Suzettes Stirn legte sich unter dem glänzenden schwarzen Pony leicht in Falten. Sie hatte ihn für eine Nacht der Romantik und Leidenschaft hergebracht, und dieser Dummkopf redete von Liebe und Heiraten!

»Können wir vielleicht morgen früh darüber reden?« sagte sie, während ihre Hand sacht Blaises Glied streichelte. »Jetzt liege erst einmal still und laß mich sehen, wie groß es wird …«

Robert und Madame Sassine

Nach zweieinhalb Tagen in Odettes Gesellschaft – und den zwei dazwischenliegenden Nächten – fragte sich Robert Dorville, ob es nicht voreilig gewesen war, sie bei sich aufznehmen. Natürlich sollte diese Vereinbarung nur gelten, bis sie Arbeit gefunden hatte, aber erst jetzt begann ihm bewußt zu werden, daß das einige Zeit dauern konnte.

Sicher war es aufregend, mit ihr ins Bett zu gehen. Die Nächte waren atemberaubend gewesen – er hatte bis mittags im Bett bleiben müssen, um sich zu erholen. Und auf eine angenehm unerklärliche Art liebte er es, Odette am Nachmittag auf dem Sofa zu nehmen. Sie war wirklich faszinierend. Und doch …

Das Problem war, daß diese Nähe zu sehr ans Verheiratetsein erinnerte, ein Zustand, den Robert als unnatürlich betrachtete. Jedenfalls für sich selbst. Für andere mochte er ja wünschenswert sein. Jedenfalls war er nicht erfreut davon, als sie ihm mitteilte, daß sie am Nachmittag zu ihrer Freundin gehen wolle, um ihre ganze Habe zu holen. Das klang so bedrohlich endgültig, was die reizvoll frivole Affäre überschattete. Auch abgesehen vom Sex mochte er sie natürlich – er hatte sie sogar sehr gern. Sie hatte Stil und war ausgesprochen lebendig. Im Bett war sie begeisterungsfähig, im Restaurant eine angenehme Begleiterin, im Kino ein händchenhaltender Fan von Filmen, die Robert ebenfalls gefielen, auf Caféterrassen eine unbeschwerte Plaudertasche, in deren Gesellschaft die Zeit höchst angenehm verstrich.

Aber dieses Vorhaben, bei ihm einzuziehen – nur vorübergehend, wie sie ausdrücklich betont hatte – beunruhigte Robert. Natürlich konnte er sie, nachdem er in gewisser Weise die Verantwortung für sie übernommen hatte, nicht einfach mit ihrem Koffer auf die Straße setzen. Er überlegte, ob er ihr vielleicht genügend Geld geben sollte, um eine Woche lang ein billiges Hotel und zwei Mahlzeiten am Tag zu bezahlen, während sie auf Arbeitssuche war. Aber sein Instinkt warnte ihn, daß sie in Tränen ausbrechen und ihm eine sehr unerquickliche Szene machen würde.

Also erklärte er sich mit ihrem Vorhaben wohl oder übel einverstanden und beschloß, seinen Papa zu besuchen. Auch wenn Papa selbst zur Zeit keine Arbeit für Odette hatte, konnte Robert ihn vielleicht dazu bewegen, seine Geschäftspartner anzurufen und zu fragen, ob sie vielleicht aktuell Verwendung für ein Model hatten.

Odette schlug vor, ihn zu Monsieur Dorville Senior zu begleiten, aber Robert schüttelte den Kopf und meinte, es wäre besser, wenn er allein ging. Er sagte, Papa könnte sich in den Kopf setzen, ihn zum Abendessen mit Maman einzuladen. Es könne sehr spät werden, und möglicherweise werde er in seinem alten Zimmer im Haus seiner Eltern übernachten.

Odette sollte sich also keine Sorgen machen, wenn er in der Nacht nicht nach Hause kam. Er gab ihr einen Zweitschlüssel zu seiner Wohnung und genug Geld für eine Mahlzeit. Was Odette von diesem Arrangement hielt, behielt sie für sich. Er küßte sie auf die Wange, und fort war er.

So gern er Odette auch hatte, er brauchte etwas Abstand. Und sollte er später allein schlafen wollen, stand ihm dies jetzt frei. Abgesehen davon war Madame Sassine in Paris. Sie hatte ihn aufgefordert, sie am Nachmittag aufzusuchen, und was sich hieraus noch ergeben würde, ließ sich nicht voraussagen.

Ihre flüchtige Begegnung in den Folies-Bergères lag einige Monate zurück. Damals hatte er nicht die Absicht gehabt, sie jemals wiederzusehen. Er sagte sich, daß es nur eine Episode gewesen wäre, eine frustrierte Frau, die ihre Chance genutzt hatte, als sie zufällig neben einem gutaussehenden Mann gesessen hatte, der sexuell erregt war. Er lachte über sich selbst und hakte den Zwischenfall ab.

Aber nachdem er sie erfolgreich aus seinen Gedanken verbannt hatte, hatte er am nächsten Morgen beim Aufwachen an sie gedacht und starkes Verlangen verspürt. Also dachte er an das *Für* und *Wider.* Das war gar nicht so leicht, vor allem, da ihm nichts einfiel, was er auf der Wider-Seite hätte anführen können, während er sehr genau wußte, was dafür sprach: eine gutaussehende, vollbusige, sehr willige Frau exotischer Herkunft, die mit Sehnsucht auf ihn wartete.

Welcher heißblütige junge Mann konnte schon einem solchen Angebot widerstehen? Obwohl er mit der wunderschönen Suzette befreundet war und sie leidenschaftlich all seine Wünsche erfüllte, war allgemein bekannt, daß er die Abwechslung liebte. Langeweile konnte auch die größte Liebesaffäre zunichte machen.

Und so hegte er die allerbeste Absicht, als er im Hotel George Cinq anrief und sich mit Madame Sassines Suite verbinden ließ.

Als sie sich meldete, klang ihre Stimme tief und sinnlich – bis dahin hatte er sie nur im Dunkeln flüstern hören. Sie besaß eine Stimme, die einen phantasievollen Mann erregen konnte, und Robert erregte sie. Er hörte die Leidenschaft heraus, die düstere, schwelende Leidenschaft, die Gier nach wildem Liebesspiel, Bedürfnisse, die unmöglich zu befriedigen waren.

Robert war von Natur aus ein Romantiker. Er erklärte ihr, daß sie sich in den Folies-Bergères begegnet waren, wo er zu ihrer Rechten gesessen habe. Er hoffe, Madame Sassine könne sich noch erinnern. Anstelle einer Erwiderung hörte er sie erfreut seufzen, woraufhin sie ihn bat, sich Punkt drei Uhr in ihrer Suite einzufinden.

Natürlich bahnte sich ein Mißverständnis an. Als Robert zur vereinbarten Zeit eintraf, öffnete Madame Sassine ihm persönlich die Tür und führte ihn in eine sehr elegante Suite. Robert küßte ihr die Hand. Er fragte sich, warum sie einen bernsteinfarbenen Seidenmorgenmantel trug, wenn sie Besuch erwartete.

Ihm hatte ein Spaziergang in der Sonne vorgeschwebt, vielleicht bis zur Place du Trocadero, um dort auf einer Caféterrasse etwas zu trinken.

Sie hätten sich voneinander erzählen können und dabei den Eiffelturm am anderen Seineufer bewundert, das phantastische hochaufragende Emblem französischer Virilität. Ein wenig später, wenn sie in der richtigen Stimmung waren, hätten sie dann mit einem Taxi zu ihm fahren und das Spiel, das sie am Vorabend gespielt hatten, weiterführen können, das damit begonnen hatte, als sie die Hand auf seine Hose legte.

Aber es kam ganz anders. Kaum war die Tür hinter ihm ins Schloß gefallen, nahm Madame Sassine seinen Arm und führte ihn durch das Wohnzimmer mit den Möbeln im Louis XV. Stil – hervorragende Imitationen – in ein geräumiges Schlafzimmer. Robert fand, daß sie die Dinge ein wenig überstürzte; er kannte nicht einmal ihren Vornamen.

Aber dann sagte er sich, daß Madame Sassine Ausländerin war, von irgendwo am Ostende des Mittelmeers, Ländern der Oliven- und Zitronenbäume, mit heißblütigen, fordernden und lüsternen Frauen.

Und offenbar waren sie darüber hinaus auch geschäftstüchtig. Sie nahm ein Bündel neuer Banknoten aus der Tasche ihres Morgenmantels und reichte es ihm mit einem freundlichen Lächeln. Dann endlich ging Robert auf, daß Madame Sassine ihn für einen Gigolo hielt, den sie aufgegabelt hatte.

Er gab ihr das Geld mit einer höflichen Verbeugung zurück und klärte sie mit einigen knappen Worten unmißverständlich über ihren beleidigenden Irrtum auf. Dann verließ er das Schlafzimmer, ohne recht zu wissen, ob er lachen oder empört sein sollte. Sie trabte ihm nach, sehr schnell für eine Dame ihrer Figur, legte ihm eine Hand auf den Arm und bat ihn, ihr eine Minute zu gewähren, damit sie sich in aller Form entschuldigen konnte.

Natürlich lehnte er ab; seine Ehre war besudelt worden, und dafür gab es keine akzeptable Erklärung, keine Worte, die den Fauxpas wiedergutmachen konnten. Er ging weiter in Richtung Tür. Das heißt, das war seine Absicht – eine Frage des Prinzips.

Aber er konnte nicht anders, als zu registrieren, daß Madame Sassines bernsteinfarbener Seidenmorgenmantel in der Aufregung ein wenig verrutscht war und den Blick auf prachtvolle Brüste und cremigweiße Haut freigab. Robert fragte sich unwillkürlich, ob sie unter dem zweifellos teuren Morgenmantel überhaupt noch etwas anhatte.

Außerdem war es nur vernünftig, sich anzuhören, was sie zu sagen hatte – und ihr Gelegenheit zu geben, sich bei ihm zu entschuldigen. Vielleicht war ihr Irrtum nachvollziehbar – immerhin hatte er ihr im dunklen Zuschauerraum der Folies-Bergères einige Freiheiten gestattet. Keine Minute später saß er auf einem der hervorragend imitierten Louis-XV.-Sofas, und Madame Sassine schenkte ihm ein Glas hervorragenden Champagner ein.

Sie setzte sich zu ihm und trank auf ihn und eine künftig bessere Verständigung. Ihre Geschichte war traurig und rührte Robert. Während sie erzählte, machte sie keine Anstalten, ihren Morgenmantel wieder zu schließen. Im Gegenteil. Da sie beim Reden mit den Händen gestikulierte, glitt die Seide noch weiter zur Seite.

Schließlich waren ihre großen weichen Brüste fast vollständig Roberts Blicken ausgesetzt. Und als sie die Beine übereinanderschlug, glitt die Seide herab und zum Vorschein kam ein elfenbeinfarbener Schenkel, den Robert als durchaus angenehme Ablenkung empfand.

Wie er bereits vermutet hatte, stammten sie und ihr Mann aus der Levante. Monsieur Sassine war ein bedeutender Geschäftsmann, weshalb er ständig nach Paris, Madrid und New York reiste. Madame nahm er auf jede seiner Geschäftsreisen mit. Leider nicht, weil er sie sonst vermißt hätte – sie gestand Robert seine exzessive Vorliebe für junge, vorzugsweise blonde Mädchen. Und möglichst nicht älter als achtzehn, wenn es sich einrichten ließ. Seine meiste Zeit in Paris und anderen Städten verbrachte er mit Mädchen dieses Typs, wenn er nicht gerade mit Geschäftspartnern zu Mittag oder zu Abend aß.

Kurz, Madame Sassine war eine vernachlässigte Ehefrau! Ein anderer Mann hätte sie vielleicht daheim gelassen, damit sie sich um die Kinder kümmerte, während er geschäftlich unterwegs war, auf der Suche nach profitablen Geschäften, Reichtümern und willigen achtzehnjährigen Blondinen. Aber Madame Sassines eigene Familie war auch nicht unbedeutend. Und aus diesem Grund, um eine profitable Beziehung nicht aufs Spiel zu setzen, nahm Sassine sie auf seinen Geschäftsreisen mit. Es herrschte die stillschweigende Übereinkunft, daß sie ihre Tage mit Einkäufen und Besichtigungen verbrachte und ihn nicht zu sehr strapazierte oder fragte, wo er sich herumtrieb.

Ariane Sassine war noch keine Vierzig und immer noch sehr attraktiv, aber unmodern füllig. Sie war heißblütig, mit starken Bedürfnissen. Was sollte sie unter den gegebenen Umständen anderes tun, als sich mit gutaussehenden jungen Männern zu amüsieren? Nicht mit regelmäßigen Liebhabern, die Aufmerksamkeit fordern würden, wenn es unpassend war, sondern mit charmanten, jungen Herrn, deren Gunst für Bares zu haben war.

Robert nickte mitfühlend und brachte zum Ausdruck, daß er es tragisch finde, daß eine so wunderbare Frau wie sie gezwungen wäre, sich mit Männern einzulassen, die in großen Hotels herumsaßen und auf einsame Damen warteten. Er hatte sie selbst in Aktion beobachtet, diese Typen, wie sie verlogene Schmeicheleien von sich gaben – obgleich, wie er hastig hinzufügte, die Komplimente in ihrem Fall wirklich angebracht wären!

Sie nickte nur und meinte, es wäre interessant und bemerkenswert, daß es in Paris so viele attraktive Männer gäbe, die jung und fähig seien. Sie sei entzückt, das seltene Privileg zu haben, einen solchen Mann kennengelernt zu haben, der sich für seine Liebesdienste nicht bezahlen ließ – nämlich Robert. Sie fragte, womit er sein Geld verdiene, und war ziemlich beeindruckt, als er ihr eröffnete, daß er Direktor eines Damenbekleidungs-Unternehmens sei.

Dann fügte Robert hinzu, daß er entzückt wäre, eine so charmante und intelligente Frau wie Madame Sassine kennengelernt zu haben. Sie lächelte und sagte, daß ihr Vorname Ariane sei. Um ihr zu zeigen, wie privilegiert er sich fühlte, löste Robert die Schleife ihres Gürtels, und der Seidenmorgenmantel öffnete sich.

Seine Frage war hiermit beantwortet: Madame Sassine war nackt, sie trug nicht einmal einen winzigen Slip und auch keine Seidenstrümpfe.

Ihr fülliger Körper war nun ungeschützt Roberts glühendem Blick ausgesetzt – diese cremigweiße Haut, die Brüste so groß wie Melonen, ihr runder Bauch und die kräftigen Schenkel! Robert küßte ihre rötlichbraunen Brustwarzen, schob eine Hand zwischen ihre Schenkel und küßte sie auf den warmen Bauch. Nach einer Weile ließ er sich von ihr zurück ins Schlafzimmer führen, und diesmal blieb er. Von verletzter Ehre war keine Rede mehr.

Seitdem hatten sie sich bei jedem ihrer Aufenthalte in Paris getroffen. Robert hatte sie mit der Zeit richtig ins Herz geschlossen und freute sich auf ihre Anrufe, die ihm mitteilten, daß sie und ihr Mann an diesem Tag eingetroffen seien und wie immer im Hotel George Cinq wohnten.

Bei ihrem ersten Treffen hatte die Natur die Oberhand gewonnen, und sie hatten sich lange und leidenschaftlich auf dem breiten Hotelbett geliebt. Da aber Robert fürchtete, Monsieur könne unerwartet im denkbar ungünstigen

Augenblick auftauchen, nahm er Ariane zukünftig immer mit in seine Wohnung.

Das würde an diesem Tag natürlich nicht gehen, da Odette sich dort eingenistet hatte. Aber obwohl Ariane ihm versicherte, daß ihr Mann erst in Stunden zurückkommen würde, wollte er kein Risiko eingehen. Vor zwei Jahren war Robert einmal mit einer Freundin zusammengewesen und von deren Ehemann überrascht worden, der früher als erwartet nach Hause gekommen war. Der folgende Streit war erbittert und häßlich gewesen und hatte zu Faustschlägen auf beiden Seiten geführt (die sämtlich ihr Ziel verfehlt hatten). Niemals wieder!

Als Ariane anrief, hatten sie vereinbart, sich im Café de la Paix zu treffen. Das Café war von seiner Wohnung aus zu Fuß zu erreichen – unter den gegebenen Umständen fast zu nah. Es war nicht ausgeschlossen, daß Odette, sich selbst überlassen, dort hinging, um eine Stunde den Passantenstrom zu beobachten.

Robert wollte weder sie noch Ariane verletzen – dafür genoß er die Gesellschaft beider Frauen viel zu sehr. Und so hinterließ er im George Cinq eine Nachricht für Ariane und ließ ihr mitteilen, daß er um drei im Café Dome in Montparnasse sein würde. Das schien ihm weit genug von seiner Wohnung weg zu sein, um ein Zufallstreffen mit Odette und eine tränenreiche Szene zu vermeiden.

Auch war er ziemlich sicher, Suzette dort nicht zu begegnen. Andererseits erschien ihm unwahrscheinlich, daß sie sich überhaupt jemals wiedersahen. Das war sehr schade, weil er doch in Suzette verliebt war und zutiefst bedauerte, daß sie das Interesse an ihm verloren hatte. Wirklich sehr traurig, obwohl er das recht gut vor sich selbst verbarg und sich mit anderen Frauen ablenkte.

Gebrochene Herzen waren ausgesprochen unmodern, auch für einen Romantiker wie Robert.

Seit ihm jemand erzählt hatte, das Café Dome sei ein beliebter Treffpunkt von Schriftstellern und Intellektuellen, stand es bei Robert hoch im Kurs. Er hoffte, daß man ihn selbst für einen Intellektuellen hielt, wenn er sich ab und an dort blicken ließ – zumal er ebenso intelligent aussah wie viele andere. Dann konnte es geschehen, daß ihn die eine oder andere hübsche junge Dame ansprach, die ihren Horizont erweitern wollte. Und dabei durfte man den Körper natürlich nicht außer acht lassen.

Bisher war nichts dergleichen eingetroffen. Robert glaubte bereits, getäuscht worden zu sein – er hatte in dem Café noch nie jemanden gesehen, den er als Intellektuellen eingestuft hätte. Die meisten Gäste waren bärtige Männer in Tweedjacketts, die Pfeife rauchten. Ihre Begleiterinnen waren zumeist Frauen, die wenig Interesse daran zeigten, sich zurechtzumachen, und stillos gekleidet waren. Manche von ihnen trugen eine Brille, was Roberts Interesse an ihnen stark einschränkte.

Auch wenn stimmte, was er in einer Zeitschrift gelesen hatte, und Professor Jean-Paul Sartre das Geheimnis des Seins des Lebens und des Universums hier auf der Dome-Terrasse bei einem kleinen Glas Pernod gelüftet hatte, schien dieses bedeutende Rätsel seine Mitmenschen nicht glücklicher zu machen, wenn man sich ihre Ausdruckslosigkeit und ihr finsteres Auftreten im Café ansah.

Soweit Robert den Artikel verstanden hatte, hatte Professor Sartre den Standpunkt vertreten, daß es kein Geheimnis zu lehren gäbe. Das Leben war offenbar völlig bedeutungslos – wir leben, wir sterben, und das war's. In Anbetracht dessen war es vielleicht kein Wunder, daß seine Jünger so finster dreinblickten.

Ariane erwartete ihn bereits. Er entdeckte sie an einem Tisch auf der Terrasse unter der Markise. Sie sah großartig aus. Sie trug ein grau-grünes Seidenkleid und dazu lange schwarze Wildlederhandschuhe und einen breiten Hut, der aus schwarzem Samt und schwarzen Perlen zu bestehen schien.

Sie kaufte in jeder Stadt, in die sie und ihr Mann reisten, neue Kleider – in Paris, Mailand, Madrid, London,

New York und Chicago. Sie hielt sie offenbar für gleich elegant, wenn sie nur gleich teuer waren. Robert hatte versucht, ihr zu erklären, daß Paris der einzige Ort auf der Welt war, wo eine Frau Kleider kaufen konnte, aber es war ihr schwergefallen, die Logik seines Arguments zu begreifen.

Sie schenkte ihm ein strahlendes Lächeln, als er an ihren Tisch trat, und reichte ihm die Hand zum Kuß. Vor ihr stand ein Glas Wasser, und Robert bestellte für sich selbst *fine à l'eau*. Sie plauderten wie alte Freunde. Dann fragte sie ihn, warum er umdisponiert habe. Er entgegnete, daß sie schon im Café de la Paix gewesen wäre und er habe gedacht, es wäre für sie interessanter, einen anderen Pariser Stadtteil zu sehen.

Nach einer Stunde und zwei Getränken machten sich bei Ariane erste Anzeichen von Ungeduld bemerkbar. Sie berührte Roberts Hand, lächelte ihn verführerisch an und ließ die Brüste unter dem Seidenkleid wogen. Sie war bereit, Robert in seine Wohnung zu begleiten, in sein Bett. Und er hatte dieses Problem mit Odette.

»Es gibt ein kleines Problem, *chérie*«, log er. »In meiner Wohnung ist eine Wasserleitung geplatzt, und die Handwerker sind da. Es wird Tage dauern, bis alles wieder sauber und trocken ist. Bis dahin ist die Wohnung unbewohnbar.«

Ariane zuckte die Achseln und lächelte sorglos. Ihre Aufforderung wurde noch deutlicher.

»Kein Problem, Robert, wir können ins Hotel gehen.«

»Nein, das möchte ich nicht«, entgegnete er. »Du weißt, wie ich dazu stehe – ich könnte einen so liebenswerten Menschen wie dich niemals der Schande und den Vorwürfen aussetzen, falls Monsieur Sassine uns dort überraschte.«

»Was schlägst du dann vor?«

»Etwas Außergewöhnliches – etwas, das dich in Erstaunen versetzen wird, Ariane. In diesem Pariser *quartier* gibt es zahlreiche kleine Pensionen, die Zimmer für ein paar

Stunden vermieten, ohne nach dem Reisepaß oder Ausweis zu fragen. Wenn wir durch den Jardin du Luxembourg schlendern, in Richtung Boul-Mich, werden wir etwas Passendes finden.«

Ariane starrte ihn vorwurfsvoll aus ihren dunklen Augen an, und ihre vollen Lippen zitterten verräterisch, ehe sie die Sprache wiederfand.

»Du willst mit mir in eine billige Absteige gehen, wo gewöhnliche Huren mit ihren Freiern verkehren?« sagte sie schließlich. »Verachtest du mich so sehr? Bin ich in deinen Augen eine Hure?«

»Nein, nein, nein!« protestierte Robert hastig. »Ich bete dich an und respektiere dich, liebste Ariane! Ich dachte nur, ein kleines Abenteuer im unbekannten Paris würde dir Spaß machen – aber jetzt sehe ich ein, daß die Idee ein wenig zu bizarr war. Reden wir nicht mehr davon.«

»Aber ich habe noch einiges dazu zu sagen!« sagte sie entrüstet und entschlossen, ihr Recht der freien Meinungsäußerung wahrzunehmen. »Du hast mich beleidigt, Robert, du hast mich durch deinen Vorschlag erniedrigt. Wäre ich ein Mann, würde ich einen Revolver ziehen und dich erschießen.«

Robert hatte das ungute Gefühl, daß sie es ernst meinte; ihre Landsleute hatten den Ruf, über Generationen hinweg Blutfehden auszutragen. Und sie waren dafür berüchtigt, daß sie sich mit Feuerwaffen und Degen in der Öffentlichkeit duellierten, wenn sie der Meinung waren, in ihrer Ehre verletzt worden zu sein.

Er blickte unbehaglich auf Arianes Handtasche auf dem Tisch – sie war groß und teuer und konnte durchaus eine Waffe verbergen, die ihm eine schwere Verletzung zufügen oder ihn gar töten konnte.

»Aber du bist eine Frau«, entgegnete er in gewinnendem Tonfall, einen Ausdruck der Bewunderung auf dem Gesicht. »Eine schöne und begehrenswerte Frau, mit dem Herzen einer Frau, das einem Mann verzeiht, der so darauf brennt, sie zu lieben, daß er die nächstbeste Möglichkeit für Intimitäten sucht, ohne sich um den Ruf zu scheren. Verzeih mir meine Gedankenlosigkeit – mein brennendes Verlangen, dich zu entkleiden und von Kopf bis Fuß mit Küssen zu bedecken, dich in die Arme zu schließen und auf den Rücken zu werfen ...«

»Stimmt das, Robert?« fragte sie leise, und der Ausdruck in ihren Augen wurde weicher.

»Jedes Wort, ich schwöre es!«

»Du begehrst mich tatsächlich so sehr?«

»Mit jeder Faser meines Seins!«

»Du bist steif?«

»Hart wie Stahl«, entgegnete er.

Das war glatt gelogen. Die Angst hatte den betreffenden Teil seiner Anatomie auf seine Minimalgröße schrumpfen lassen. Er hielt es durchaus für möglich, daß Damen aus der Levante, wenn sie in Rage gerieten, ihren Zorn gegen das kostbarste Teil des Mannes richteten. Er erinnerte sich an eine entsetzliche Geschichte, die er in der Zeitung gelesen hatte, von einer Ägypterin, die sich an einem untreuen Liebhaber gerächt hatte, indem sie ihm den Penis abbiß!

»Ich vergebe dir, *chérie*«, sagte Ariane, ihr Gesicht strahlend von Liebe und Verlangen oder etwas in der Art. »Schnell, schnell. Bezahl die Rechnung und laß uns gehen! Ich sehne mich auch nach deiner Umarmung!«

Robert schob einen Geldschein unter die Untertasse, hakte Ariane unter und führte sie von der Dome-Terrasse zum nächsten Taxistand. Ihr Parfum war verführerisch, jetzt da er ihr näher war und ganze Schwaden ihren Körper einhüllten – ganz offensichtlich trug sie in nicht unerheblichem Maße zum Umsatz des Hauses Chanel bei!

»Wohin fahren wir?« fragte er.

»Zum Hotel George Cinq, wohin sonst?« entgegnete sie schlicht, und das war das Ende der Diskussion.

Auf dem Gehweg und am hellichten Tage konnte sie ihn unmöglich anfassen. Aber kaum saßen sie im Taxi und brausten den Boulevard Montparnasse hinunter, warf sie sich in seine Arme und schob eine tastende Hand unter sein eisblaues Jackett. Während ihr rot angemalter Mund sich heiß auf seine Lippen preßte, suchten ihre Finger nach der Wölbung in seiner Hose.

Im Hotel gingen sie gleich in das Schlafzimmer der verlassenen Suite. In einer Art und Weise, die Robert sich nicht erklären konnte, schien sich das Verhältnis zwischen ihnen verschoben zu haben. So wie er es sah, war er Arianes Liebhaber, und sie respektierte ihn als solchen; und da er der Mann war, lag die Initiative bei ihm. Aber nicht an diesem Tag, nicht an diesem Nachmittag, nicht in diesem Augenblick im Schlafzimmer der Hotelsuite.

Sie warf Handtasche und Hut auf die Frisierkommode, zerrte ihm das Jackett von den Schultern und öffnete fieberhaft seine Hose – und das alles, während er noch zwischen Tür und Bett stand. Sie kniete sich vor ihn und betrachtete sein steifes Glied.

Er umfaßte ihren Kopf mit beiden Händen. Er wollte sie von sich fortschieben, sie entkleiden und aufs Bett legen. Aber sie schob seine Hände ungeduldig beiseite und gab einen kehligen Laut von sich. Es war nicht wirklich ein Knurren, klang aber eindeutig bedrohlich.

Jetzt behandelte sie ihn wie einen Gigolo, als würde sie ihn für seine Dienste bezahlen und mit ihm tun, was ihr beliebte. Als Robert dies erkannte, stieg Ablehnung in ihm auf, seine Gefühle revoltierten. Er war wütend und fühlte sich erniedrigt.

»Nein, nein, nein! So lasse ich mich nicht behandeln!« stammelte er und grub erneut die Finger in ihr glänzendes dunkles Haar.

Aber seine Nerven reagierten auf das Gefühl, als sie seinen Penis mit der Hand massierte. Ihm war bewußt, daß er gewissermaßen vergewaltigt wurde, und doch war er unfähig, dem ein Ende zu machen!

In diesem Konflikt widerstreitender Gefühle konnten weder er noch sie in ihrer Erregung die Distanz aufbringen, das Element von Farce zu erkennen, das in dem lag, was sie in diesem Hotelzimmer taten.

»Ariane, nicht ...«, stöhnte er.

Der Orgasmus jagte wie ein glühender Blitz durch seinen Unterleib. Sie hob das Gesicht, um ihn auf dem Höhepunkt seiner Ekstase zu betrachten, ihre Wangen gerötet, und ein triumphierendes Leuchten in den dunklen Augen. Robert seufzte und wand sich, als die Lust verebbte, sich bewußt, daß sie ihn herausgefordert und seinen Willen gebrochen hatte. Sie hatte ihre Überlegenheit dokumentiert, und es würde zwischen ihnen nie mehr so sein wie bisher.

Sie richtete sich auf und zog gelassen ihr elegantes, grünes Kleid aus. Robert ließ sich kraftlos auf einen Louis-XV.-Stuhl neben dem Bett sinken, niedergeschlagen von ihrem leichten Sieg über ihn. So sah er es, ohne zu begreifen, daß er selbst ihr aggressives Verhalten heraufbeschworen hatte.

Sie streifte sich das elfenbeinfarbene Seidenunterkleid über den Kopf und zog den Büstenhalter aus, der ihre großen weichen Brüste stützte. Als sie sich vorbeugte, um ihre Seidenstrümpfe auszuziehen, baumelten ihre schweren Brüste herab und entzündeten beinahe einen Funken neuerwachenden Interesses bei Robert.

Dicht vor ihm stehend, zog sie die Perlenhaarnadeln heraus, und ihr langes seidiges Haar fiel weich auf ihre Schultern. Robert seufzte in sich hinein; Arianes Haar zu lösen hatte ihn bei jeder ihrer Zusammenkünfte erregt. Es war ein unbeschreiblich sinnliches Gefühl, die weichen Strähnen zu befreien und wie einen Schleier herabfallen zu lassen.

Sie musterte ihn mit einem hinterhältigen Glimmen in den Augen – oder zumindest kam es ihm so vor. Wortlos beugte sie sich erneut vor, um ihren schwarzen Satinslip auszuziehen. Sie warf ihn Robert ins Gesicht, und er registrierte, daß sie ihn vor ihrem Rendezvous im Café Dome mit Chanel 5 getränkt hatte.

Dann schlug sie die Bettdecke zurück und legte sich mit gespreizten Beinen hin. Robert saß wie versteinert da, ihren Slip in der Hand, unfähig, auch nur einen Ton hervorzubringen. Er war wie gelähmt von dem Chaos undefinierbarer Gefühle, das Arianes ungewöhnliches Verhalten in ihm verursacht hatte. Er fühlte Zorn und Verzweiflung, Demütigung und Groll, Ablehnung und Scham.

Aber war es möglich, daß sich, während er ihren nackten Leib betrachtete, der Anflug eines sehr vertrauten Gefühls in seinen Lenden regte? Er wollte nichts mehr mit ihr zu tun haben, und doch ... war das ein Hauch von Erregung in seinem Blut?

Arianes ganzer Körper in seiner Fülle und Fleischigkeit war für die Liebe geschaffen. Und dort, zwischen den Schenkeln, die gespreizt waren, damit er freien Blick hatte, der Schlüssel zur ultimativen Lust!

»Warum läßt du mich warten, Robert?« fragte sie scharf. »Zieh dich aus und komm zu mir.«

So redete sie mit den Gigolos, die sie herbringt, dachte er bitter. Sie gibt ihnen Geld, und sie stecken es ein – und dann kann sie sie nach Lust und Laune herumkommandieren. *Zieh dich aus, Jules. Küß meine Brüste, Emile. Leg dich auf mich, Antoine. Nimm mich, Jean-Claude. Fester, Raoul. Noch mal, Raymond.*

Während Robert diese düsteren und zornigen Gedanken durch den Kopf gingen, entkleidete er sich. Ariane lag entspannt auf dem Bett, ihre Füße weit auseinander, die Arme entlang ihres Körpers auf den Laken ruhend. Sie hatte den Kopf auf dem Kissen zur Seite gedreht, um ihm beim Ausziehen zuzusehen. Dann war er nackt. Er stützte sich mit einem Knie auf das Bett und zögerte, nicht sicher, wie er vorgehen sollte.

Auf eine wirklich bemerkenswerte Art war es Ariane gelungen, ihn ins Unrecht zu setzen. Sie hatte bei ihm Schuldgefühle geweckt – weswegen, vermochte er jedoch nicht zu ergründen. Und indem sie ihn vergewaltigt hatte, hatte sie sein Unbehagen beinahe zu Paranoia gesteigert.

Sie hatte ihn zum Opfer gemacht und ihn gezwungen, sich ihr zu unterwerfen. Jetzt kam er sich wirklich vor wie ein Gigolo, der gekauft und bezahlt worden war. Er war kein Mensch mehr, sondern nur noch ein Lustobjekt, das sie benutzte, ihre Gier zu befriedigen.

Ariane ließ ihm keine Wahl. Sie schlang ihm beide Arme um den Hals und zog ihn auf sich, ihr Lippen in einem heißen fordernden Kuß auf die seinen gepreßt.

»Ich gehöre dir, Robert«, keuchte sie. »Nimm mich!«

Eine glatte Lüge, dachte er, und sein Zorn flackerte wieder auf. Ganz offensichtlich gehörte er ihr, und sie war es, die ihn gleich nehmen würde. Andererseits – was spielte das für eine Rolle?

Sie holte tief und zitternd Luft, als er tief in sie eindrang, dann stürzte sie sich mit Leib und Seele in die Liebe. Innerhalb von Sekunden, nach nicht mehr als fünf oder sechs Stößen von ihm wand sie sich keuchend in einem ekstatischen Orgasmus.

»Ja, ja!« zischte Robert. Er war überglücklich, daß sie nun ihm ausgeliefert war. Er stieß hart und schnell zu, seine Rachegelüste an ihr austobend.

Ariane tat alles, was ihre leidenschaftliche Natur ihr vorgab. Sie wand sich unter ihm, schrie, kratzte und biß. Und es ging weiter – es war nicht innerhalb von Sekunden vorbei! Die Schenkel weit gespreizt, ihr ganzer Leib zitternd unter seinen wilden Stößen, klammerte sie sich an ihn wie eine Ertrinkende. Mit einem letzten wimmernden Aufschrei wurde sie ohnmächtig.

Aber auch das konnte Robert nun nicht mehr aufhalten.

»Nimm das! Und das! Und das! Miststück, Schlampe!« schrie er in sexueller Raserei.

Als er sich endlich ein wenig beruhigt hatte, lag er zitternd und schwitzend auf Arianes Bauch. Er sah, daß ihre Augen immer noch geschlossen waren. Sie war sehr blaß und atmete flach. In plötzlichem Entsetzen rollte er sich von ihrem leblosen Körper und rannte ins Bad, um Wasser zu holen.

Er spritzte ihr kaltes Wasser auf die Stirn und strich ihr das zerzauste dunkle Haar aus dem Gesicht. Dann benetzte er ihre Handgelenke, an denen der Puls nur sehr schwach zu fühlen war, ließ das kalte Naß zwischen ihre großen Brüste und auf ihre rötlichbraunen Brustwarzen tropfen, in der Hoffnung, daß die plötzliche Kälte sie wieder zu sich bringen würde. Er lief zurück ins Bad, um das Glas wieder aufzufüllen, und goß dann Wasser auf ihren weichen Bauch und die nach Chanel duftenden Lenden.

Robert kam es in seiner Panik vor wie eine Ewigkeit, bis sie schließlich langsam die dunkelbraunen Augen aufschlug. Anfangs blickte sie noch mit einer gewissen Benommenheit zu ihm auf, während sie ihre Gedanken ordnete. Sie leckte sich die Lippen und fand einen Tropfen Wasser in einem Mundwinkel. Robert stützte sie, einen Arm um die Schultern gelegt, hielt ihr das Glas an die Lippen und ließ sie daraus trinken.

Mit einem schwachen Lächeln sank sie wieder auf das Kissen und strich mit einer Hand über ihren nassen Bauch.

»Geht es dir gut, Ariane?«

»Das war phantastisch«, entgegnete sie leise. »Du bist ein sehr guter Liebhaber, Robert – überragend! Du hast mich *einen kleinen Tod* erleben lassen, einen so überwältigenden Orgasmus, daß er einem die Sinne raubt und es einem vorkommt, als würde man sterben. In meinem Land sind die Frauen ganz verrückt nach Männern, die dazu in der Lage sind. Ich habe es gerade zum ersten Mal erlebt.«

»Du hast mich erschreckt«, sagte er und beschloß zu gehen, sobald sie sich wieder vollständig erholt hatte. »Ich denke, du solltest jetzt ein wenig schlafen.«

Der umherstreunende Monsieur Sassine war vielleicht bereits auf dem Weg zum Hotel, um zu baden und sich für den Abend umzuziehen. »Welch absurder Gedanke!« sagte Ariane, die Roberts Gedanken an seinen Augen abgelesen hatte.

»Er wird erst sehr spät zurückkommen, wenn dir das Kopfzerbrechen bereitet.«

»Aber was, wenn du dich irrst?«

Sie winkte nur mit der freien Hand ab.

»Tu es noch mal, Robert«, sagte sie. Es war wie ein Befehl.

Suzette singt bei Bobo

Jacques-Charles teilte Suzette mit, daß er ihr einen Probeauftritt als Sängerin verschafft habe, in einer Bar, in der er an zwei Abenden in der Woche spielte. Suzette entgegnete, das wäre unmöglich, sie hätte weder eigene Lieder noch etwas anzuziehen.

»Dann sing eben nackt«, erwiderte er grinsend. »Ich garantiere dir, daß sie dir dann ihre ganze Aufmerksamkeit schenken. Und was die Lieder betrifft – du hast das ganze Repertoire der Piaf und Mistinguett sowie jeder anderen Sängerin, die Paris in den vergangenen fünfzig Jahren an seinen Busen gedrückt hat.«

»Diese Lieder entsprechen aber nicht meinem Stil. Das weißt du.«

»Ja, *ma chérie,* aber während wir darauf warten, daß dein eigener Stil seinen großen Durchbruch hat, wäre es sehr vorteilhaft, wenn du Erfahrungen sammeln und die Leute mit Liedern unterhalten würdest, die sie kennen und mögen, auch wenn sie aus dem Repertoire einer anderen Sängerin sind.«

Trotz ihrer Einwände hatte Suzette spontan entschieden, diese Chance zu nutzen. Aber keine schöne Frau erklärt sich gleich mit dem Vorschlag eines Mannes einverstanden. Zuerst einmal sagt sie *ganz bestimmt nicht*.

Dann hebt sie seine Laune wieder, indem sie *vielleicht* sagt – und in diesem Augenblick weiß ein intelligenter Mann, daß er einen Riesenschritt in Richtung seines Zieles gemacht hat, wie immer dieses aussehen mag. Nach einer Weile sagt sie dann, *wenn du darauf bestehst,* um dann abschließend zu sagen *ja natürlich.*

Und da dies allgemein bekannt ist, erwartet nur ein Dummkopf, ohne die Zwischenstation von einem Nein zu einem Ja zu gelangen.

Was die Kleiderfrage betraf, riet Jacques-Charles ihr, vorsichtig zu sein und sich für den Auftritt in dieser speziellen Bar sehr schlicht zu kleiden. Schlicht? fragte sie. Was er damit meine? Solle sie vielleicht schäbig auf die Bühne? In einem dunklen Pullover und einem dicken Wollrock? Schwarzen Baumwollstrümpfen und flachen Schuhen?

Suzette hatte zuvor entspannt auf dem Diwan gelegen. Als er jedoch von ihrem Auftritt erzählte, war es mit der Ruhe vorbei. Sie setzte sich auf, und ihre Brüste hüpften verführerisch bei den Handgesten, mit denen sie ihren Worten Nachdruck verlieh.

Als sie von *ganz sicher nicht* zu *na ja, okay* übergegangen waren, stritten sie sich, wie zu erwarten gewesen war, über die Lieder, die sie vortragen sollte. Und als sie sich schließlich geeinigt hatten, forderte er sie auf, am nächsten Tag um drei wiederzukommen, um das Repertoire zu proben.

Nur wenige Stunden nach den Proben würde sie ihr Debüt als Sängerin haben! Diese Aussicht verschlug Suzette den Atem. »Ich werde zum erstenmal angezogen auf der Bühne stehen«, sagte sie.

Die heruntergekommene Kneipe, die Jacques-Charles für ihren ersten öffentlichen Auftritt als *chanteuse* ausgewählt hatte, befand sich in einer Seitenstraße von Montmartre, in die sich kein Tourist verirrte. Sie hieß ›Chez Bobo‹ und war nicht mehr als ein düsterer Keller unter einem bröckelnden Gebäude.

Früher hatte der Raum sicher dazu gedient, Feuerholz und Alteisen zu lagern. An den Wänden waren einige schwache Glühbirnen angebracht, und für die Gäste waren wacklige kleine Tische und Stühle aufgestellt worden. Ein Zinktresen und eine kleine Bühne aus losen und staubigen Dielen vervollständigten das Inventar.

Das Klavier war ein uraltes Wrack – bei einigen Tasten fehlte das Elfenbein, und jene, die übrig waren, waren von Rissen durchzogen. Was den Lack betraf, war er schon seit langem schlichtweg nicht mehr vorhanden. An den Abenden, da Jacques- Charles nicht spielte, entrang ein Akkordeonspieler seiner betagten Quetschkommode bekannte Lieder.

Manchmal war auch ein Trommler dort, wenngleich seine Auftritte willkürlich und unvorhersehbar stattfanden. An machen Abenden begleitete er auf seinen abgenutzten Trommeln das Piano, sehr zu Jacques-Charles' Mißfallen. An den anderen Abenden zwang er seine Begleitung dem Akkordeonisten auf, der gewöhnlich bereits zu betrunken war, sich darum zu scheren.

Nicht, daß dies die Stammgäste gekümmert hätte, die der Musik ohnehin keine große Beachtung schenkten. Sie tranken billigen Fusel und noch billigeren Rotwein in beträchtlichen Mengen. Aber der Gewinn schien zu gering, als daß Bobo seinen Lebensunterhalt davon hätte bestreiten können. Es wurde gemunkelt, daß er zehn Prozent von den Huren kassierte, die in seine Kneipe kamen, um Freier abzuschleppen.

Natürlich war Bobo nicht bereit, Suzette für ihren Auftritt auf seiner klapprigen Bühne etwas zu zahlen. Als Jacques-Charles ihn darauf ansprach, erklärte er sich damit einverstanden, daß sie sang, bestand jedoch darauf, daß der Pianist sie aus eigener Tasche bezahlte.

»Sie ist deine Freundin, nicht meine«, sagte er. »Bezahl sie in Natura oder in bar, das ist deine Sache, Jacques-Charles.«

Ah, wie glücklich wäre Jacques-Charles gewesen, hätte er Suzette als seine Freundin bezeichnen können! Die Nachmittage, an denen sie bei ihm Gesangsunterricht nahm und ihm anschließend gestattete, sie auf seine sonderbare Art zu lieben, waren die Höhepunkte in seinem Leben.

Natürlich hatte Jacques-Charles für ihren ersten Auftritt als Sängerin den einzigen Abend in der Woche gewählt, an dem die Folies-Bergères geschlossen waren. Als die Proben in seinem Zimmer beendet waren, fiel ihr merkwürdiges Liebesspiel ausnahmsweise aus; er war nicht minder nervös als sie, wenngleich er es geschickt zu verbergen vermochte. Er bereitete ein Omelett, zu dem sie einen guten Wein tranken. Dann forderte er sie auf, sich eine Stunde auszuruhen.

Um acht trafen sie im ›Chez Bobo‹ ein, da Jacques-Charles gewöhnlich um diese Zeit anfing zu spielen. Suzette betrachtete das Rattenloch, in dem ihre Karriere als internationaler Star beginnen sollte, mit ungläubigem Entsetzen. Sie wurde Bobo vorgestellt, was auch nicht dazu beitrug, ihren Eindruck zu verbessern. Er war ein fetter, schwitzender Kerl mit Schweinsäuglein. Er sah aus wie ein Gangster und trug zu einer fleckigen Hose ein Hemd mit aufgerollten Ärmeln.

Aber ihre Freunde waren da, um sie zu unterstützen, was sie ein wenig aufmunterte. Gaby war selbstverständlich gekommen, und auch Blaise. Er trug einen Anzug, in dem er aussah wie ein Banker, obwohl sie ihm hiervon abgeraten hatte.

Auch ein paar Freunde aus den Folies-Bergères waren anwesend, wenn auch nicht zu viele, da Suzette vermeiden wollte, daß alle sie auslachten, wenn es schiefging. Angélique war gekommen, in Begleitung ihres Freundes Jean-Pierre.

Dazu noch zwei weitere Showgirls – Jasmine und Yvette –, die sich gut mit Suzette standen. Und Francine, die an der Seite ihres ungarischen Jongleurs Sandor glücklich aussah wie eine junge Braut. Auch er machte einen zufriedenen Eindruck – ganz offensichtlich entwickelte sich ihre *affaire du coeur* für beide positiv. Von Francines Partner Gilles war glücklicherweise weit und breit nichts zu sehen.

Suzettes Fangemeinde setzte sich an drei zusammengestellten Tischen zusammen. In ihren farbenfrohen Kleidern – ausgenommen Blaise – und mit ihrem ausgelassenen Geplauder und Gelächter hoben sie sich wie Paradiesvögel von den ungepflegten und deprimierenden Gästen an den anderen Tischen ab.

Die neuen Kunden, die Suzette mitgebracht hatte, ließen Bobos wäßrige Augen glänzen, und das erklärte auch, warum er sie so höflich begrüßte. Das heißt, höflich für seine Maßstäbe.

Blaise zahlte für alle die Getränke, und keiner von ihnen hielt sich damit auf, die Gläser zu zählen – abgesehen von Bobo und seinem Barmann, die beabsichtigten, die abschließende Rechnung mindestens zu verzehnfachen. Aber was machte das schon? Alle amüsierten sich, vor allem Blaise, der die Gesellschaft so vieler schöner Frauen sichtlich genoß. Alle waren Suzette zuliebe besonders nett zu ihm. Eine Handvoll Francs mehr oder weniger spielte für ihn keine Rolle.

Jacques-Charles saß an dem schäbigen Klavier auf der Bühne, in dem hellbraunen Anzug, der tagsüber an einem Drahtbügel hinter der Tür zu seiner Bude hing. Was sollte man sagen? Auf seine Art war der Anzug noch recht ordentlich, und sauber war er auch, aber er war so alt, daß Jacques-Charles ihn noch vor dem Krieg gekauft haben mußte.

Er hatte sein Haar zurückgekämmt, wodurch die Wölbung seiner hohen Stirn hervorgehoben wurde. Der Eindruck eines Professors, der sich einen Abend Urlaub vom Alltag gönnte, wurde jedoch von der Zigarette, die von seinem Mundwinkel herabbaumelte, und der Asche, die auf sein Jackett rieselte, zunichte gemacht. Seine Finger flogen über die Tasten, und jeder der zuhörte – sofern dies überhaupt jemand tat – erkannte gleich, daß der Mann am Klavier wirkliches Talent besaß.

Die Trommeln standen auf der Bühne, aber der Trommler war nicht da – und das aus gutem Grund. Jacques-Charles hatte ihn bestochen – er war ihn mittels einer einfachen List losgeworden, indem er ihm eine billige Hure besorgt hatte. Es wäre grausam gewesen, von Suzette zu verlangen, gegen den eigenwilligen Rhythmus eines wahnsinnigen Trommlers anzusingen.

Ein melodisches Klimpern, ein *Bonsoir, Mesdames et*

Messieurs von Jacques-Charles, und die abendliche Vorstellung begann. Niemand im Publikum beachtete seine Begrüßung, und es hätte ihn auch gewundert, wenn es jemand getan hätte. Er spielte zwei oder drei bekannte Melodien, die keine größere Anstrengung erforderten, um das Publikum entsprechend einzustimmen, bevor Suzette die Bühne betrat.

Sie saß unter ihren Freunden, neben sich Blaise, der versuchte, sie mit ausgewählten Worten zu beruhigen. Sie nippte an seinem Cognac und bereitete sich mental auf ihr Debüt vor. Zwischen dem Abgrund von Bobos schmutzigem Keller und den Höhen des Olympiakonzertsaals lagen Welten, aber wie eine alte Weisheit besagt, beginnt jede Reise mit einem ersten Schritt.

Natürlich war sie bei weitem nicht so ärmlich gekleidet, wie Jacques-Charles es ihr neckend angeraten hatte, aber sie hatte sich bei der Wahl ihrer Garderobe wohl zurückgehalten. Sie trug eine bananengelbe Seidenbluse, die hübsch mit ihrem schwarzen Haar kontrastierte, und dazu einen grauen Leinenrock, der eng genug war, die Konturen ihres runden Pos zu betonen.

Es kam ihr vor, als hätte Jacques-Charles erst ein oder zwei Minuten gespielt, als sie hörte, wie er sie ankündigte – unter dem Applaus und Jubel ihrer Freunde. Während, wie sie mit einem angstvollen Schauder registrierte, die anderen Gäste keinerlei Regung zeigten.

»Begrüßen Sie Mademoiselle Suzette«, sagte Jacques-Charles, »eine noch unbekannte Sängerin, die jedoch schon bald ein Star sein wird.« Er erklärte, daß sie sich alle glücklich schätzen könnten, diese Gelegenheit zu haben, sie singen zu hören – daß die Menschen bald Schlange stehen würden, um Eintrittskarten für ihre Konzerte zu ergattern! Noch nie sei ihm in all den Jahren, die er der Pariser Musikszene angehörte, eine so bezaubernde Sängerin mit einer so bezaubernden Stimme begegnet.

Und so weiter, die bei solchen Anlässen übliche Lobhudelei. Unten im Schankraum setzten sich die Gespräche ungestört fort, Augen stierten stumpfsinnig in Weingläser, und Huren streichelten die Schenkel potentieller Freier, um diese zu animieren.

Aber wie weitschweifig Jacques-Charles sie auch pries, es kam der Augenblick, da Suzette zu ihm ans Klavier treten und singen mußte. Gaby führte den Applaus an, lautstark unterstützt von Blaise, Angélique und Jasmine, während der ungarische Jongleur zwei Finger in den Mund steckte und eine schrille Ermutigung pfiff.

Natürlich gab es keinen Scheinwerfer, der die Sängerin anstrahlte, nur eine nackte Glühbirne über der Bühne. Jacques-Charles nahm einen Schluck aus dem Glas Pastis, das auf dem klapprigen Klavier stand.

»Leicht und locker«, raunte er Suzette zu, die Finger über den kaputten Tasten schwebend. »Laß dich treiben, während du dich warm singst.«

Sie begann mit *La vie en rose,* wobei sie ihre Stimme sorgfältig dosierte und die Emotionalität nicht übertrieb, jedoch genügend Leidenschaft hineinlegte, um den Text zu tragen. Dieses Singen erforderte Konzentration, und es war keine Rede von Treibenlassen. Jacques-Charles wußte das sehr gut; er hatte ihr nur Selbstvertrauen geben wollen.

Natürlich besaß Suzette Selbstvertrauen. Jeder, der an sechs Abenden in der Woche fast nackt auf einer Bühne steht, braucht Selbstvertrauen. Aber ihr Selbstbewußtsein beruhte auf ihrer Macht, durch ihren Körper zu bezaubern, und das war etwas völlig anderes, als allein durch ihre Stimme ein Publikum aufmerksam zu machen und zu fesseln. Aber es mangelte ihr nicht an Mut, und sie sang ihre ersten drei Lieder sehr hübsch.

Jacques-Charles' Rat folgend, hielt sie im Publikum nach jemandem Ausschau, an den sie ihren Gesang richten konnte. »Sorg für eine persönliche Atmosphäre«, hatte er gesagt. »Such jemanden aus und sing nur für ihn, sing gefühlvoll, als wäre er dein Liebhaber. Und nach einer Weile gehst du zum nächsten über. Du mußt jedem einzelnen das Gefühl geben, daß deine ganzen Emotionen allein *ihm* gelten.«

Natürlich konnte sie für Blaise singen, aber damit hätte sie den Zweck der Übung verfehlt, da er ja bereits ihr Liebhaber war. Das wäre zu einfach. Außerdem wollte sie nicht, daß er sie mißverstand und wieder anfing, von ewiger Liebe und Heirat anzufangen, wozu er unglücklicherweise neigte. Wenn sie ein Star werden wollte, hatte sie keine Zeit für Ehefreuden.

Sie mußte jemand anders finden, für den sie singen konnte. Es war nicht leicht, da der Keller so schwach erleuchtet war, daß jenseits der ersten Tische die Gäste nur noch schemenhaft auszumachen waren. Vielleicht war das nur gut so; jene, die sie erkennen konnte, waren nicht gerade vielversprechend, mit ihren glasigen Augen, erschlafften Gesichtern, unrasiertem Kinn und billigen Kleidern! Es erforderte übermenschliche Überwindung, an solch traurige Gestalten Worte der Liebe und Sehnsucht zu richten.

Aber einer der Gäste kam eventuell doch in Frage. Er saß allein an einem Tisch an der Wand, hatte dunkles Haar und war nicht älter als zwanzig. Er schien in seinem Rollkragenpullover und dem dunklen Jackett sehr schlank zu sein. Suzette hielt ihn für einen Seemann von einem der Schiffe, die Waren von den Docks von Rouen die Seine heraufbrachten.

Er hatte feingeschnittene Züge, die nicht recht zu seiner rauhen Kleidung paßten, und sehr große dunkle Augen, deren Blick unverwandt auf Suzettes Gesicht gerichtet war. Sie sang für ihn, und er reagierte – mit unverhohlener Anbetung! Das erinnerte sie daran, wie sie nackt auf Jacques-Charles schäbigem Diwan lag, seine Huldigung entgegennahm und sich an den glühenden Blicken ergötzte, die sie zu durchbohren schienen.

Sie empfand dies so intensiv, daß sie froh war, angezogen zu sein, während sie zu diesen brennenden Augen sang, dankbar für den Schutz, den der Stoff bot, auch wenn es sich nur um dünne Seide und Satin handelte. Der dunkelhaarige Mann drüben an der Wand – die Intensität seines Blickes ließ Suzette seinen Erregungszustand erahnen, und sie mußte unwillkürlich lächeln.

Jacques-Charles hatte die winzige Veränderung in ihrer Stimme wahrgenommen und erkannt. Während er spielte, ließ er den Blick durch den Raum schweifen, auf der Suche nach dem Mann, der diese plötzliche Leidenschaft hervorgerufen hatte.

Es dauerte nicht lange, und er entdeckte den dunkelhaarigen Mann, der Suzette wie gebannt anstarrte. Er kannte diesen starren Blick – es war der gleiche Blick, mit dem er sie verschlang, wenn sie sich für ihn auszog. Eifersüchtig funkelte er den Rivalen an, geradezu mordlüstern. Aber es war vergebens; der junge Mann hatte nur Augen für Suzette und merkte gar nicht, daß er sich den Zorn des Pianisten zugezogen hatte.

Während *Paris je t'aime toujours* kam es zum Streit zwischen einigen Stammgästen von Chez Bobo. Ein Mann, der aussah wie ein heruntergekommener Preisboxer, schüttete einem anderen ein halbvolles Glas Rotwein ins Gesicht. Der Mann sprang auf und packte den Preisboxer an der Gurgel. Der Nebentisch wurde bei dem Gerangel umgeworfen, und Gläser fielen klirrend zu Boden. Die Gäste, deren Getränke umgestoßen worden waren, protestierten lautstark und drohten, sich in das Handgemenge einzumischen.

Suzette verstummte und verfolgte mit vor Entsetzen geweiteten Augen den Streit, der nur eine Armeslänge entfernt von der Bühne erfolgte. Der ›Preisboxer‹, der immer noch gewürgt wurde, rammte seinem Gegner das Knie in den Unterleib, woraufhin dieser aufheulte, ohne jedoch seinen tödlichen Griff zu lockern.

Für Jacques-Charles war dies nichts Neues – er hatte schon Schlimmeres gesehen. Er schenkte der Auseinandersetzung keine Beachtung und spielte resolut weiter.

»Sing, *chérie*«, sagte er zu Suzette. »Es wird bald vorbei sein.«

Bobo spuckte auf den Boden und kam hinter der Bar hervor, fett, häßlich, wütend, aggressiv, mit unheilverkündendem Blick. Er machte nicht viel Federlesens um die Unruhestifter – er packte die beiden Kontrahenten beim Ohr und schlug ihre Köpfe aneinander. »*Voilà!*« meinte Jacques-Charles. »Damit dürfte das erledigt sein.«

Bobo ließ die beiden Streithähne los, die halb bewußtlos und stöhnend auf ihren Tisch sanken. Dann watschelte er zurück zur Bar, warf Suzette im Vorbeigehen einen wirklich abstoßend lüsternen Blick zu und rief ihr mit seiner gewohnten heiseren Stimme zu:

»Mach weiter, Mädchen, laß dich von diesem Abschaum nicht aus dem Konzept bringen. Komm, wenn du fertig bist, zu mir in die Küche. Ich habe etwas ganz Besonderes für dich.«

Suzette mobilisierte ihre ganze Willenskraft, nahm den Faden ihres Liedes wieder auf und beendete es. Ihre Freunde applaudierten laut und begeistert, aber vom übrigen Publikum kam nur bescheidene Resonanz – ein oder zwei Gäste klatschten, und eine Hand schlug auf einen Tisch. Der Mann im Rollkragenpullover applaudierte nicht; er saß reglos da und starrte Suzette an wie in Trance.

Bevor Jacques-Charles das nächste Stück anspielen konnte, berührte sie ihn an der Schulter und sagte, sie müsse sich erst von dem Schreck erholen. Er blickte aus seinen glänzenden, braunen Augen liebevoll zu ihr auf und nickte. Während er mit seinem üblichen Repertoire fortfuhr, setzte Suzette sich zu ihren Freunden an den Tisch. Um ihre angeschlagenen Nerven zu beruhigen, nahm sie den Cognac an, den Blaise ihr anbot.

Vor ihm auf dem Tisch standen mehrere Flaschen Champagner und eine Flasche fragwürdigen Cognacs aus der Bar, da der Barmann mit Nachschenken nicht nachgekommen war.

»Wir müssen dieses Lokal auf der Stelle verlassen«, sagte er zu Suzette und tätschelte ihr mitfühlend das Knie. »Es ist völlig inakzeptabel, daß du dein Talent in diesem

Schweinestall vergeudest. Dein Gesangslehrer muß verrückt sein, dich hier auftreten zu lassen. Trink aus, und dann bringe ich dich nach Hause.«

Tatsächlich fand Suzette dieses Angebot sehr verlockend. Sie hatte sich von ihrem Debüt mehr erwartet, wenigstens einen bescheidenen Triumph und nicht diese Gleichgültigkeit von Fremden. Aber sie sagte sich, daß sie vielleicht nie wieder den Mut aufbringen würde zu singen, wenn sie jetzt davonlief.

Eine Hand legte sich schwer auf ihre Schulter. Sie blickte sich um und sah, daß sie zu einer Hure gehörte, die hinter ihrem Stuhl stand. Sie war eine kräftig gebaute Frau von mindestens vierzig Jahren, grell geschminkt mit orangefarbenem Puder, der ihre Falten verbergen sollte, und tiefrotem Lippenstift. Ihr schwerer Busen in dem dunkelroten Pullover schwebte über Suzettes Kopf wie eine durchhängende Markise.

Sie hatte einen Mann im Schlepptau – er war klapperdürr, mit lichtem Haar und einem dünnen Schnäuzer. Er war recht ärmlich gekleidet, wie ein kleiner Buchhalter mit Frau und Kindern, dessen Gehalt nicht ausreichte, sie alle zu ernähren. Ganz offensichtlich wollte die Hure mit ihm in die nächste verwanzte Absteige verschwinden, um ihn ein wenig von seinen Sorgen abzulenken.

»Gib es auf, Mädchen«, sagte sie freundlich, und Suzette schlug eine betäubende Alkoholfahne entgegen. »Du wirst es als Sängerin nie zu etwas bringen. Halte dich an deinen schönen Körper. Er wird dich reichlich genug ernähren.«

»Und warum sollte ich es als Sängerin nicht schaffen?« wollte Suzette wissen, beleidigt von dieser Kritik.

»Du hast nicht genug Stimme. Du mußt die Lieder schmettern können, daß sie halb taub davon werden – das ist es, was ihnen gefällt. Das schaffst du nie, auch wenn du noch so lange übst.«

»Das ist nicht der einzige Weg!«

»Recht hast du, Mädchen – es gibt eine bessere Möglichkeit, und die ist dazu noch viel einfacher. Auf dem Rücken. Fünf Minuten Arbeit, und die Kasse klingelt. Wenn du dich daran hältst, kannst du nicht viel falsch machen.«

Die Erniedrigung, für eine Hure gehalten zu werden, verschlug Suzette einen Moment die Sprache. Blaise blickte schockiert drein. Gaby brach in schallendes Gelächter aus, und Suzette stimmte ein.

»Danke für den Rat«, sagte sie zu der Nutte, die verwirrt schien von ihrem Heiterkeitsausbruch. »Du schlägst dich auf deine Art durch, Tantchen, und ich auf meine.«

»Wie du willst«, entgegnete die Hure achselzuckend und umschlang ihren geduldigen Freier.

Schnell verließen beide Arm in Arm die Kneipe.

»Die Stimme einer wahren Kritikerin«, bemerkte Suzette ätzend. »Ich versuche es noch mal.«

Jacques-Charles spielte *Printemps,* und niemand hörte zu. Bevor Suzette dazu kam, auf die Bühne zurückzugehen, kam es zu einem Tumult an der Bar. Der Ursprung für die Aufregung war von Dunkelheit und dickem Zigarettenrauch verborgen, aber ein lauter Schrei von Bobo erregte allgemeine Aufmerksamkeit. Eine hagere Hure in einem weißen Regenmantel stand mit einem Ellbogen aufgestützt am Tresen.

Bobo beugte sich vor und schlug ihr die Faust seitlich aufs Ohr, so daß sie von der Wucht des Schlages zu Boden sank. Der Lude, der neben ihr stand, war zu verängstigt zu protestieren; er machte auf dem Absatz kehrt und suchte das Weite.

»Was ist denn da los?« fragte Blaise und starrte mit verrenktem Hals hinüber. Er klang ein wenig betrunken.

»Merde!« fluchte Suzette ungläubig. »Dieser Laden ist unglaublich. Ich brauche frische Luft, bevor ich weitersinge.«

Er wollte sie begleiten, aber sie zog es vor, einen Augenblick allein zu sein. Draußen in der schmalen Gasse war es dunkel und menschenleer; nur eine einzelne Laterne an der Hauswand unten an der Straßenecke spendete ein wenig Licht. Suzette schlenderte langsam über das Kopfsteinpflaster, um ihren Augen und Lungen eine Pause von dem dichten Nebel unten in Bobos Mausefalle zu gönnen.

»Mademoiselle!« rief eine Stimme hinter ihr.

Es war eine Männerstimme, noch jung, kultiviert, höflich. Sie drehte sich um und sah, daß der Mann mit dem Rollkragenpullover nur drei Schritte hinter ihr war – ganz offensichtlich war er ihr gefolgt.

»Sie sind wunderschön«, sagte er. »Und Sie singen wie ein Engel.«

»Wie heißen Sie?«

»Michel.«

Er umfaßte sachte ihren Arm und schien kaum fassen zu können, daß er wahrhaftig mit ihr sprach.

»Woher kommen Sie, Michel?«

»Aus Fécamp. Ich bin Student.«

Er führte sie von der Laterne fort, tiefer in das Labyrinth schmaler, gewundener Gassen des alten, ursprünglichen Montmartre. Sie folgte ihm willig, froh über die Gesellschaft des einzigen Fremden, der von ihrem Gesang beeindruckt gewesen war.

Sie gelangten an einen dunklen Hauseingang mit einer zerbrochenen Steinstufe. Er schob sie mit sanftem Druck hinein und trat dicht vor sie. Suzette registrierte, daß er lange Wimpern hatte wie ein Mädchen und volle Lippen. Aber die Art, wie er sie küßte, die Hände auf ihren Brüsten, hatte nichts Mädchenhaftes.

Bei seiner Berührung durchzuckte sie prickelnde Lust, und sie schwankte ein ganz klein wenig. Er umfaßte ihr Gesicht mit beiden Händen und bog ihren Kopf zurück, während er sie auf den Hals küßte. Dann war seine Hand unter ihrem Rock und glitt aufwärts zwischen ihre Schenkel. Für einen so schlanken Mann war er kräftiger, als man auf den ersten Blick erwartet hätte, und er packte Suzette mit solcher Kraft zwischen den Beinen, daß sie vollends dahinschmolz.

Er küßte sie wieder, legte ihr stützend eine Hand auf den Rücken und bog ihren Oberkörper zurück, ohne den Druck zwischen ihren Schenkeln zu verringern. Sie war erregt und fühlte, wie sie feucht wurde.

Er packte noch fester zu, und seine Lippen preßten sich auf die ihren, bis es ihr vorkam, als schwebe sie hoch oben im All, weit weg von der Welt, als gleite sie durch eine Wattewolke, die sie wie ein Kokon einhüllte und jedes fremde Geräusch ausschloß. Sie fühlte, daß sie einen paradiesischen Zustand erreicht hatte; sie atmete nur noch flach, und ihr Herz schlug ganz schwach und fern.

Sie hörte die Schritte nicht, die sich ihnen über das Pflaster näherten, und Michel schenkte ihnen keine Beachtung. Ein Mann tauchte aus dem Dunkel auf, sein Gesicht ein verschwommener Fleck unter seiner Hutkrempe. Er warf einen Blick in den Türeingang und entdeckte das umschlungene Paar. Sein Interesse war deutlich; er starrte sie eindringlich an und wünschte offensichtlich, daß er an Michels Stelle wäre.

Aber er ging weiter, auch wenn er den Schritt verlangsamte, als er mit dem Türeingang auf einer Höhe war. Die Gasse war so schmal, daß er nur den Arm hätte auszustrecken brauchen, um im Vorbeigehen Suzettes Gesicht zu streicheln, aber mit einem letzten langen Blick über die Schulter entfernte er sich die Straße hinunter, in Richtung der Laterne.

Von alledem nahm Suzette nichts wahr – sie war ganz auf Michel konzentriert. Er hielt sie sehr fest.

»*Mademoiselle ...*«, murmelte er. »*Je t'aime.*«

Er langte mit beiden Händen unter ihren Rock, um ihr den Slip an den Beinen herabzustreifen. Er zog ihn ihr aus und steckte ihn in seine Jackentasche, bevor er die Hände erneut an ihren Beinen hinaufgleiten ließ. Sie seufzte, als sie fühlte, wie seine warmen Hände ihre nackten Pobacken umfaßten und kneteten. Er streichelte die Backen liebevoll und ließ die Hände flach über ihre weiche Haut gleiten.

Suzette wollte ihn in sich fühlen, sie war bereit für ihn. Sie zog ihren Rock über ihre Hüften, um ihm die glattrasierten Lippen zwischen ihren Schenkeln zu zeigen.

»*Mademoiselle* ...«, seufzte er und ließ sich auf die Knie sinken, um sie zu küssen. Anders als die meisten anderen Männer zeigte er sich von der glatten Haut nicht überrascht. Vielleicht war er von seinem Glück zu berauscht, es überhaupt zu registrieren!

Er begnügte sich damit, die rosigen Lippen zu küssen. Suzette wartete ungeduldig darauf, mehr von ihm zu spüren, aber abgesehen von diesem respektvollen Kuß geschah nichts.

Wie sollte er nicht erregt sein nach der unbeschreiblichen Lust, die er ihr bereitet hatte? Begehrte er sie? Sie grub die Finger in seine Schultern und zog ihn auf die Füße. Mit zitternden Fingern tastete sie vorn über seine Hose.

Ja, dort verbarg sich eine vielversprechende Härte! Sie seufzte erleichtert. Im Nu hatte sie seine Hose geöffnet und hielt sein pochendes Glied in der Hand.

Er packte ihren Rocksaum und hob ihn über ihre Hüften. Suzette lehnte sich mit dem Rücken an die Wand des Türeingangs und spreizte die Beine. Sie führte ihn zwischen ihre Schenkel, als er für einen Augenblick die Knie beugte und diese dann wieder streckte, um seinen Penis in sie hineinzuschieben.

Er war nicht so außergewöhnlich gut bestückt wie Blaise, dieser Michel, der behauptete, Student zu sein. Er glitt mühelos in sie hinein, ohne Gefahr einer Dehnung, ohne Suzette das Gefühl zu vermitteln, bis zu den Grenzen ausgefüllt zu sein. Und doch war es himmlisch, die Härte in sich zu fühlen.

Sein Bauch war an den ihren gepreßt, seine Zunge schob sich zwischen ihre Lippen, und sein Becken zuckte in leichten Stößen vor und zurück. Suzette schloß die Augen. Sie hatte vergessen, wo sie war, in einer düsteren kleinen Gasse, in einem Türeingang, den Blicken jedes zufällig vorbeikommenden Passanten ausgesetzt. In ihrem Bauch fühlte sie das lustvolle Pochen der nahenden Ekstase, und für etwas anderes war in ihren Gedanken einfach kein Platz.

Im entscheidenden Augenblick schlug sie die schönen Augen auf und blickte in Michels ovales, sinnliches Gesicht – und trotz der Dunkelheit erkannte sie den Ausdruck stummer Anbetung auf seinen Zügen. Ihre feuchte Zunge glitt in seinen offenen Mund, und ihr ganzer Körper erbebte in einem anhaltenden Orgasmus. Michel folgte ihr und ergoß sich kraftvoll in ihr, während seine Hände unter ihrer Bluse ihre Brüste faßten.

Schließlich schob sie ihn sacht von sich und küßte ihn auf die Wange.

»*Au revoir,* Michel, ich muß jetzt gehen.«

»Aber warum denn?« stammelte er, und seine Stimme klang sehr jung und verletzt. »Bleib bei mir! *Je t'aime, Mademoiselle.*«

»Ich muß zurück auf die Bühne. Begleite mich zur Tür, aber komm nicht mit rein.«

Mit einem Kuß verabschiedeten sie sich am Eingang der Kneipe Chez Bobo. Suzette suchte sich ihren Weg durch das Dunkel, den Abfall und den Zigarettenrauch zur Bühne. Jacques-Charles spielte eine Suzette unbekannte traurige kleine Melodie, die seiner Laune entsprach. Ihr Selbstvertrauen wiederhergestellt, lächelte sie ihn an, und er spielte ein Stück, das sie gemeinsam einstudiert hatten.

Wie lächerlich, dachte sie, wie unvorstellbar absurd, sich im Stehen in einem dunklen Hauseingang einem völlig Fremden hinzugeben! Aber wie wunderbar es gewesen war!

Wenn Jacques-Charles auch nur ahnte, was vorgefallen war, wäre er außer sich vor Zorn. Der Gedanke, daß ein jüngerer Mann sich einfach das nahm, wonach er selbst sich verzehrte und dem er doch nur von Ferne huldigen konnte! Natürlich war das traurig, aber es entbehrte auch nicht einer gewissen Komik. Armer Jacques-Charles!

Erst mitten in *Si tu m'aimes* fiel ihr ein, daß ihr Slip noch in Michels Jackentasche steckte. Sie mußte lachen, was ihren Vortrag kurz unterbrach, aber hinterher fuhr sie um so besser fort.

Odette findet Arbeit

Odette Charon hatte schon früh erkannt, daß das Vorführen von Prêt-à-porter-Modellen für Textilfabrikanten zwar recht gut bezahlt wurde, die Jobs jedoch dünn gesät waren. Ein noch größerer Nachteil war jedoch in ihren Augen der Mangel an Glamour und Highlife. Ihr blieben die Laufstege von Dior und Chanel verwehrt, die Musterung, die Bewunderung und der Neid der reichen Damen, die mit ihren jungen Gigolos kokettierten.

Ebensowenig konnte sie auf Anerkennung seitens der Kritiker der Modepresse hoffen, die unter Hüten absurder Größe kostenlosen Champagner schlürften. Die Shows, an denen sie mitwirkte, fanden gewöhnlich in schmucklosen fabrikeigenen Vorführräumen statt, vor einem Publikum überaus kritischer Einkäufer von Großhändlern oder Kaufhäusern der Provinz.

Gelegentlich verdiente sie sich etwas hinzu, indem sie für Künstler posierte. Nicht für Aktmaler, die ihre Bilder in Galerien ausstellten, sondern für kommerzielle Comiczeichner. Und als sich nicht viel tat, nachdem Robert mit seinem Vater gesprochen hatte, suchte Odette die Agentur auf, die ihr hin und wieder Jobs verschaffte.

Sie hatte dort Roberts Telefonnummer hinterlassen, für den Fall, daß sich etwas ergab, aber darauf war nur entmutigendes Schweigen gefolgt.

Aber jede Pechsträhne hat einmal ein Ende, und dieser Tag erwies sich als Odettes Glückstag. In der Agentur im dritten Stock empfing Madame Drouet sie herzlich. Sie erklärte Odette, daß sie völlig verzweifelt sei und fürchte, einen sehr guten Kunden zu verlieren, weil ein gebuchtes Model einfach nicht erschienen war.

Nachdem sie bei dem Model zu Hause angerufen hatte, hatte sie zu ihrem Entsetzen erfahren müssen, daß das

überprüfte in ihrem Taschenspiegel ihren Lippenstift – auch wenn Breville es gleich sein würde, ob sie geschminkt war oder nicht, da er bei seinen Aquarellen die Gesichter nur andeutete. Aber sie fühlte sich einfach besser in dem Bewußtsein, gut auszusehen. Barfuß trat sie hinter dem Schirm hervor, der nackte Holzboden unter ihren Füßen steinhart.

Breville saß mit angezogenen Knien auf einem Barhocker, die Füße auf den Zwischenstreben, vor sich ein großes Zeichenbrett, das sich von senkrecht bis waagerecht verstellen ließ. Er hatte es in seinem bevorzugten Winkel eingestellt, nicht zu schräg, da Wasserfarben leicht verliefen. Odette konnte über das Brett hinweg seinen Kopf und seine Schultern sehen und darunter seine Füße. Er hatte ein großes Blatt Papier auf das Zeichenbrett geklemmt und hatte es eilig, mit der Arbeit anzufangen.

Offensichtlich hatte er sich bereits überlegt, welche Pose sie einnehmen sollte.

»Stell dich seitlich zu mir«, befahl er. »Die Füße weit auseinander, als wolltest du zu der Tür dort drüben gehen. Gut, und jetzt dreh dich mir halb zu, ohne die Position der Füße zu verändern. Noch ein wenig mehr. Und jetzt heb die Arme, als würdest du einen Spiegel halten und dir das Haar bürsten. So ist es gut! Bleib so!«

Er arbeitete sehr schnell, brachte mit einem Kohlestift eine Skizze zu Papier und kolorierte diese anschließend mit Aquarellfarben. Innerhalb von fünfundzwanzig Minuten hatte er fünf Skizzen von ihr in dem wunderschönen, saphirblauen Unterkleid angefertigt. Vier der Skizzen zeigten sie stehend, um die lange und elegante Linie des Unterkleides hervorzuheben. Für die fünfte Skizze hatte er sie angewiesen, sich seitlich auf die Chaiselongue zu setzen, die Knie angezogen und mit den Armen umschlungen.

Er arbeitete schweigend, dieser Laurent Breville, anders als die meisten anderen Künstler, für die sie Modell gesessen hatte und die beim Malen gern ein Schwätzchen hielten. Odette verbrachte die Zeit vor allem damit, sich selbst zu bewundern. Das blaue Unterkleid entsprach exakt dem Stil, den sie gern jeden Tag tragen würde – er stand für den Schick und den Luxus, den sie ihrer Meinung nach verdient hatte.

Außerdem verlieh die Farbe ihrer Haut einen wunderbaren Schimmer. Und die Art, in der der Stoff ihre Schenkel umspielte, war überaus schmeichelnd. Sie mußte einen Mann kennenlernen, der in der Lage war, ihr Kleider und Schmuck zu schenken, die ihre Schönheit unterstrichen, der sie in erlesene Restaurants ausführte und sie in einer Wohnung in einem guten Pariser Arrondissement unterbrachte.

Sie mochte Robert Douville und wußte zu schätzen, was er für sie tat. Es war jetzt drei Wochen her, seit sie in Roberts Wohnung gezogen war und sein Bett teilte. Er lud sie in hübsche kleine Restaurants ein, ins Kino und zum Tanzen. Und nachts verstand er es, sie im Bett zu verwöhnen.

Aber Robert würde sich nie in sie verlieben und ihr den Luxus ermöglichen, von dem sie träumte. Nicht einmal, wenn er es sich leisten könnte, was sie bezweifelte – zumindest solange nicht, wie sein Papa die Firma leitete. Und es gab da noch einen größeren Pferdefuß. Sie hatte entdeckt, daß Robert in ein Showgirl verliebt war.

Ihr Name war Suzette, und unten in einer Schublade, unter Roberts Hemden versteckt, lag eine Photographie von ihr. Obwohl die Affäre beendet war und er nie darüber gesprochen hatte, hegte Robert scheinbar immer noch starke Gefühle für diese Suzette.

Die zügigen Fortschritte am Zeichenbrett trugen entscheidend dazu bei, Brevilles Laune zu heben. Er lächelte bei der Arbeit, wenn das Lächeln auch nicht an sein Modell gerichtet war. Wenigstens klang er freundlich, als er verkündete, er wäre bereit für die nächste Pose, und sie bat, das Unterkleid auszuziehen.

Odette zog sich hierfür nicht hinter den Paravent

zurück, nachdem er sich zuvor über Zeitverschwendung beklagt hatte. Sie streifte sich das Unterkleid über den Kopf und hängte es über den Wandschirm. Dann schüttelte sie ihr Haar aus und wandte sich dem Maler zu, ihr schlanker, wohlgeformter Körper nur mit dem saphirblauen Slip und dem passenden Büstenhalter bekleidet.

»Wie möchten Sie mich haben?« fragte sie.

Breville hantierte mit Pinseln und Papierbögen und antwortete, ohne ihr einen Blick zu gönnen.

»Fang auf der Chaiselongue an, einen Ellbogen auf die Rückenlehne gestützt und ein Knie angewinkelt – in einer lässigen Pose.«

Odette tat wie geheißen. Nach fünf oder sechs Minuten wandte sie den Kopf, um zu sehen, wie weit er war und ob er schon bereit war für die neue Pose. Er starrte sie über den Rand des Zeichenbretts hinweg an, das Gesicht gerötet und mit kaltem Blick, als wäre er in Trance.

»Monsieur Breville?« fragte sie sanft. »Soll ich mich umdrehen?«

Er antwortete nicht, und plötzlich wußte sie, worauf sein Blick gerichtet war – auf die Stelle zwischen ihren Schenkeln, wo kleine dunkelbraune Härchen unter dem Spitzenrand des Slips hervorschauten. Sie hatte ihr buschiges Schamhaar völlig vergessen, da sie den Anblick selbst gewohnt war.

Aber auch wenn der Anblick für sie selbst völlig natürlich war, wußte sie sehr gut, welche Wirkung er auf Männer hatte.

»Das habe ich völlig vergessen!« rief sie aus. »Ich hoffe, es stört Sie nicht. Ich habe bisher noch nie für Unterwäsche Modell gestanden.«

Brevilles Gesicht färbte sich noch eine Spur dunkler, als ihm klar wurde, daß sein Blick ihr nicht entgangen war. Er brauchte einen Augenblick, sich wieder zu fangen.

»Ich verstehe das nicht«, sagte er schließlich mit schwacher Stimme. »Du rasierst dich unter den Armen. Aber das ...«

»Die Achseln rasiere ich mir, weil es bei Shows verlangt wird«, entgegnete sie, erfreut von der Intensität seiner Reaktion. »Und was *das* betrifft, Monsieur, da Sie schon fragen: ich ziehe es vor, so zu bleiben, wie die Natur mich geschaffen hat.«

Sein Blick war auf das braune Vlies geheftet, das mehrere Zentimeter weit an der Innenseite ihrer Schenkel hinabwuchs, und er gab einen gurgelnden Laut von sich.

»Wo liegt denn das Problem?« fragte Odette hilfsbereit. »Lassen Sie die Haare doch weg, so wie Sie auch mein Gesicht auslassen. Modemagazine möchten keine Bilder, auf denen Schamhaare oder Achselhaare zu sehen sind. Auf den Photos, die sie abdrucken, sehen die Frauen so wächsern und unnatürlich aus wie Schaufensterpuppen.«

Breville starrte sie nur weiter schweigend an, und ihm fielen beinahe die Augen aus dem Kopf. Odette beschloß, auf sein Verhalten beleidigt zu reagieren – sie war ziemlich sicher, daß er sich mehr für Männer interessierte als für Frauen. Um ihn aus der Fassung zu bringen, lehnte sie sich lässig an die gepolsterte rosafarbene Rückenlehne und spreizte die Beine, so daß noch mehr von ihrem lockigen braunen Pelz zu sehen war.

Er sagte immer noch nichts, war aber inzwischen krebsrot im Gesicht, und in seinen Augen lag ein irrer Glanz. Odette fand die Situation, welche auch immer diese sein mochte, amüsant. Impulsiv sprang sie auf und war mit drei großen Schritten beim Zeichenbrett. Bis dahin war Brevilles Hand ihr durch das schräg eingestellte Brett verborgen gewesen. Jetzt sah sie, daß er seinen Hosenschlitz geöffnet hatte und sein steifes Glied umklammert hielt, als fürchte er sich.

»*Oh la la,* Monsieur Breville!« rief Odette aus. »Ist das eine Art, seine Modelle zu behandeln?«

Offenbar war es das, was Annette Lillot Madame Drouet von der Agentur verschwiegen hatte – ihr bester Kunde onanierte, während er Models in Seidenunterwäsche anstarrte! Nun, das war nichts Besonderes, sogar harmlos im Vergleich zu dem, was Odette manchmal erlebte, wenn sie für Modefabrikanten in deren Schauräumen Kleider vorführte. Die meisten dieser Herren waren zwanzig Jahre älter als Breville und bei weitem nicht so gutaussehend.

Breville versuchte, seinen entblößten männlichen Stolz zurück in die Hose zu stopfen. Odette packte rasch sein Handgelenk und verhinderte seinen verlegenen Rückzug.

»Laß mal sehen, was du hast«, sagte sie, worauf ihm erneut brennende Röte ins Gesicht stieg.

Die scheinbare Blasiertheit, von der seine Modezeichnungen und sein wahnsinnig teurer Pullover aus der Rue du Faubourg Saint Honoré zeugten, war wie weggeblasen. Mit zitternder Stimme flehte er sie an, niemandem davon zu erzählen. Sie habe ihn in einem schwachen Augenblick ertappt, beharrte er, bedauerlich, aber weiter nichts. Und sie sei auch nicht ganz unschuldig, da sein Fauxpas zurückzuführen war auf den Anblick ihrer ... ihrer unrasierten ... An diesem Punkt versagte seine Stimme.

Für Odette machte das alles keinen Sinn. Warum sollte er, ein so etablierter, unabhängiger Mann, sich auch nur im mindesten um die Meinung anderer scheren? Aber gleich darauf verblüffte er sie damit, daß er ihr gestand, daß er sich erst eine Woche zuvor verlobt habe.

»Im Ernst?« fragte Odette mit einem skeptischen Lächeln. »Ich dachte, du wärst vom anderen Ufer und der Anblick meines Körpers hätte dich wenig interessiert.«

Er versicherte ihr, daß ihr Eindruck falsch gewesen sei. Er wäre nicht im geringsten schwul, sondern mit einer charmanten Dame namens Marie-Louise de Beaucourt-Villiers verlobt.

Odette als intelligentes Mädchen verstünde doch sicher, daß die Verlobung platzen würde, wenn seine vorübergehende Schwäche Mademoiselle de Beaucourt-Villiers oder deren Eltern zu Ohren käme.

»Ich verstehe«, entgegnete Odette.

Und das tat sie. Es war ja auch ganz klar, er versuchte, in den niederen französischen Adel einzuheiraten. Er sehnte sich nach *cachet*, dieser Zeichner von Damenunterwäsche. Ihr reger Verstand erkannte sogleich die Möglichkeiten, die sich hier auftaten. Sie hatte nichts so Gewöhnliches oder Kriminelles wie Erpressung im Sinn, aber ein wenig diskrete Überredung war etwas anderes.

»Mademoiselle de Beaucourt-Villiers ist bestimmt eine sehr stolze und eifersüchtige Frau«, sagte Odette freundlich. »Und selbstverständlich weiß sie, daß ein großer Künstler sich Modelle ins Atelier holen muß, die nur in Unterwäsche für ihn posieren.«

»Ich habe ihr absolute Treue geschworen. Aber jedesmal, wenn wir uns sehen, fragt sie mich dasselbe – wer für mich Modell gesessen hat und ob die Arbeit mich erregt hat. Es ist peinlich, in dieser Art beschuldigt zu werden, aber ich liebe sie, und sie braucht ständig neue Bestätigung meiner Gefühle für sie.«

»Du Armer«, sagte Odette, während sie eifrig überlegte, wie sie sich dieses Wissen zunutze machen könnte.

Seine Verlobte mußte von eher unscheinbarem Äußeren sein, wenn sie sich so große Sorgen wegen hübscher Modelle machte. Überhaupt, wenn sie nicht nur adlig, sondern dazu noch schön oder reich wäre, würde sie sich wohl kaum dazu herablassen, einen unbekannten Auftragszeichner zu heiraten, wie erfolgreich dieser auch sein mochte, oder? Odette kam zu dem Schluß, daß Mademoiselle vermutlich auch nicht mehr die Jüngste war. Es verriet einiges über Breville, daß er einer unscheinbaren Frau, die vielleicht zehn Jahre älter war als er, nur um ihres Namens willen einen Antrag machte.

Odette schenkte Breville ein komplizenhaftes Lächeln. Er war beruhigt und erwiderte das Lächeln zögernd. Das Lächeln erlosch jedoch schlagartig, als sie seinen Gürtel öffnete und sein Hemd aus der Hose zog.

»Was machst du?« fragte er atemlos.

Während ihres Gesprächs war sein Glied erschlafft. Als

Odette es fest umfaßte, keuchte er einen schwachen Protest, das halbherzige Nein, das genau das Gegenteil bedeutet. Er ließ die Hand, mit der er sich zuvor selbst gestreichelt hatte, sinken und überließ sich Odette.

»Warum sehen in euren Modemagazinen die Frauen aus wie Schaufensterpuppen?« fragte sie beiläufig. »Kannst du mir das beantworten?«

Seine einzige Antwort war ein hörbares Keuchen schuldbewußter Lust.

»Der Zweck dieser Zeitschriften«, fuhr Odette fort und streichelte ihn nun sanfter, »ist doch der, schöne Kleider zu zeigen. Und Frauen tragen schöne Kleider, um Männer zu betören. Und das tun sie wiederum aus einem einzigen Grund. Damit eben diese Männer sie ausziehen, ihnen den Seidenslip abstreifen und *voilà*!«

»Es ist sehr unzivilisiert, so direkt zu sein«, murmelte Breville. »Wir verbergen diese Realitäten mit traumhaften Kleidern und Seidenunterwäsche.«

»Und doch erregt es dich, mein armer Laurent, wenn du unter der Unterwäsche einen Blick auf mein wahres Ich erhaschst«, sagt sie, ihn zum ersten Mal mit Vornamen ansprechend. »Du holst hinter deinem Zeichenbrett deinen Penis hervor und spielst damit.«

»Es ist nicht hübsch, wenn eine Frau dort so haarig ist«, murmelte er mühsam. »Der Intimbereich sollte rasiert sein, das wirkt viel gepflegter.«

Odette lachte leise, als sie die Steifheit seines Gliedes in ihrer Hand fühlte. In ihren Gedanken nahm langsam ein Plan Gestalt an, aber sie mußte bedachtsam vorgehen. Bisher lief alles bestens. Breville starrte auf seinen Schoß, fasziniert von dem, was mit ihm geschah.

Sie hob die linke Hand und schob ihm den Zeigefinger in den offenen Mund. Seine Lippen schlossen sich um den Finger, und er begann, an ihm zu saugen wie an einer Brust.

»Du bist ein sonderbarer Mann, mein armer Laurent«, murmelte sie. »Ich habe noch nie gehört, daß ein Mann seiner Verlobten so treu ist, wie du es zu sein behauptest. Du mußt sie wirklich über alles lieben. Das ist das Romantischste, was ich je gehört habe.«

Er blickte verwirrt zu ihr auf.

»Aber als du zwischen meine Schenkel geblickt hast, hast du, obwohl du mich haarig und häßlich findest, angefangen, an dir herumzuspielen.«

Da er noch ihren Finger im Mund hatte, konnte er nicht antworten, aber in seinen Augen – von hellem Goldbraun, wie sie registrierte – lag ein flehender Ausdruck.

Odette lächelte ihn an, in dem Bewußtsein, das Problem gelöst zu haben. Laurent flehte sie an, seiner Verlobten nichts von seinem Treuebruch zu erzählen. Er wünschte sich das Vergnügen des Augenblicks, fürchtete sich jedoch vor der Versuchung. Sie konnte seine Angst in der Berührung seiner Hand fühlen, die sich auf ihren nackten Schenkel legte und ihre samtige Haut streichelte.

Es war ein seltsam flüchtiges Streicheln. Sie nahm an, daß er das dichte braune Schamhaar zwischen ihren Schenkeln fühlen wollte, es jedoch nicht wagte, seinem Wunsch nachzugeben, weil er fürchtete, die Kontrolle zu verlieren und etwas zu tun, was er später bereuen würde.

Odettes Hand bewegte sich ganz langsam – sie wollte ihm demonstrieren, wie überlegen und begehrenswert sie war.

»Deine Verlobte muß sehr schön sein«, sagte sie in möglichst verführerischem Tonfall. »Es ist phantastisch, mit ihr zu schlafen, habe ich recht?«

Ihr Finger in seinem Mund hinderte ihn erneut daran zu antworten. Er nickte stumm, den Blick auf ihr Gesicht geheftet.

»Und ich bin sicher, daß du sehr oft mit ihr schläfst«, fuhr Odette fort. »Sehr, sehr oft. Jeden Tag. Oder noch häufiger? Vielleicht zweimal am Tag? Nicke mit dem Kopf, wenn ich recht habe. Ja, das dachte ich mir. Kommt sie ins Atelier und zieht sich aus? Legt sie sich mit gespreizten

Beinen auf die Chaiselongue? Schreit sie beim Orgasmus, oder gehört sie zu den stillen Genießerinnen?«

Laurent stöhnte leise und packte ihr Handgelenk, um ihren Finger aus seinem Mund zu ziehen.

»Du darfst nicht so von ihr reden«, sagte er schweratmend und selbst kaum in der Lage zu sprechen.

Die langsame Bewegung ihrer Finger auf seinem pulsierenden Glied war nun eine beinahe unerträglich bittersüße Qual. Odette war sich dessen bewußt, gestattete ihm jedoch nicht, in die kurze Ekstase zu flüchten, nach der sein ganzer Körper lechzte. Wenn sie mit ihm fertig war, würde er sich noch lange an sie erinnern!

»Dann rede ich besser gar nicht von ihr«, sagte sie und lächelte ihn an, während ihre Finger kleine wohlige Schauer wie Stromstöße durch seinen Körper jagten. »Auch wenn ich weiß, daß sie herkommt und ihren Slip auszieht. Sie legt sich auf die Chaiselongue drüben beim Paravent, das kannst du nicht leugnen. Wie behaart ist sie zwischen den Beinen? Wie ich? Oder spärlicher?«

»Nein, nein, sie ist wunderschön ...« Laurent seufzte, dem Höhepunkt ganz nah.

»Kommt sie heute nachmittag her, um sich für dich auf die Chaiselongue zu legen, Laurent? Wenn ja, muß ich jetzt aufhören, sonst bist du nicht mehr in der Lage, sie zu lieben. Was würde sie wohl sagen, wenn du versagtest?«

Die Gefühle, die Laurent Breville überwältigt hatten, hinderten ihn daran, einen klaren Gedanken zu fassen. Er starrte Odette mit offenem Mund, tiefroten Wangen und starrem Blick an.

Sie schätzte, daß es an der Zeit war, ihn zu erlösen. Sie gab jede Zurückhaltung auf, und ihre Hand fuhr erbarmungslos mit festem Druck an seinem Glied auf und ab. Laurent wimmerte und erreichte sofort seinen Höhepunkt.

Menge und Kraft, mit der das Sperma hervorschoß, verrieten Odette, daß er einige Tage nicht mehr mit seiner Verlobten zusammen gewesen war – oder zumindest nicht mit ihr geschlafen hatte. Kein Wunder, daß er so stark auf den Anblick ihrer Härchen reagiert hatte, die unter dem Slip hervorschauten.

Als er sich wieder beruhigt hatte, zwinkerte sie ihm zu und steckte sein erschlaffendes Glied zurück in seine Hose, die sie anschließend wieder schloß.

»Zu niemandem ein Wort«, sagte sie. »Das ist unser Geheimnis. Nicht, daß du untreu gewesen wärst, das könnte dir niemand vorwerfen. Aber eine gewisse Vorsicht ist in solchen Dingen immer angebracht.«

»Du bist eine sehr intelligente Frau«, sagte er, jetzt um vieles freundlicher als noch vor einer halben Stunde. »Und ein gutes Modell.«

»Von einer Kleinigkeit abgesehen, wie es scheint«, entgegnete sie. »Du hast sehr deutlich gemacht, daß ein stark behaarter Intimbereich nicht hübsch ist. Bisher habe ich mir nie Gedanken darüber gemacht, aber ich muß wohl auf den Rat eines so großen Künstlers wie dich hören.«

»Für Dessous, Bademoden und Strandmode ist es unabdingbar, daß ein Modell seinen Intimbereich enthaart«, erwiderte Laurent, froh, einer sehr hübschen Frau mit professionellem Rat behilflich sein zu können. Das vermittelte ihm das Gefühl, das Ruder in der Hand zu haben, was natürlich reine Selbsttäuschung war …

»Du hast gesagt, es sollte epiliert werden«, sagte Odette.

Während sie sprach, zog sie den Slip beiseite, so daß der Großteil ihres lockigen haselnußbraunen Pelzes zu sehen war. Laurent starrte ihn mit unverhohlener Faszination an. Offensichtlich hatte er in seinem ganzen Leben noch nichts Vergleichbares gesehen.

»Aber wie soll ich das Haar in Form bringen?« fragte sie. »Ich weiß nicht, wie man so etwas macht.«

Sie diskutierten eine Weile darüber, bis Laurent zu dem Schluß gelangte, daß eine simple Demonstration deutlicher war als tausend Worte. Odette stimmte ihm zu, und was folgte, war nur natürlich – er führte sie in sein Schlafzimmer, um es ihr zu zeigen.

Aber erst mußte sie die teure Unterwäsche ausziehen, die ihm für seine Zeichnungen geschickt worden war. Nackt folgte sie ihm vom Atelier zum Schlafzimmer, ihre eigenen Kleider über dem Arm. Es war ein großes und hübsches Schlafzimmer, eins, in dem sie selbst gern schlafen würde, möbliert im elegantesten *Vogue*-Stil. Das Bett war breit und niedrig mit einer gesteppten seidenen Tagesdecke.

Auf dem Nachttisch stand eine hohe Kristallvase mit einer langstieligen Rose, und daneben lagen drei neue Romane, alles Neuerscheinungen und Pflichtlektüre des Monats für die oberen Zehntausend. An der Wand gegenüber dem Fenster hing ein großes rechteckiges Aquarell, das eine friedliche Landschaft mit Bäumen und einem Flußufer darstellte.

Während Odette die Schlafzimmereinrichtung begutachtete, holte Laurent aus dem angrenzenden Badezimmer alles, was er für sein Vorhaben benötigte. Er kehrte mit einem großen Handtuch zurück, schlug die seidene Tagesdecke zurück und breitete das Handtuch über das Bett.

»Leg dich da drauf«, befahl er, »dann zeig ich dir, wie du dich stylen kannst.«

Odette legte sich gehorsam hin, die Füße auf dem dickflorigen Teppich aufgestützt, den Rücken auf dem Bett, zwei weiche Daunenkissen unter den Schultern, damit sie ihm zusehen konnte. Es belustigte sie zu sehen, wie ernst er diese kleine Komödie nahm. Er hatte konzentriert die Stirn gerunzelt, als er sich zwischen ihre gespreizten Schenkel kniete, mit einer Schere, einer Kupferschüssel mit warmem Wasser, einem Rasierpinsel und einem Naßrasierer bewaffnet.

Das Ganze ist lächerlich, sagte sich Odette, die an sich halten mußte, um nicht alles zu verderben. Wie konzentriert er ist!

Er kämmte ihr Vlies, wodurch es sogar noch großflächiger wirkte, als es tatsächlich war. Als er damit fertig war und den Kamm beiseite legte, schien es, als würde das braune Kraushaar bis weit in ihre Innenschenkel hinabreichen und bis auf halbe Höhe zu ihrem Nabel. Jetzt machte er sich mit der Schere ans Werk und schnippelte an den Rändern ihres lockigen Pelzes herum, um ihn zu verkleinern. Auf dem dicken weißen Handtuch zwischen ihren Beinen sammelten sich kleine gebogene Härchen.

Als er zufrieden war, legte er die Schere aus der Hand und machte sich daran, sie mit dem Rasierpinsel vom Nabel bis fast zu den Knien einzuseifen. Die Berührung des weichen Pinsels auf ihren zarten Lippen, die er bloßzulegen gedachte, war erregend. Odette stieß einen kleinen Seufzer aus und schloß die Augen, um die Liebkosung zu genießen. Er war sehr geschickt mit dem Rasierer, den er sauber und ohne den kleinsten Schnitt über die Haut gleiten ließ – was vor allem dann wichtig wurde, als sich die scharfe Klinge ihrem intimsten Körperteil näherte.

Er wusch den überschüssigen Rasierschaum mit warmem Wasser ab, kürzte mit der Schere noch einige einzelne Härchen und sah ihr dann zum ersten Mal seit zehn Minuten ins Gesicht.

»So!« verkündete er stolz. »Was meinst du dazu?«

Er hatte ihren wilden, aufregenden Pelz gebändigt und zu einem Herzen geschoren, das zwischen ihren schlanken Schenkeln ruhte und ihren Bauch fast bis zu ihren rosigen Lippen freiließ. Für Odette war es keine Verschönerung, ganz im Gegenteil. Sie fand das Ganze langweilig.

Aber das war ihre ureigenste, subjektive Meinung. Laurent war lächerlich stolz auf sein Werk, und ihm zuliebe lobte sie es überschwenglich. Sie strich mit den Fingerspitzen über das kurzgeschorene Herz und sagte, wie entzückend sie es fände, wie inspirierend! Ihre Worte lenkten seinen Blick wieder auf ihre geschorenen Reize.

Auf den Knien, die Hände auf ihre Schenkel gestützt, betrachtete er sein Kunstwerk. Ganz offensichtlich ließ ihn der Anblick nicht kalt. Odette sagte sich, daß es wirklich unmöglich war, zu begreifen oder zu erahnen, was Männer reizte. Sie beobachtete, wie die Erregung Laurents Wangen rötete und eine verräterische Delle sich im Schritt unter dem Stoff seiner Hose abzeichnete.

»Bin ich hübsch, jetzt wo du mich rasiert hast?« fragte sie.

»Du bist wunderschön«, murmelte er abwesend, als wäre er zu tief in Gedanken, sich durch ein Gespräch ablenken zu lassen.

Odette spreizte die Schenkel noch ein wenig weiter, in einer unmißverständlichen Einladung. Mit einem tiefen Stöhnen öffnete Laurent seinen Krokodilledergürtel, riß sich die Hosen herunter, und sein steifes Glied kam zum Vorschein. Dann schob er es tief in sie hinein, und Odette schloß die Augen und lächelte in sich hinein. Ihr Plan funktionierte prächtig.

»Das ist schrecklich«, keuchte Laurent, während er sie mit kraftvollen Stößen nahm. »Ich liebe Marie-Louise – ich darf ihr nicht untreu sein! Rette mich, Odette, zwing mich aufzuhören, bevor es zu spät ist!«

»Aber natürlich lasse ich nicht zu, daß du sie betrügst«, entgegnete Odette, schlang ihm fest die Beine um die Taille und ermutigte ihn zu noch kräftigeren Stößen.

»Aber du verstehst nicht – ich liebe sie.«

»Ich weiß, daß du sie liebst, Laurent, du liebst sie und betest sie an, deine schöne junge Verlobte! Das hier, das, was du gerade mit mir machst, hat nicht das geringste mit ihr zu tun, glaub mir.«

»Ich konnte einfach nicht anders«, stöhnte er. »Als ich das reizende kleine Herz sah, daß ich zwischen deinen Schenkeln geschaffen habe, habe ich die Kontrolle verloren! Wenn du mir nicht hilfst, Odette, bin ich verloren!«

»Ich werde dir helfen«, sagte Odette, die fühlte, daß er sie mit seinem fieberhaften Rhythmus sehr schnell zum

Höhepunkt führen würde. »Nicht verzweifeln. Sei glücklich, ich werde dir helfen, Laurent!«

Sie zog die Enden seines rosafarbenen Seidenschals aus dem Kragen seines edlen Pullovers und zog seinen Kopf zu sich herunter. In seinen hellen Augen lag ein Ausdruck des Nichtverstehens – oder des Nichtverstehenwollens! Sie zog seinen Mund auf den ihren, und als sie sich küßten, vergaß er alle Worte. Zwischen ihnen galt nur noch eins – absolute Leidenschaft.

Als die ekstatischen Gefühle verebbten, beglückwünschte sie sich zu dem, was sie an diesem Vormittag erreicht hatte. Von jetzt an würde sie darauf bestehen, daß Laurent ausschließlich mit ihr als Modell arbeitete.

Und damit die Leidenschaft nicht einschlief, würde sie ihm regelmäßig ihr süßes kleines Herz zeigen – überzeugt davon, daß er jedesmal Cupido spielen und es mit seinem Pfeil durchbohren würde! Das würde angemessen dazu beitragen, seine Gewissensbisse gegenüber seiner albernen Verlobten zu nähren.

Seine widerstreitenden Gefühle würden Odette die Oberhand bei ihrem Arrangement sichern – dem Arrangement, von dem er noch nichts ahnte. Von jetzt an hatte Odette einen sehr wichtigen Teil seiner Anatomie in ihrer Gewalt, und sie beabsichtigte, dafür zu sorgen, daß er nicht aus der Übung kam.

Natürlich würde sie darauf bestehen, daß er ihr die Höchstgage zahlte – und sie anderen Modezeichnern empfahl, mit denen er bekannt war. Das Blatt hatte sich gewendet, und sie stand am Anfang einer neuen – faszinierend neuen – Karriere! Wenn sie die richtigen Kontakte knüpfte, war der Laufsteg von Dior vielleicht doch nicht unerreichbar.

»Laurent«, murmelte sie, schmiegte die Wange an seine und hielt ihn weiter mit ihren Beinen umschlungen, »das war wirklich wunderbar.«

»Ich hätte das nicht tun sollen«, jammerte er, die Stimme schwer von sinnlosem Selbstvorwurf.

»Unsinn«, entgegnete Odette. »Hätte sollen oder hätte nicht sollen steht hier nicht zur Debatte. Und es gibt auch keinen Grund, sich schuldig zu fühlen, nicht den geringsten. Mach dir keine Sorgen, Laurent. Hier, leg dich neben mich auf das Bett und laß es mich dir noch einmal erklären.«

»Odette«, sagte er nur, aber voller Dankbarkeit.

Blaise fällt eine Entscheidung

Es stimmt, daß Suzette beeindruckt war von Blaise Fulberts Ausmaßen. Keiner der Männer, mit denen sie intim gewesen war, konnte sich in diesem Punkt mit Blaise messen, aber beeindruckt zu sein war nicht die beste Basis für eine dauerhafte Beziehung. Der Mont Blanc war auch beeindruckend, wenn man ihn zum erstenmal sah, aber wer wollte sich schon auf seinen Hängen niederlassen?

Für Blaise selbst war die Größe seines Penis Quell widerstreitender Gefühle wie Stolz und Scham, Er war stolz darauf, besser bestückt zu sein als andere, schämte sich jedoch gleichzeitig wegen der Probleme, die dies aufwarf. Seiner Erfahrung nach waren nur wenige Frauen und grundsätzlich keine Jungfrauen gewillt, das Risiko einzugehen, daß er sie durch eine Penetration verletzte. Er brütete sehr oft über diesem Problem – mindestens einmal täglich.

Manchmal geschah es in seinem Büro, wenn er Unterlagen bearbeitete, daß seine Gedanken von den komplexen finanziellen Transaktionen abschweiften zu dem Vergnügen, das ihm versagt war. Das war natürlich höchst unangebracht, da keine Zeit für Tagträumereien war, wenn Geld auf dem Spiel stand.

Und doch weigerte sich sein überdimensionales Glied strikt, sich an Bürostunden oder bestimmte Zeiten zu halten. Es stellte sich auf, wann immer es ihm beliebte, ohne jede Rücksicht auf Blaises Wünsche. Dies führte zu gesellschaftlichem Unbehagen und auch zu Peinlichkeiten.

Im Kino geschah es ebenfalls regelmäßig, ob er allein dort war oder in Begleitung. Kurz nachdem das Licht verloschen war, verlor er das Interesse an der Geschichte auf der Leinwand und das übliche Brüten begann, begleitet von einem unangenehmen Spannungsgefühl in der Hose.

Kurz, Blaise war besessen von seinem überentwickelten Geschlecht. Er dachte an all die Frauen, in die er sich in der Vergangenheit verliebt hatte, Frauen, mit denen er intim geworden war und die ihn dann abgewiesen hatten.

Er war gezwungenermaßen zu einem Liebhaber von Huren und verheirateten Frauen geworden, die bereits Kinder geboren hatten und *gedehnt* waren, wie er sie nannte. Sie vermochten ihn ohne die gefürchteten Schmerzen in sich aufzunehmen. Aber die Befriedigung, die ihm die Liebe mit der Frau eines anderen verschaffte, war nie von langer Dauer. Außerdem konnten Ehefrauen und Mütter nur wenig Zeit erübrigen und mußten sich Ausreden einfallen lassen, um sich mit ihrem Liebhaber zu treffen.

Die notwendige Geheimhaltung dieser Liaisons bereitete Blaise zusätzlich Kopfschmerzen, da er von Natur aus ein vorsichtiger Mann war. Einfallsreichtum war gefragt, um Ausreden und Erklärungen zu ersinnen, um das Mißtrauen des Ehemannes zu zerstreuen. Mehr als einmal war aus Mißtrauen häßliche Bestätigung geworden, und Blaise hatte sich zornigen Männern gegenübergesehen, die nach Rache dürsteten, weil er sich angemaßt hatte, ihre ehelichen Rechte zu mißachten. In solchen Situationen gab es nur eine Lösung – alles abstreiten und eine Woche verschwinden, bis Gras über die Sache gewachsen war.

Alles in allem gehörte Blaise von seinem Naturell her zu den Männern, die gern eine Frau und Familie hätten und sich nach ehelichem Frieden und Glück sehnten. Aber seit dem Fiasko mit seiner Verlobten, als er noch viel jünger gewesen war, hatte er diesen Traum aufgegeben. Er war überzeugt davon, daß er für ihn unerreichbar war, daß eine Laune der Natur ihn zu einer endlosen Folge von Affären verdammte.

Als er Suzette Bernard begegnet war, hatte er neue Hoffnung geschöpft, jedoch nicht für lange. Sie war jung und sehr schön, unverheiratet und kinderlos. Und doch hatte es beim Geschlechtsverkehr mit ihr keinerlei Schwierigkeiten gegeben. Sie hatte ihn vollständig in sich aufgenommen und das offenbar genossen.

Vielleicht, schloß Blaise, gab es ja Frauen, die von Natur aus weiter *gedehnt* waren, sei es vorübergehend oder dauerhaft.

Unglücklicherweise führte ihr sehr unterschiedlicher Lebensstil dazu, daß es für sie überaus schwer war, mit ihm zusammenzusein. Suzette stand bis auf einen Abend jede Nacht in den Folies-Bergères auf der Bühne. Als bedeutender Finanzberater hatte Blaise ein Büro in der Rue Réaumur, in der Nähe der Börse, und drei Angestellte, darunter Mademoiselle Lenoir, seine Sekretärin.

Seine Klienten erwarteten, daß er im Büro war, wenn sie anriefen. Er konnte sich höchstens einmal die Woche erlauben, Suzette tagsüber zu treffen. Wenn er mit ihr zusammen sein wollte, mußte er warten, bis die Vorstellung vorbei war und anschließend mit ihr essen und tanzen gehen, um sie dann um zwei Uhr früh in ihrer Wohnung zu lieben. Blaise war kein Nachtmensch – wenn er übernächtigt war, döste er an seinem Schreibtisch ein und war den ganzen Tag schlechter Laune.

Und was Suzettes freien Abend betraf … damit war es vorbei. Sie hatte inzwischen keinen einzigen Abend mehr frei. Ihr entsetzliches Debüt als Sängerin in dieser schäbigen Bar, die ihr besoffener Pianistenfreund aufgetan hatte, hätte ihren ehrgeizigen Plänen ein Ende machen müssen. Aber nein, sie war im Gegenteil entschlossener denn je, es zu schaffen!

Der Pianist arrangierte inzwischen jede Woche für sie Auftritte in anderen Bars und Cafés! Suzette sagte, hierdurch würde sie die Erfahrung sammeln, die sie bräuchte, um vor größerem Publikum zu singen. Blaise sah sich jeden ihrer Auftritte an. Zwar amüsierte er sich hierbei nicht, aber wenigstens konnte er hoffen, daß sie ihn hinterher mit zu sich nach Hause nahm.

Ihre Freunde von den Folies-Bergères kamen schon lange nicht mehr zu ihren ›Konzerten‹. Vermutlich fanden sie, daß sie ihre Schuldigkeit getan hatten, indem sie bei Bobo gewesen waren – außer Gaby, die Tänzerin mit der sie zusammen wohnte. Gaby saß jede Woche im Publikum, zusammen mit ihrem Freund, einem untersetzten aufbrausenden Männlein namens Lucien.

Blaise fühlte sich in Lucien Clunys Anwesenheit unbehaglich. Zum einen waren seine Kleider zu auffällig, und sein dunkles Haar war zu glänzend und wellig. Aber am schlimmsten war das Geheimnis um die Art, wie er seinen Lebensunterhalt verdiente. Geld hatte er reichlich – er zog jedesmal ein fünf Zentimeter dickes Bündel Banknoten heraus, um eine Barrechnung zu begleichen. Wenn man ihn nach seinem Beruf fragte, schien er jedesmal von akuter Taubheit befallen zu werden. Wiederholte man die Frage, antwortete er ausweichend mit einem Scherz.

Ganz zweifellos war Lucien ein Krimineller, und Blaise gefiel es gar nicht, in Gesellschaft eines Mannes gesehen zu werden, der möglicherweise von der Polizei beschattet wurde. Immerhin war nicht ausgeschlossen, daß man auch in ihm einen Kriminellen sah. Die Konsequenzen mochte er sich gar nicht ausmalen. Aber es ließ sich nicht ändern – wenn er mit Suzette zusammensein wollte und sie nach ihren Konzerten nach Hause begleiten wollte, mußte er sich mit der unerwünschten Gesellschaft des zwielichtigen Lucien abfinden.

Aber nicht mehr lange, dachte Blaise düster. Tatsache war, daß seine Affäre mit Suzette sich ihrem Ende näherte. Schon bald würde Schluß sein. Sosehr er sie auch anbetete, er hatte erkannt, daß in ihrem Herzen nicht viel Platz war neben ihrem Ehrgeiz, ein Star zu werden.

Sie wollte einen Liebhaber, ja, aber keinen Mann, der ihre Zeit und Aufmerksamkeit für sich beanspruchte. Sie brauchte einen Liebhaber, der nur da war, wenn sie es wollte, und sich unsichtbar machte, wenn sie Besseres vorhatte. Für Blaise war das Ende absehbar. Er war ein unverbesserlicher Romantiker und suchte immer noch nach der großen Liebe, trotz aller Enttäuschungen der Vergangenheit.

Er lebte ganz in der Nähe des Boulevard Haussmann und des Parc Monceau. Dieses Arrondissement war passend für einen Mann seines Ranges. Die Wohnung befand sich in einem noblen Haus aus dem neunzehnten Jahrhundert, das vollständig saniert worden war. Sämtliche Mieter waren wohlhabende Familien, die ein stilles und ordentliches Leben führten. Es gab keine lärmenden Feiern bis spät in die Nacht, keine Kinderwagen im Treppenhaus.

Blaise war mit mehreren seiner Nachbarn befreundet, vor allem mit Monsieur und Madame Lafon, die in der Wohnung lebten, die der seinen auf der anderen Seite des kleinen Innenhofs direkt gegenüberlag. Lafon war in Blaises Augen ein interessanter Mann, ein bedeutender Rechtsanwalt, der sich auf Wirtschaftsrecht und Geschäftsverträge spezialisiert hatte.

Aber genau genommen stand Blaise Madame Lafon am nächsten. Die Art, wie diese enge Freundschaft entstanden war, war ungewöhnlich und gelinde gesagt unwahrscheinlich gewesen. Es hatte an einem Abend vor etwas über einem Jahr angefangen, als Blaise zu Hause hatte arbeiten und Unterlagen durchsehen wollen, die seine Sekretärin in seine Aktentasche gepackt hatte.

Nach einem leichten Imbiß aus kaltem Braten und einem Glas Wein hatte Blaise sich die Dokumente vorgenommen, war aber schon bald in düsteres Brüten über die Ungerechtigkeit des Lebens verfallen, das ihn zur Einsamkeit verdammte. Er hatte damals keine feste Freundin, da seine letzte Bekanntschaft mit Ihrem Mann verreist war und erst in mehreren Monaten aus Belgien zurückkehren würde.

Er wanderte rastlos durch seine Wohnung, die Arbeit vergessend. Er hatte sich bei seiner Heimkehr aus dem Büro umgezogen und trug ein legeres Hemd und Freizeithosen. Wie üblich in solch traurigen Momenten, hatte er sein Glied aus der Enge der Hose befreit.

Ganz in deprimierende Gedanken versunken, starrte Blaise aus dem Fenster auf den gepflegten Innenhof weiter unten. Er hatte seinen für eine öffentliche Zurschaustellung denkbar unangemessenen Aufzug völlig vergessen. Zufällig stand Madame Lafon am Fenster ihrer Wohnung gegenüber und sah sein erigiertes Glied.

Was tut eine anständige Frau, wenn sie es mit einem Exhibitionisten zu tun hat, einem Perversen, der in einem schäbigen alten Regenmantel hinter den Bäumen des Jardin du Luxembourg arglosen Frauen auflauert, um sich ihnen entblößt in den Weg zu stellen?

Denn so mußte die Situation für den zufälligen, unvoreingenommenen Beobachter aussehen. Einen Beobachter, der nichts von Blaises Besessenheit ahnte. Was sollte eine solche anständige Frau also tun? Schreien, davonlaufen und die Polizei verständigen?

Oder den Sittenstrolch mit ihrem Schirm verprügeln, sofern sie einen bei sich hatte? Mit dem Knauf auf den Stein des Anstoßes eindreschen und den Übeltäter in die Flucht schlagen? Aber das alles war rein hypothetisch, da die Begegnung nicht im Jardin du Luxembourg, ja nicht einmal im Parc Monceau stattfand.

Madame Lafon jedenfalls winkte Blaise durch das geschlossene Fenster zu. Zuerst war er zu sehr in seine düsteren Gedanken vertieft, um sie zu bemerken, als er sie aber schließlich entdeckte, winkte er höflich zurück. Er kannte sie natürlich vom Sehen, grüßte sie und ihren Mann, wenn sie sich im Treppenhaus begegneten.

Madame Lafon war eine gutaussehende Frau Mitte Dreißig, also etwa in Blaises Alter. Sie trug das Haar – es war von interessantem dunklem Haselnußbraun – lang. Manche fanden sie ein wenig zu mollig, aber sie kleidete sich überaus geschmackvoll und elegant. An diesem abend trug sie, soweit Blaise dies aus der Entfernung erkennen konnte, Grün.

Er wandte sich vom Fenster ab, um sich einen Drink einzuschenken und seine Grübelei fortzusetzen. Für ihn war es so natürlich, daß sein übergroßes Glied freilag, wenn er daheim war, daß ihm gar nicht bewußt war, daß er sich vor einer anständigen verheirateten Frau entblößt gezeigt hatte.

Er schenkte sich ein Glas Weißwein ein und nippte daran, als jemand bei ihm klingelte. Er erwartete keinen Besuch und nahm an, daß es die Concierge mit einem Paket war, das für ihn abgegeben worden war. Als er an der Tür war und die Hand nach dem Knauf ausstreckte, um zu öffnen, schüttelte er seine geistige Abwesenheit ab und kehrte in die Wirklichkeit zurück – und da erst registrierte er seinen Aufzug.

Er schloß seine Hose und öffnete. Zu seiner Überraschung stand Madame Lafon auf der Schwelle, in einem Kostüm aus jadegrüner Foulardseide, die die bezaubernde Röte ihrer Wangen hervorhob.

»*Chéri!*« rief sie aus und breitete in einer theatralischen Geste die Arme aus. »Hier bin ich!«

Eine so überschwengliche Begrüßung seitens einer Frau, die man nur vom Sehen kennt, würde jeden Mann in Erstaunen versetzen. Blaise war entsprechend verblüfft, aber auch leicht beunruhigt, weil er nicht wußte, was er von der ganzen Sache halten sollte. Aber es dauerte nicht lange, und er wußte, was seine Nachbarin wollte. Sie betrat die Wohnung, schloß die Tür hinter sich, legte ihm einen Arm um den Hals und küßte ihn.

Mit der anderen Hand tastete sie nach seiner Hose, öffnete sie und nahm sein steifes Glied heraus.

Im umgekehrten Fall, wenn Blaise – oder irgendein anderer Mann – unaufgefordert die Wohnung einer Frau betreten hätte, einer verheirateten Frau und Mutter dreier kleiner Kinder, einer Frau, die ihm praktisch fremd war, sie umarmt, geküßt und ihr unter den Rock gegriffen hätte, wäre es ein Fall für die Polizei gewesen! Die Staatsanwaltschaft hätte womöglich auf versuchte Vergewaltigung plädiert und eine angemessene Bestrafung gefordert.

Aber wenn eine attraktive Frau sich einem Mann auf diese Art näherte? Kein Richter in ganz Paris würde eine solche Klage ernst nehmen. Frauen vergewaltigten keine Männer, so einfach war das. Und überhaupt fand Blaise es höchst angenehm, daß seine Männlichkeit mit solcher Begeisterung massiert wurde. Er erwiderte Madame Lafons Kuß also willig und führte sie ins Wohnzimmer.

Natürlich war es nur aus einem Mißverständnis heraus dazu gekommen. Sie hatte ihn mit seinem aus der Hose ragenden Ungetüm am Fenster stehen sehen und geglaubt, er versuchte, sie auf diese rohe Art anzumachen. Sein Winken hatte sie als Einladung interpretiert. Ihr Mann war außer Haus, und das Mädchen hatte die Kinder schon zu Bett gebracht. Madame Lafon war eine abenteuerliebende Frau, und ihr gutaussehender Nachbar, Monsieur Fulbert, war ihr in der Vergangenheit bereits aufgefallen. Er sah gut aus und war stets korrekt gekleidet. Und so war sie der vermeintlichen Aufforderung gefolgt.

Blaise ahnte von alledem nichts. Er dachte ... nun, er war nicht sicher, was er von dieser unerwarteten Entwicklung halten sollte. Er wußte nur eins, daß Carole Lafon eine schöne und begehrenswerte Frau war. Sie setzten sich auf das Sofa aus beigefarbener Waschseide, und er bewunderte den hellen Teint ihrer cremefarbenen Haut, das lange haselnußbraune Haar, das ihr lose auf die Schultern fiel, und ihre vollen Brüste.

Er zog sie an sich und streichelte durch das jadegrüne Kleid hindurch ihre Brüste. Er küßte sie wieder und wieder, während sein Verlangen nach ihrem Körper unaufhaltsam wuchs. Und Carole? Sie war so fasziniert von seinem besten Stück, daß sie allein vom Streicheln fast zum Orgasmus kam. Und sie konnte es kaum erwarten, daß er sie endgültig ins Paradies führte. Sie preßte den Mund auf den seinen und schob die Zunge zwischen seine Lippen.

Blaise war ebenso erregt wie sie. Carole hatte ihr Kleid vorn aufgeknöpft und über die Schultern gestreift, damit er ihren Büstenhalter öffnen konnte. Er drückte ihren

Rücken gegen die Sofalehne, und seine Lippen wanderten über ihre Brüste, bis sie am ganzen Leib zitterte vor Verlangen.

Hastig zog sie ihren Slip aus und legte sich mit weit gespreizten Schenkeln auf das Seidenpolster. Dann zog sie ihn zwischen ihre Beine und führte die glatte, geschwollene Spitze seines Penis an ihre feuchten Lippen.

»*Chéri!*« keuchte sie, und es war erst das zweite Mal, daß sie etwas sagte, seit er ihr die Tür geöffnet hatte.

Blaise zögerte noch – würde sie vor Schmerz aufschreien oder zusammenzucken, wenn er in sie eindrang?

Er holte tief Luft, wappnete sich und drang sehr langsam in sie ein, bereit, sich notfalls augenblicklich zurückzuziehen. Sie seufzte und spreizte die Schenkel noch weiter – er glitt mühelos in sie hinein, ohne hinderlicher Enge zu begegnen!

»Carole!« rief er überwältigt aus. »O Carole!«

»*Chéri*«, murmelte sie zum dritten Mal, »mehr, mehr!«

Blaise glaubte zu träumen. Bisher war er nur in seinen Träumen so tief und mühelos in schöne Frauen wie Carole eingedrungen – seltenen und wunderbaren Träumen!

Aber Carole war real, das alles geschah wirklich, und sie hatte ihn bis zum Ansatz in sich aufgenommen! Das Gefühl, ungehindert hinein- und hinauszugleiten, war himmlisch! Und Carole klammerte sich frenetisch an ihn und ermutigte ihn: »Fester! Schneller!«

So fing es an zwischen ihnen – mit einem Mißverständnis. Sie liebte starke Männer, und Blaise konnte ihr geben, was sie brauchte. Er wünschte sich eine Freundin, die einigermaßen *gedehnt* war, und sie vermochte ihn mühelos in sich aufzunehmen.

Ihr Liebesspiel hatte sich als höchst zufriedenstellend erwiesen, und aus diesem ersten Mal hatte sich eine Affäre entwickelt. Blaise freundete sich gezielt mit Monsieur Lafon, dem Rechtsanwalt an, als Tarnung für seine Besuche bei Carole, wenn Lafon außer Haus war und die Kinder mit dem Mädchen im Park spielten.

Sie waren schon über einen Monat ein Liebespaar, ehe sie entdeckten, daß ihre erste intime Begegnung aus einem Irrtum heraus zustandegekommen war. Sie lagen nackt auf Blaises Bett, wunderbar entspannt, nachdem sie sich lange und leidenschaftlich geliebt hatten, als Carole voller Zuneigung erwähnte, wie glücklich sie sei, daß er ihr an jenem Tag mit seinem *Jean Jeudi* am Fenster zugewunken hätte, woraus sich dann diese wundervolle Affäre entwickelt habe.

»Was meinst du damit?« fragte Blaise verständnislos.

Sie sprachen über jenen schicksalhaften Tag, Carole lachte, als sie erfuhr, wie es zu dem Mißverständnis gekommen war. Blaise stimmte in ihr Gelächter ein, obgleich er peinlich berührt war. Jeder X-Beliebige hätte ihn entblößt am Fenster sehen können. Jemand, der an dem harmlosen Anblick Anstoß nehmen und ihm Ärger hätte machen können. Blaise schwor sich, nie wieder mit offener Hose in seiner Wohnung herumzulaufen, solange die Vorhänge nicht zugezogen waren.

Was immer Carole auch gedacht haben mochte, Blaise selbst machte sich keine Illusionen bezüglich der Dauer dieser *affaire du coeur*. Aufgrund vorausgegangener Erfahrungen mit verheirateten Frauen wußte er, daß sie schnell wieder zur ehelichen Treue zurückfanden, wenn sie von einem Liebhaber genug hatten. Auch war ihm, wenn auch nur vage, bewußt, daß er ein schwieriger Mensch war. Er neigte von Natur aus zu einer pessimistischen Einstellung, die Frauen auf Dauer ermüdend fanden.

Aber der Bruch zwischen ihnen, der nach Monaten flüchtiger Abenteuer entstand, vollzog sich aus einem völlig anderen Grund. Carole war seiner keineswegs überdrüssig; sie war leidenschaftlich wie bei ihrer ersten Begegnung. Das Problem war, daß Blaise auf Armand Regences Party Suzette kennenlernte und aufgrund dessen sein Interesse an Carole nachließ, was ihr nicht entging und sie ihm verübelte.

Sie beschuldigte ihn, sie mit einer anderen Frau zu

betrügen. Ein vielleicht unlogischer Standpunkt für eine verheiratete Frau, aber sie hatte mit ihren Vorwürfen nicht ganz unrecht, was Blaise verunsicherte. Natürlich log er und versicherte ihr, daß es keine andere gebe, er sie anbete und so weiter, die übliche unerfreuliche Szene zwischen enttäuschten Liebenden.

Carole wußte es besser, und ihre Beziehung verschlechterte sich von Woche zu Woche zunehmend. Blaise wollte immer noch an den Abenden, wo Monsieur Lafon außer Haus war, mit ihr schlafen, aber sie wurde zunehmend nervös. Schließlich war sie dann wütend genug, einen lautstarken Streit vom Zaun zu brechen. Sie beschimpfte Blaise und beleidigte ihn auf eine Art und Weise, die er verletzend und abstoßend fand. Als sie ihn dann in ein zitterndes, sich windendes Häufchen Elend verwandelt hatte, stürmte sie mit hochrotem Gesicht aus seiner Wohnung und erklärte, daß er sie nie wiedersehen würde.

Und dabei blieb es drei Wochen. In dieser Zeit bekam er sie nicht ein einziges Mal zu Gesicht; sie mied die Zeiten, zu denen er gewöhnlich das Haus betrat oder verließ und überredete ihren Mann, an den Abenden, an denen sie annahm, daß Blaise zu Hause war, mit ihr auszugehen.

Als er nun wie in alten Zeiten rastlos in seiner Wohnung umherwanderte, wurde ihm bewußt, wie sehr er Carole vermißte.

Die *Affaire* mit Suzette hatte keine Zukunft, soviel stand fest. Ihr Leben unterschied sich zu sehr von seinem, als daß ein Kompromiß, ein Entgegenkommen auf halbem Wege, möglich gewesen wäre.

Blaise setzte sich auf einen Holzstuhl in der Küche und betrachtete sich mit düsterem Blick in einem Spiegel. Er hatte an diesem Tag mehr als gewöhnlich getrunken. Er hatte gleich nach dem Büro in der nächsten Kneipe damit angefangen und den Alkoholkonsum beim Abendessen, das er allein in einem kleinen Restaurant einnahm, und anschließend zu Hause fortgesetzt.

Um zehn Uhr abends hatte er einen Zustand tiefster

Deprimiertheit erreicht. Er gab sich die Schuld daran, daß er Carole verloren hatte, und bemitleidete sich selbst, weil Suzette nach so kurzer Zeit bereits das Interesse an ihm verlor. In Gedanken ließ er die Katastrophen Revue passieren, zu denen seine Geschlechtsanomalie in den zwanzig Jahren geführt hatte, seit sein Interesse am weiblichen Geschlecht erwacht war.

In seinem angetrunkenen Zustand erschien es ihm ganz natürlich, mit *Jean Jeudi* zu sprechen und seinem Zorn, seiner Verzweiflung und seinem Groll Luft zu machen. Er steigerte sich derart in seine Wut hinein, daß er schließlich seinen Cognacschwenker nach dem Übeltäter warf! Das meiste klatschte auf seine Hose und wurde sofort von dem Stoff aufgesogen, aber Blaise hatte das befriedigende Gefühl, seinen Standpunkt klargemacht zu haben. Kurz darauf schlief er ein, die Arme auf der Tischplatte verschränkt und der Kopf auf den Unterarmen ruhend.

Als er um fünf Uhr früh aufwachte, hatte er entsetzliche Kopfschmerzen, und ihm tat jeder Knochen im Leib weh. Blaise erhob sich mühsam und wankte ins Schlafzimmer. Er ließ sich vornüber auf das Bett fallen und schlief leicht wieder ein, mit dem Gedanken, sich unbedingt mit Carole versöhnen zu müssen.

Das war natürlich leichter gesagt als getan. Sie war immer noch wütend und verletzt von seiner Untreue. Und er konnte ihr schlecht täglich einen großen Strauß roter Rosen schenken – das hätte sogar das Mißtrauen des arglosen Monsieur Lafon geweckt. Er schrieb Carole Zettel und Briefe, erhielt jedoch keine Antwort. Er wußte nicht, ob sie sie las oder ungeöffnet wegwarf, wenn sie seine Schrift auf dem Umschlag erkannte. Er rief jeden Tag an, aber jedesmal meldete sich das Mädchen und teilte ihm mit, Madame wäre außer Haus, auch wenn er genau wußte, daß sie da war.

Nach etwa einer Woche hielt er es in seiner Verzweiflung nicht länger aus. Er setzte einen Hut auf, schlüpfte in eine Jacke und verließ die Wohnung, um nervös den Boulevard hinaufzugehen, auf der Suche nach einer in Frage kommenden Hure.

In einer Bar, nicht weit von seiner Wohnung entfernt, fand er eine – eine kräftig gebaute und pummelige Brünette. Er wählte sie, weil sie ihn an Carole erinnerte, aber tatsächlich bildete er sich die Ähnlichkeit nur ein.

In ihrem Zimmer drehte er sie auf den Rücken und legte sich schwer auf sie, so als wollte er sie zerquetschen. Seine Stöße waren kraftvoll, und es dauerte nicht lange, bis er am Ziel war.

»Du hattest es aber nötig«, bemerkte die Hure, als er sich von ihr rollte. Er lag auf dem Rücken, eine Hand über die Augen gelegt, während er versuchte, seine wirren Gedanken zu ordnen.

Huren äußerten sich nie zu seinen Proportionen, was Blaise als beleidigend empfand. Wenigstens eine Hure könnte ihm doch zu seinen Ausmaßen gratulieren. Zumindest sah er das so. Immerhin hatte er bezahlt, womit er sich einen Anspruch auf etwas mehr erkauft hatte als die simple Benutzung ihres Körpers!

Aber sie machten nie eine Bemerkung, äußerten sich nicht, weder negativ noch bewundernd. Er nahm an, daß sie bei ihrem Beruf wohl alle Formen und Größen zu sehen bekamen – und sich ihnen anpaßten! War es möglich, daß diese Bordsteinschwalben an ihm nichts außergewöhnlich fanden? Der Gedanke war niederschmetternd nach allem, was er deswegen durchlitten hatte!

Der folgende Tag war ein Samstag, und Blaise verbrachte den Nachmittag zu Hause. Er war gerade am Telefon, als es gegen drei Uhr an der Tür klingelte. Er beendete das Gespräch und legte auf, bevor er zur Tür ging. Es war Carole – und sie war außer sich vor Wut. Sie stach ihm den Zeigefinger wiederholt in die Brust, während sie ihn in seine Wohnung zurückdrängte und ihn mit einem Schwall beleidigender und verletzender Worte überschüttete.

Das harmloseste Schimpfwort war *abartiger Perverser.* Blaise wich verdattert zurück, wobei er mehrmals stumm den Mund öffnete und wieder schloß wie ein Goldfisch in seinem Wasserglas. Nach und nach begann er den Grund für Caroles Zorn zu begreifen – es ging darum, daß er am Vorabend wieder zufällig mit offener Hose am Fenster gestanden hatte. Carole bezeichnete das jetzt anders als vor ihrer ersten Begegnung, nämlich als ›geschmacklos und widerlichen Versuch, ihr Kindermädchen Jeanne zu verführen‹!

Als Blaise endlich dazu kam, sich zu den Vorwürfen zu äußern, stammelte er, daß es ein bloßer Zufall gewesen sei, an den er sich überhaupt nicht erinnere. Er liebe sie, Carole, bete sie an, vermisse sie entsetzlich, könne ohne sie nicht mehr leben.

»Lügner, Lügner, Lügner!« konterte sie. »Du hast mich benutzt und wegen einer anderen fallen lassen wie eine heiße Kartoffel. Und jetzt bist du der anderen überdrüssig und suchst dir ein neues Opfer. Das ist abscheulich, Blaise, das ist deiner unwürdig. Warum tust du so etwas? Warum quälst du mich so?«

Sogar Blaise, so ungeschickt er mit Frauen auch sein mochte, sogar er wußte, daß es ein großer Fehler war, auf unsinnige Fragen vernünftig zu antworten. Er wiederholte, daß er Carole liebe und anbete und niemanden sonst. Seit ihrer Trennung sei er untröstlich, und er flehe sie an, ihm zu verzeihen.

Blaise war von Natur aus nicht sehr eloquent, aber diese nützlichen Sätze hatte er im Kino gelernt, als Fan romantischer Filme, in denen es um Seelenqualen, Eifersucht, gebrochene Herzen und Liebeskummer ging. Er identifizierte sein eigenes Leben stark mit diesen Geschichten um Liebe und Leid und war vor allem Arletty und ihrer überzeugenden Darstellung grenzenlosen Weltschmerzes zugetan.

Carole schimpfte ihn erneut einen Lügner, aber diesmal klang ihre Stimme weniger schrill. Blaise registrierte den veränderten Tonfall, trat eilig einen Schritt vor, schlang die Arme um sie und drückte sie an sich.

»Carole, Carole, *je t'aime*«, murmelte er, die Wange an ihrer, die Lippen an ihrem Ohr.

Sie legte ihm die Arme um die Taille, ihr Körper dicht an seinem, aber noch gab sie nicht vollends nach.

»Wie soll ich dir glauben, nach allem, was du mir angetan hast?« sagte sie in tragischem Tonfall. »Kann ich dir jemals wieder vertrauen?«

Er versicherte ihr, daß sie es könne, schwor, daß sie es könne, gab ihr feierlich und verbindlich sein Ehrenwort, daß er ihr für immer treu und ergeben sein würde. Seine Hände wanderten derweil zu ihren vollen Pobacken, die er genüßlich knetete. Selbstverständlich stand die Ursache all dieser Schwierigkeiten in seinem Leben hart wie Stahl zwischen ihnen und preßte sich an Caroles Bauch.

Dem konnte sie unmöglich widerstehen. Sie küßte Blaise, öffnete ungeduldig seine Hose und schloß wieder Freundschaft mit jenem Teil von ihm, der ihr so viele schöne Erinnerungen beschert hatte.

»Schwör mir, daß er mir ganz allein gehört!« keuchte sie. »Nur mir allein – schwöre es, Blaise!«

Nichts leichter als das. Sekunden später waren sie in seinem Schlafzimmer, engumschlungen, küßten sich, lachten übermütig und flüsterten einander Liebesschwüre zu. Man könnte sagen, daß es eine gelungene und stilvolle Versöhnung war.

Blaise war bis zu diesem Augenblick derart aufgewühlt gewesen, daß er gar nicht registriert hatte, was Carole anhatte – eine blaßrosa Bluse, dazu einen karierten grauen Rock und einen weißen Sommermantel, der lose über ihren Schultern hing, als hätte sie ausgehen wollen. Natürlich hatte sie damit den Zweck verfolgt, das Kindermädchen glauben zu machen, sie wäre eine Stunde weg, vielleicht in einem Café.

Der Mantel glitt während der Umarmung von ihren Schultern. Blaise knöpfte mit vor Erregung zitternden Händen ihre Bluse auf und löste ihren BH. Ihre wunderbar vollen Brüste quollen hervor in seine tastenden

Hände, die Haut kühl, das Fleisch fest und geschmeidig, die Brustwarzen verhärtet und von tiefem Braunrot.

Er neigte den Kopf, um sie zu küssen und an ihnen zu saugen, und Carole legte den Kopf in den Nacken und seufzte wohlig. Sie hielt sein Ungeheuer mit beiden Händen besitzergreifend gepackt, eine Geste, die Blaise beflügelte.

Er entkleidete sich hastig und zog sie zum Bett. Sie waren beide aufgewühlt, und ihre Körper bebten vor Leidenschaft.

»*Chéri, chéri,* ich habe dich auch entsetzlich vermißt«, seufzte sie, und Blaise war überglücklich, daß sie wieder das Bett mit ihm teilte, daß er fürchtete, viel zu früh zu kommen.

Sie kannte ihn zu gut, das zuzulassen. Sie kniete sich hin, und ihre herabbaumelnden Brüste erregten ihn bis zur Raserei. Sei drehte sich um, stützte sich auf Hände und Knie und präsentierte ihm ihren runden Po. Blaise richtete sich auf und kniete sich hinter sie.

Er schlang die Arme um ihre Taille und legte ihr die Hände flach auf den weichen Bauch. Er hielt sie fest, während er tief und kraftvoll in sie eindrang, bis sein Bauch an ihre heißen Pobacken gedrückt war und sie ihn vollständig aufgenommen hatte.

»Ah, ah, ah«, murmelte Carole. »Das ist ein so himmlisches Gefühl! Gib mir alles, *chéri.*«

Er nahm sie mit harten, schnellen Stößen, wobei seine Finger sich in das geschmeidige Fleisch ihres Bauches gruben. Er beherrschte sie, benutzte sie in der Art, wie sie benutzt werden wollte.

Carole stützte sich mit steifen Armen ab, berauscht von der Lust, ihn immer wieder tief in sich eindringen zu fühlen. Gleich würde sie kommen – sie fühlte, wie der Höhepunkt immer näher rückte, und wußte, daß sie vor Lust schreien würde, wenn die Ekstase ihren Körper schüttelte.

Blaise erregte sie wie kein Mann vor ihm, befriedigte sie auf eine Art, die sie nie für möglich gehalten hätte. Sie liebte ihn, dessen war sie sich ganz sicher. Na ja, jedenfalls so sicher wie nötig.

Und Blaise, der in Ekstase aufschrie, als er in ihr explodierte, war auf seine eigene sonderbare Art ebenfalls glücklich.

Gaby lässt sich anhimmeln

Obgleich Lucien nie davon sprach, womit er sein Geld verdiente, entdeckte Gaby schon zu Beginn ihrer Affäre, daß er ein bekannter Mann war. Ob er allerdings beliebt war oder respektiert wurde, stand auf einem anderen Blatt, was sie jedoch nicht weiter interessierte.

Sie erfuhr auch, daß er seine Wohnung nur für die Liebe benutzte; ansonsten war er unterwegs, vom Frühstück, das er in einem großen Café Ecke Boulevard de Magenta und Boulevard de Strasbourg einnahm, bis zu nächtlichen Drinks in irgendwelchen noblen Bars. Ganz Paris war gewissermaßen sein Wohnzimmer.

Er nahm Gaby tagsüber überallhin mit, und sie war auch oft dabei, wenn zwielichtige Gestalten an seinen Tisch traten und ihm ein paar knappe Worte zuraunten. Nur sehr selten stellte er ihr einen dieser Männer vor – als Emile oder Jules, nie mit Nachnamen. Sie alle waren ebenso auffällig gekleidet wie Lucien, wenn auch nicht so stilvoll.

Sie sind alle Gangster, sagte sich Gaby, obwohl sie nie hörte, daß sie über kriminelle Machenschaften redeten. Was sie allerdings im Flüsterton besprachen, blieb unverständlich. Auch verschwand Lucien nicht unerklärt, um bei einem Bankraub mitzuwirken oder sonst etwas zu tun, was Gangster taten. Er ging nicht zum Pferderennen nach Longchamp oder Auteuil. Gaby folgerte hieraus, daß er seinen Lebensunterhalt zur selben Zeit verdiente wie sie – abends und nachts.

Während sie und ihr Ensemble im Cabaret Mouchard zu lateinamerikanischer Musik die Beine schwangen, kümmerte sich Lucien um die illegalen Machenschaften, die ihm seinen Lebensstil ermöglichten. Diese geheimnisvollen Machenschaften beanspruchten jedoch nicht viel von seiner Zeit, da er an den meisten Abenden bereits auf sie wartete, wenn sie nach der Vorstellung umgezogen aus der Garderobe kam.

Lucien war ein Krimineller, daran bestand kein Zweifel. Dazu aber war er auch in anderen Kreisen höchst anerkannt. Mitten am Nachmittag bestellte er im Café de la Paix Champagner, den er von drei Obern mit langen Schürzen und einem Hilfskellner servieren ließ. Wenn er Gaby zum Mittagessen in die Brasserie Lipp führte, brauchten sie nie auf einen Tisch zu warten, sondern wurden immer sofort ehrerbietig an ihren Platz geleitet.

An Gabys freien Abenden führte er sie in namhafte Restaurants aus und ins Theater, wenngleich er sich nur Komödien ansah – für Tragödien hatte er nichts übrig. Er war in den Restaurants bekannt, die er frequentierte, vor allem aber in den Nachtklubs. Er benahm sich jedem gegenüber gleich, egal ob es sich um einen Restaurantmanager, einen Ober oder einen seiner geheimnisvollen Freunde handelte – bündig, direkt und unerschütterlich.

Seine Hände waren ständig in Bewegung, ob er sprach oder schwieg. Anfangs hatte Gaby dies als ein wenig sonderbar oder sogar nervig empfunden, aber inzwischen hatte sie sich daran gewöhnt, daß er flüchtig ihren Arm, ihren Handrücken oder ihre Schulter berührte. Zu intimen Berührungen an ihrem Knie oder ihrer Brust kam es in der Öffentlichkeit nie, nicht einmal im Taxi. Sie fand das merkwürdig, aber er war eben sein sonderbarer Mann, und sie mochte ihn.

Sie versuchte mehrmals, dies Suzette klarzumachen, aber ihre Mitbewohnerin ließ sich einfach nicht überzeugen. Suzette zuckte nur die Achseln, stimmte ihr zu, daß Lucien ein guter Unterhalter war, rücksichtsvoll und großzügig jenen gegenüber, die er gern hatte. Aber …

Aber was? fragte Gaby. Suzette sagte, daß es nett von Lucien sei, Gaby in die Cafés zu begleiten, in denen sie sang. Sie war dankbar für seinen Applaus, auch wenn er manchmal dazu neigte zu übertreiben. Klatschen war in Ordnung, aber mit den Füßen aufstampfen war *de trop.*

»Er mag dich«, sagte Gaby. »Warum kannst du ihn nicht auch mögen? Er sagt, daß du eines Tages eine berühmte Sängerin sein wirst, ein richtiger Star, und daß er seinen Freunden erzählen wird, daß er dich schon gekannt und an dich geglaubt hat, als du noch ein Niemand warst.«

Der sicherste Weg, Suzettes Herz zu erobern, führte in diesen Tagen über Komplimente zu ihrem Gesang. Das galt allerdings nicht für Lucien, auch wenn Gaby sein Lob hoffnungsvoll weitergab. Tatsache war, daß Suzette dem kleinen Mann mißtraute, obwohl sie selbst nicht wußte, warum.

Andererseits war Gaby nicht in Lucien verliebt, auch wenn sie ihn sehr gern hatte. Sie brachte Suzette zum Lachen, indem sie ihr von Luciens Eigenarten im Schlafzimmer berichtete. *Mein süßer kleiner Fetischist* nannte sie ihn kichernd, wenn sie von ihm erzählte. Natürlich erzählte Suzette ihr im Gegenzug von Blaises außergewöhnlichen Proportionen. Die beiden Frauen waren seit Jahren eng befreundet und hatten keine Geheimnisse voreinander.

»Fühlt sich das wirklich so an?« fragte Gaby staunend, als Suzette von der Liebe mit Blaise erzählte.

»Es ist ein unglaubliches Gefühl«, bestätigte Suzette lächelnd und mit einem leichten Schauder. »Du fühlst, wie du gedehnt wirst, stärker als du glaubst aushalten zu können. Es ist, als würde einem das Innerste nach außen gekehrt; du hast sofort einen Orgasmus.«

»Toll!« sagte Gaby träumerisch.

»Er ist zu groß, ihn zu verbergen«, fuhr Suzette fort. »Sein Ding zeichnet sich durch den Hosenstoff ab, und das macht ihn so verlegen, daß er ganz rot wird. Er hält dann sofort nach einem Taxi Ausschau, und wenn keins da ist, schleift er mich ins nächste Café, damit er sich hinsetzen und seinen Zustand verbergen kann, indem er die Beine übereinanderschlägt. Es ist richtig komisch – du kannst nicht einfach, du mußt einfach über ihn lachen, wodurch er noch verlegener wird.«

»Männer!« sagte Gaby kopfschüttelnd. »Sie sind alle Schauspieler, ohne es zu ahnen. Übrigens – habe ich dir schon erzählt, daß Lucien das Bild in seinem Schlafzimmer abgehängt hat?«

Gaby hatte sich mit keinem Wort zu dem Modigliani in Luciens Schlafzimmer geäußert. Sie hatte es für eine Reproduktion gehalten, aber Lucien hatte ihr stolz erklärt, daß es sich um eine Kopie handle, um eine handgemalte Kopie, die auch ein Experte kaum vom Original unterscheiden könne. Sie sei von einem erstklassigen Fälscher gemalt worden, dessen Name Gaby noch nie gehört hatte.

Die Blicke, mit denen sie das Bild hin und wieder bedachte, mußten Lucien verraten haben, was sie von dem Akt hielt. Und so hatte er das Gemälde entfernt – als sie eines Nachmittags ins Bett gegangen waren, war es einfach nicht mehr dagewesen. Er hatte es nie wieder erwähnt, und sie hatte es auf sich beruhen lassen.

Vielleicht hatte ihre stumme Ablehnung zur Entfernung des Bildes geführt, aber vielleicht steckte auch etwas anderes dahinter – ein Kontrast, der sogar Lucien nicht hatte entgehen können. Das Modell hatte auf dem Rücken gelegen, eine Frau, die italienisch aussah, mit großen runden Brüsten und kräftigen Schenkeln. Sie hatte schwarzes Kopf- und Schamhaar.

Und unten auf Luciens Bett lag Gaby mit Brüsten, die klein und fest waren, wie es sich für eine Tänzerin geziemte, mit hellblondem Haar auf dem Kopf und zwischen den Beinen. Obgleich sie nur ein schmales Büschel übrigließ und den Rest rasierte, liebte Lucien den blonden Flaum zwischen ihren Schenkeln. An manchen Nachmittagen forderte er sie auf, sich auf den Rücken zu legen, die Hände im Nacken verschränkt und die Beine gespreizt, damit er ihren intimsten Körperteil aus der Nähe betrachten konnte.

Manchmal liebkoste er jeden Zentimeter ihrer Haut mit

Fingern und Zunge. Besondere Aufmerksamkeit schenkte er dabei, wie zu erwarten war, ihren Brüsten. Auch küßte er zärtlich ihre glattrasierten Achselhöhlen.

Seine nasse Zunge schob sich dann in das runde Grübchen ihres Bauchnabels und erforschte ihre Lenden, dicht gefolgt von sanften Fingern.

Das alles geschah sehr gründlich und ohne das geringste Anzeichen von Hast. Ganz zum Schluß gestattete er sich, den blonden Flaum zu erreichen, und wenn es soweit war, befand Gaby sich bereits in kaum noch kontrollierbarem Rausch, die Augen geschlossen und die Hände zu Fäusten geballt.

Hiernach brauchte sie etwas Erholung und einen kalten Drink. Aber ihr Körper bewahrte die Gefühle, die Erinnerung an die Lust, die sie gerade erlebt hatte, und war bald bereit für die nächste Runde.

Gaby erzählte Suzette immer wieder, daß sie es mochte, wenn ein Mann sie dominierte. Vielleicht glaubte sie sogar selbst daran. Aber inwieweit dem tatsächlich so war, ließ sich nur schwer sagen. Oft ziehen Männer und Frauen es vor, ihre wahre Persönlichkeit zu verstecken, wenn nicht vor ihrem Partner, dann doch vor sich selbst. Suzette lächelte nur und zuckte die Achseln, wenn Gaby behauptete, am glücklichsten zu sein, wenn der Partner besonders stark sei.

»Aber es stimmt«, beharrte Gaby. Sie bewies es an einem Nachmittag, als Lucien ihr ein Päckchen überreichte. Sie hatten gemeinsam zu Mittag gegessen und saßen in seinem anonymen Wohnzimmer. Das Päckchen sah edel aus, und auf dem Geschenkpapier war der Name einer unglaublich teuren Boutique in der Rue Cambon gedruckt. Gaby küßte ihn warm auf die Wange und löste die große Schleife des Geschenkbandes.

Als sie die Schachtel öffnete, fand sie darin, in hellblaues Seidenpapier eingewickelt, einen winzigen Slip und sonst nichts. Der Hauch eines Dessous war aus feinster schwarzer Spitze und so leicht wie Rabendaunen. So wunderschön, so verführerisch und so unpraktisch! Ganz bestimmt trug nur eine Leinwandgöttin solche Slips, und auch das nur bei ganz besonderen Anlässen! Bei ihrer fünften Hochzeit beispielsweise, mit einem atemberaubend gutaussehenden Schauspieler mit strahlendblauen Augen und lockigem schwarzem Haar. In der Honeymoon-Suite eines Ozeandampfers würde der neue Ehemann ihr dann mit kräftigen weißen Zähnen das bißchen Stoff vom Körper reißen!

Oder wenn der Filmvertrag auslief und verlängert werden sollte und die Diva sich zurechtmachte, um die Konditionen persönlich mit dem Studioboß zu besprechen. In einem Slip wie diesem konnte sie leicht einen Siebenjahresvertrag bei doppelter Gage herausschlagen – und das innerhalb einer Stunde!

»Zieh dich aus, *chéri*, und zieh den Slip an«, sagte Lucien mit vor Erregung bebender Stimme.

»Aha, mein kleiner Perverser, das ist es also, was du willst, ja?« murmelte Gaby und betrachtete ihn dabei aus halb geschlossenen Augen.

Sie kannte seine Launen in diesen Dingen inzwischen sehr gut, und es machte ihr Spaß, in den Szenarien, die er sich ausdachte, mitzuspielen.

»Ich werde dich nicht anrühren, versprochen«, sagte er leise und ließ sich in einen Sessel sinken. »Zieh ihn an; ich möchte nur hier sitzen und dich ansehen.«

»Du wirst mich nicht anrühren? Na, das werden wir noch sehen«, entgegnete sie und verzog die rotbemalten Lippen zu einem Schmollmund.

Sie entledigte sich ihres Kostüms, das aus einer taillierten Jacke und einem Plisseerock aus apricotfarbenem Leinen bestand, ihres Slips und ihrer Seidenstrümpfe. Lucien saß derweil in Hemdsärmeln auf dem beigefarbenen Sessel, die Beine gespreizt und eine verräterische Wölbung zwischen seinen Schenkeln. »Geh ein wenig umher, das ist alles, worum ich dich bitte«, forderte er leise.

Als sie nackt war, stellte Gaby sich auf Armeslänge vor

Lucien, um in den neuen Slip aus schwarzer Spitze zu schlüpfen. Sie verwandelte die Szene in ein Drama, ein Ballett, eine Phantasie, beugte sich graziös vor, so daß ihre Brüste frei herabbaumelten. Sie hob einen Fuß und schob ihn ganz langsam durch einen Beinausschnitt des knappen Dessous, befriedigt, als sie Lucien seufzen hörte. Dann wiederholte sie die Prozedur mit dem zweiten Fuß. Nach all dem Tanztraining und bei ihrer Erfahrung fiel es ihr nicht schwer, auf einem Bein zu balancieren.

Sie richtete sich anmutig auf, streifte dabei den Spitzenslip langsam über ihre schlanken Waden, ihre Knie und – noch langsamer – über ihre wohlgeformten Schenkel. Als sie den Slip vollständig angezogen hatte, wackelte sie ein wenig mit dem Po und verschränkte dann mit angewinkelten Ellbogen in einer verführerischen Pose die Arme hinter dem Rücken.

Lucien starrte sie bewundernd an, schweratmend und das Gesicht gerötet. Bevor sie anfing, vor dem Sessel auf und ab zu gehen, schlüpfte Gaby in ihre hochhackigen Schuhe, da sie wußte, wie sehr ihn das erregte.

»*Je t'aime, Gaby, je t'aime*«, seufzte er, kaum noch in der Lage zu sprechen, jetzt da sein Wunsch in Erfüllung ging.

Sie war atemberaubend anzusehen, als sie gemächlich auf und ab ging und ihren hohen, schlanken Körper und ihre muskulösen Tänzerinnenschenkel zur Schau stellte. Ihre kleinen Brüste waren so fest, daß sie beim Gehen nicht wippten, aber auch sie waren hübsch anzusehen, so rund und makellos geformt, daß kein Mann sie betrachten konnte, ohne den Wunsch zu verspüren, sie zu küssen.

Indem sie sich in den Hüften wiegte, konnte sie ihre Pobacken bei jedem Schritt aneinander reiben lassen, und obgleich sie Lucien den Rücken zukehrte, hörte sie, wie er leise nach Luft schnappte.

»Er ist pervers, er benutzt mich«, erzählte sie Suzette. »Er läßt mich, nur mit einem teuren Slip bekleidet, im Wohnzimmer auf und ab gehen. Und um die Wahrheit zu sagen, ich genieße es, in dieser Art ausgenutzt zu werden.

Er sieht in mir nicht die Frau, sondern eine Kunstfigur, die ihm schwarze Spitzenslips vorführt, das, worauf er wirklich scharf ist!«

»Ach ja?« entgegnete Suzette. »Und wer von euch beherrscht nun tatsächlich bei diesen Spielchen den anderen? Bist du wirklich sein Opfer, das tut, was er verlangt, und nur dazu da ist, seine Phantasien umzusetzen? Oder bist es vielmehr du, die ihn in diesen Augenblicken beherrscht? Er ist der passive Part, er wartet darauf, daß du ihn erregst, während du bei diesen Szenen aktiv bist und ihn mit deinem Körper beherrschst.«

»Unsinn!« widersprach Gaby.

Das Dessous-Spiel dauerte gewöhnlich an die zwanzig Minuten, niemals weniger, manchmal länger. Während Gaby gemächlich im Zimmer auf und ab ging, wurde Lucien immer röter im Gesicht, spreizte die Beine immer weiter und atmete immer schwerer. Er keuchte und zuckte und schwor Gaby seine Liebe, während seine Fingernägel sich in die Sesselpolster gruben.

Kurz, er genoß diese Vorstellungen in vollen Zügen, und Gaby brauchte dafür nicht mehr zu tun, als ihm knappe Dessous vorzuführen.

Wenn sie glaubte, daß er genug hatte, oder wenn sie anfing, sich zu langweilen, leitete Gaby den Höhepunkt der Vorstellung ein. Beim ersten Mal hatte er ihr erklären müssen, was er wollte, aber seitdem wußte sie ganz genau, was sie zu tun hatte, um einen maximalen Effekt zu erzielen.

Der Augenblick war gekommen. Sie blieb vor Luciens Sessel stehen und wandte sich ihm langsam zu. Sie nahm eine provokative Pose ein, die Füße auseinander und die Hände auf die nackten Hüften gestützt – und er starrte aus vor Verlangen glasigen Augen zu ihr auf, wohl wissend, was gleich mit ihm geschehen würde, sich verzweifelt danach sehnend, aber gleichzeitig auch das Ende der Lust fürchtend, von der er wünschte, sie würde sich ewig fortsetzen ...

»Gaby«, flüsterte er. »O Gaby. Gaby ...«

Sein Blick glitt von ihrem Gesicht zu ihren Brüsten, und seine Zungenspitze schob sich zwischen seine Lippen. Er stierte mit großen Augen auf ihren flachen Bauch, dann auf ihre schlanken Schenkel und schließlich auf den schwarzen Spitzenslip, der sich so schick von ihrer Alabasterhaut abhob.

Er war inzwischen hochrot im Gesicht, beinahe purpurn.

Manchmal fragte sich Gaby, was in diesem Moment in seinem Kopf vorgehen mochte – was war es, das bei ihm solch rasende Lust hervorrief? Waren es die edlen Dessous, oder war es ihre blonde Weiblichkeit, die sich darunter verbarg?

Sie hob das Bein und streckte es in Zeitlupe zu einem hohen Kick, wie sie ihn auf der Bühne des Cabaret Mouchard zeigte. In Gedanken zielte sie dabei auf den Unterleib des Klubmanagers, der seine Künstler regelmäßig unterbezahlte und so dreist war, die Mädchen in den Po zu kneifen.

Bei Lucien war das anders; sie dachte keine Sekunde daran, ihm Schmerzen zuzufügen. Und auch er vertraute ihr völlig. Er spreizte die Schenkel noch weiter und schob den Unterleib auf dem beigefarbenen Polster vor. Vorsichtig legte Gaby den Fuß auf die Wölbung in seiner Hose und drückte sacht mit der Schuhspitze zu – an diesem Tag ein weißer Lacklederschuh.

In diesem Moment kam es darauf an, das Gleichgewicht zu halten. Gaby spannte die Wadenmuskeln an und winkelte das Knie des Standbeines ein wenig an. Dann legte sie die Sohle ihres Schuhs flach auf Luciens harten Penis, der sich in seiner ganzen Länge unter dem Stoff seiner Hose abzeichnete, und drückte fest zu.

Sein Mund öffnete sich in einem stummen Schrei der Ekstase, und er verdrehte die Augen. Das Aufbäumen seines Körpers verriet, daß er nach langem Aufstieg den Gipfel der Lust erklommen hatte.

Wenn sein Herzschlag sich normalisiert hatte und er wieder ansprechbar war, stand Gaby immer noch vor ihm, die Hände auf den Hüften, aber beide Füße auf dem Boden.

»*Chérie, comme je t'adore*«, murmelte er.

»Schön, das zu hören«, entgegnete sie dann regelmäßig lächelnd.

»Wenn man bedenkt, wie viele Stunden der Mann sich in den Dessousabteilungen der Kaufhäuser herumtreiben muß!« rief Suzette aus, als sie von dieser Laune Luciens erfuhr.

»Warum auch nicht?« entgegnete Gaby achselzuckend. »Das ist nun mal seine Schwäche, und warum sollte er sich diese Freude nicht gönnen? Manche finden es vielleicht sonderbar oder sogar leicht pervers. Aber was soll's? Es tut niemandem weh.«

»Aber das ist zu exzentrisch, Gaby!«

»Ich finde es witzig und süß«, meinte sie und zuckte gleichgültig mit einer Schulter. »Ich habe meinen kleinen Fetischisten sehr gern. Er gehört nicht zu den Männern, die einen zweimal küssen und dann gleich ins Bett wollen – für ihn verlangt die Liebe nach Einfallsreichtum und Beherrschung bis zum Höhepunkt. Er kann seine Vorlieben nicht in Worte fassen, aber ich habe das Gefühl, ihn auch so zu verstehen.«

Slips und Schuhe waren Luciens größte Leidenschaften. Er verbrachte ebenso viel Zeit in Damenschuhgeschäften wie in Dessousabteilungen. Er war fasziniert von hochhackigen Schuhen, und je höher und dünner der Absatz, um so besser. Die Verkäuferinnen der teuren Schuhgeschäfte erkannten ihn, sobald er einen Fuß über die Schwelle setzte.

Wäre ein anderer Mann so oft aufgetaucht und hätte solch großes Interesse bekundet, hätte man sicher Mittel und Wege gefunden, ihn abzuschrecken. Immerhin konnte er die verräterische Wölbung in seiner Hose nicht verbergen, wenn er die glänzenden, neuen Schuhe in den

Auslagen streichelte. Aber Lucien war so charmant und gab so viel Geld aus, daß er in jedem Laden ein gern gesehener Kunde war.

Für seine Spielchen kaufte er mindestens einmal in der Woche ein neues Paar sündhaft teurer Schuhe. Gaby hatte zufällig entdeckt, daß der Kleiderschrank in seinem Schlafzimmer vollgepackt war mit Schuhen, und beim Anblick dieser Sammlung lachen müssen. Das Spiel begann, wenn er zwanzig Paar Schuhe aus dem Schrank nahm und mit glänzenden Augen auf dem Fußboden aufreihte.

Dieses Spiel spielten sie immer im Schlafzimmer und nicht im Wohnzimmer, und er stellte die Schuhe stets in einer langen Reihe zwischen Bett und Tür auf. Die Sammlung umfaßte die verschiedensten Schuhmodelle, offene goldene Abendschuhe, leuchtendrote Schuhe mit ganz schmalen Fesselriemchen, sehr spitze schwarzweiße Lackschuhe, Schuhe aus goldenem und grünem Brokat, Schuhe aus feinster Wildseide, handbestickte und mit Straß besetzte Bühnenschuhe – jede erdenkliche Art von Schuh war vertreten, nur eins hatten sie alle gemeinsam: hohe Absätze, darunter manche, die kaum dicker als Nadeln waren.

Bei dieser sonderbaren Umsetzung von Luciens Phantasien blieb Gaby angezogen. Ihr Make-up mußte perfekt sein – darauf legte er den allergrößten Wert. Sie wusch sich also vorher im Badezimmer gründlich das Gesicht, setzte sich dann im Schlafzimmer an die Frisierkommode und schminkte sich neu, malte sich die Lippen an, zog ihre sorgfältig gezupften Brauen nach und bürstete sich das lange blonde Haar.

Lucien saß währenddessen ungewöhnlich still da. Nur seine Hände konnte er nicht ganz ruhig halten, dazu mußte er schon tief und fest schlafen – und sogar dann zuckten sie fast die ganze Zeit. Er schlief so unruhig, daß sie es vorzog, morgens um vier mit dem Taxi lieber nach Hause zu fahren, als die ganze Nacht bei ihm zu bleiben.

Aber wenn er ihr dabei zusah, wie sie sich schön machte, verhielt er sich, so still er nur konnte. Er reckte den Hals und legte den Kopf schräg, um ihr Spiegelbild aus verschiedenen Blickwinkeln zu betrachten, während sie ihren leuchtendroten Lippenstift auftrug. Wenn sie ihr Haar bürstete, schabten seine Füße leicht über den Teppich. Aus den Augenwinkeln konnte Gaby ihn ebenfalls im Spiegel beobachten, und sie lächelte, wenn seine Hände nervös an seine Lippen faßten, an einem Ohrläppchen zupften oder flüchtig über seinen Schritt streichelten. Er war sich seiner eigenen nervösen Gesten selbst nicht bewußt.

Wenn das Make-up dann endlich perfekt war, zog Gaby ihre eigenen Schuhe aus und stellte sich in ihren Seidenstrümpfen vor die lange Reihe edler Schuhmodelle, die Lucien aufgereiht hatte. Er hatte Jackett und Krawatte ausgezogen, um es bequemer zu haben. Er drehte seinen Sessel herum und wartete in einer Stille, die vor Spannung zu knistern schien.

»Ich frage mich, welche Schuhe ich heute anziehen soll«, sagte Gaby dann immer und betrachtete die luxuriöse Auswahl vor sich. Und so begann das Spiel. »Die schwarzen Lackschuhe gefallen mir besonders – sie lassen meine Fesseln schlank und elegant wirken.«

»Entzückend«, hauchte Lucien, der seine Stimme dann wiedergefunden hatte. »Superb.«

»Aber laß mich sehen, ich habe sie gestern erst getragen. Vielleicht die dunkelroten mit dem Goldrand und den Pfennigabsätzen?« Sehr exotisch – ist dir schon aufgefallen, daß sich jeder Mann auf der Straße nach mir umdreht, wenn ich diese Schuhe anhabe?«

Natürlich hatte sie von den Schuhen, die Lucien für seine Spiele kaufte, kein einziges Paar je außerhalb seiner Wohnung getragen. Diese Schuhe waren etwas ganz Besonderes, sie waren neu und glänzend, das Leder völlig glatt, die Sohlen sauber und hell, weil sie noch nie mit einem Bürgersteig in Berührung gekommen waren.

Es erregte Lucien ungemein, sich vorzustellen, wie sie die Straßen entlangschlenderte, ihr makelloser Körper völlig nackt bis auf einen schicken kleinen Hut auf dem Kopf und einem Paar seiner Spielschuhe an den Füßen.

Aber diese Szenen von Gaby, die nackt war bis auf die Schuhe, spielten sich nur in seiner Phantasie ab. Beim eigentlichen Spiel in seinem Schlafzimmer wollte er, daß sie vollständig bekleidet war. Obwohl Gaby Suzette gegenüber behauptete, Lucien zu verstehen und seine Spiele witzig zu finden, hatte sie tatsächlich nur eine sehr vage Vorstellung davon, was in seinem Kopf vorging.

Natürlich *erklärte* er es ihr. Er wollte, daß sie sein Vergnügen teilte. Er beschrieb ihr, wie sie aussehen würde, wenn sie nur mit einem Paar edler Schuhe bekleidet die Avenue de l'Opéra entlangschlendern würde, ihr hübscher runder Po rosig und zum Anbeißen im Sonnenlicht, der silberblonde Flaum zwischen ihren Schenkeln schimmernd wie Seide Aber trotz all dieser Erklärungen verstand Gaby ihn nicht besser als zuvor. Nicht, daß ihr das Kopfzerbrechen bereitet hätte – wenn Lucien an seinen ungewöhnlichen Spielchen Freude hatte, genügte ihr das.

Manchmal erlaubte er ihr – je nachdem, welche Schuhe sie wählte – bei diesen imaginären Spaziergängen Seidenstrümpfe zu tragen. Selbstverständlich immer hauchdünne, transparente schwarze Seidenstrümpfe. Hierauf bestand er bei seinen Ausführungen. Sie wurden von einem Strapsgürtel gehalten – ein unverzichtbares Accessoire.

Gewöhnlich war es ein Strapsgürtel aus schwarzer Spitze, je nachdem, was er zuletzt in den Dessousabteilungen der Kaufhäuser gesehen hatte, wenn er nach verführerischer Wäsche für Gaby suchte. Oder es war einfach seiner Phantasie entsprungen.

Vor Luciens geistigem Auge war das Bild perfekt. Der schmale Strapsgürtel aus schwarzer Spitze auf Gabys samtigem Bauch, knapp über den Hüften, damit er nicht ihren Bauchnabel verdeckte. Elegante schwarze Seidenstrümpfe, die von den Schenkeln bis zu den Zehen reichten, glänzende schwarze Lacklederschuhe mit hohen Absätzen …

Und dort, wo sich die schlanken Schenkel vereinten, ein wenig oberhalb der Strümpfe ah! Lucien küßte seine Fingerspitzen bei der Erwähnung des silberblonden Flaums, den sie als Schmuck dort trug.

»Wir sind im Café de la Paix angekommen, *chérie*«, sagte Lucien bei seiner Beschreibung des Spaziergangs, den er sich in Gedanken ausmalte. »Wir wählen einen Tisch auf der Terrasse, und alle stieren auf deinen nackten Körper – so jung und so wunderschön. Den Männern hängt förmlich die Zunge heraus, und sogar die Frauen begehren dich! Du schlägst die Beine übereinander, und ich kann hören, wie Seide sich an Seide reibt, wenn deine Schenkel sich berühren! Ich bestelle beim Ober eine Flasche Champagner, und der arme Kerl versucht vergeblich, seine Erregung zu verbergen.«

Aber das kam erst später. Erst mußte sie unter den Schuhen ihre Wahl treffen. Gaby zog diesen Part bewußt in die Länge, um sicherzugehen, daß er auch die bittersüße Qual erlebte, die er sich wünschte. *Dieses Paar vielleicht? Nein ich denke, heute ziehe ich lieber die roten an. Oder die mit den Fesselriemchen? Was hältst du von diesen?* Sie fuhr fort, bis er sich auf seinem Sessel wand.

»Oder soll ich heute diese blauen hier anziehen?« fragte Gaby schließlich, mit sich selbst sprechend und nicht mit Lucien. »Ja, ich denke, sie sind genau richtig. Sie sind sehr schick, und alle werden mich ansehen und denken, wie schön ich bin, wenn ich die Rue de Rivoli und die Place des Vosges entlangschlendere, um mich dort in ein Café zu setzen.«

»*Je t'adore, Gaby …*«, seufzte Lucien, dessen braune Augen wie Kohlen glühten.

Die Wahl war gefallen, und Lucien wußte, was er zu tun hatte. Er ließ sich aus dem Sessel gleiten und kroch auf allen vieren über den dünnen Teppich. Seine Hände zitterten, als er ihr die Schuhe, die sie gewählt hatte, über die bestrumpften Füße streifte.

Sie hatte sie der Einfachheit halber als blau bezeichnet. Tatsächlich waren sie aus glänzendem Glacé-Leder und von dunklem Kobaltblau mit sehr hohen und dünnen Absätzen. Sie hob abwechselnd die Füße an, damit Lucien ihr die High-heels anziehen konnte, wozu er in seinem Zustand höchster Erregung einige Zeit brauchte.

Als sie die kobaltblauen Schuhe schließlich anhatte, fühlte Gaby sich mindestens zehn Zentimeter größer. Für Lucien, der vor ihr kauerte, mußte sie aussehen, als wäre sie fünf Meter groß!

Keuchend vor Lust warf er sich auf den Bauch und umfaßte ihre Fußgelenke mit leichtem und beinahe ehrfürchtigem Griff, während er das weich glänzende, blaue Leder küßte.

»Ah, das gefällt dir, mein kleiner Perverser«, murmelte sie und lächelte angesichts seiner Erregung.

Sie zog ihren Rocksaum über die Schenkel, um ihm ihre makellosen Beine zu zeigen.

Lucien sah von ihren Füßen auf, und sein Blick wanderte langsam an ihren seidenbestrumpften Beinen aufwärts, von den Fesseln zu den gerundeten Knien. Seine Fingerspitzen fuhren über die Seide, und er seufzte in einem fort, als spüre er die Liebkosung an seinem pulsierenden Glied.

Er blickte zu ihrem hochgezogenen Rock auf. Er zitterte am ganzen Leib, als er den dünnen spitzenbesetzten Seidenslip sah, der den blonden Flaum in ihrem Schritt verdeckte.

Ah, diese exquisiten Dessous aus Spitze und Satin! Diese Trophäen seiner Ausflüge in die Boutiquen der Rue Cambon! Seiner Erkundungsgänge in den Dessousabteilungen der Geschäfte entlang des Boulevard Haussmann!

Einen Augenblick später war Lucien auf den Knien, keuchend in seiner fieberhaften Erregung, und drückte heiße Küsse auf die Seide, die das zarte Fleisch zwischen

Gabys Schenkeln bedeckte. Gaby spürte durch die Seide hindurch seinen erregenden heißen Atem.

Seine Arme waren so fest um ihre Beine geschlungen, daß sie glaubte, er würde sie nie wieder loslassen.

Francine entdeckt die ungarische Jonglierkunst

Der Streit hinter den Kulissen der Folies-Bergères begann lange vor Beginn der Vorstellung, als die Künstler ihre Glitzerkostüme anzogen und sich schminkten. Zu Anfang war es nur ein gedämpftes Geschrei, das jedoch bald in haarsträubend gellendes Kreischen überging.

»Wo bist du den ganzen Tag gewesen, du Schlampe! Sag es mir!«

Gilles Cavillier brüllte die arme Francine an. Gewöhnlich versuchte sie gar nicht, sich gegen seine Tiraden zu wehren, sondern ließ sie und seine Drohungen schweigend über sich ergehen. Aber an diesem Abend war etwas anders – ihre Stimme übertönte Gilles' Gebrüll und verkündete schrill, daß sie nicht sein Eigentum wäre.

Die Showgirls saßen in der üblichen Reihe vor dem langen Spiegel, auf Ihren Stühlen vorgebeugt, um minutiös ihre schönen Gesichter und Körper zu begutachten. In einer halben Stunde würden sie vor zahlendem Publikum auftreten.

Suzette verteilte pfirsichblütenfarbenen Puder auf ihre Brüste, während Angélique neben ihr ihren nackten Po vor den Spiegel hielt und mit verdrehtem Hals Bißspuren auf der linken Pobacke betrachtete. Sie verteilte etwas hautfarbene Theaterschminke über den verräterischen Abdrücken und betupfte die Stelle anschließend mit einer Puderquaste.

»Hörst du das?« sagte Angélique. »Francine wehrt sich. Ich hätte nie gedacht, daß sie ihm eines Tages Paroli bieten würde. Du?«

»Es muß etwas Gravierendes passiert sein«, entgegnete Suzette. »Es geht nicht nur um ihre Affäre mit dem Ungarn, darüber weiß Gilles längst Bescheid. Genaugenommen weiß es jeder. Sie treiben es seit Armand Regences Party miteinander.«

Angélique legte den brünetten Kopf schief, um dem Streit zu lauschen. Der Abdruck auf ihrem Po war vergessen und der Hintern im Spiegel so makellos wie ein Vollmond. »Vielleicht verlangt er von ihr, daß sie Schluß macht?«

»Das verlangt er, seit sie den Ungarn das erstemal in sein Hotel begleitet hat. Nein, da muß mehr dahinterstecken.«

»*Mon Dieu!* Er schlägt sie!« rief Angélique aus. »Dieses Schwein!«

Und tatsächlich konnten sie alle das Geräusch hören – das häßliche Klatschen einer Hand auf Haut. Nach dem Schlag hörten sie Francine aufheulen.

»Das reicht!« sagte Suzette entschieden und sprang auf. »Wir können ihn bremsen, wenn wir alle zu seiner Garderobe gehen und ihm die Stirn bieten. Los, wer kommt mit?«

»Ich nicht«, meinte Jasmine kopfschüttelnd. »Es ist ein Fehler, sich einzumischen, wenn Liebende streiten.«

»Sie sind kein Paar«, erwiderte Suzette. »Er ist schwul.«

»Dann ist es Sache des Ungarn, hinzugehen und ihr zu helfen.«

»Ich gehe mit dir, Suzette«, sagte Yvette Sorel.

»Ich komme auch mit«, sagte Angélique mit überraschendem Eifer. Vielleicht hatte sie Streit mit ihrem Freund Jean-Pierre.

»Ich auch!« meldeten sich noch andere Stimmen.

Auch Jasmine sah sich genötigt, sich dem Run auf die Garderobentür anzuschließen. Ihr Widerstreben, sich einzumischen, hatte tatsächlich nichts damit zu tun, daß man sich nicht in Streitigkeiten zwischen Paaren einmischen sollte. Vielmehr war es so, daß sie eine lächerliche

Passion für Gilles hegte, dessen Körper sie regelrecht anbetete.

Das war natürlich sinnlos und beinahe eine Farce. Ihre Besessenheit würde nie zu etwas führen.

Als kriegerische Armee von Amazonen waren die Showgirls allerdings nicht sonderlich furchterregend. Wie Suzette trugen viele von ihnen ihr Bühnenkostüm für die Eröffnungsnummer – einen *cache-sexe* mit Pailletten und Straß. Und Körper-Make-up. Die wunderschönen fast nackten Frauen würden einen Tyrannen kaum erschrecken können.

Suzette schnappte sich den alten Kimono, den sie in der Garderobe üblicherweise trug, und legte ihn sich um die Schultern. Er reichte ihr nur bis zu den Knien, und sie war barfuß.

Zwei der Mädchen waren noch in Unterwäsche und trugen Büstenhalter und Slips gleicher Farbe. Jasmine war splitternackt – sie war gerade damit beschäftigt gewesen, ihre Brustwarzen dunkler zu färben. Sie schlang sich ein Handtuch um die Hüften und schloß sich den anderen an, die auf die Garderobentür zustürmten. Vielleicht wollte sie das Handtuch in einer theatralischen Geste fallen lassen, wenn sie Gilles gegenüberstand, nur um ihm vorzuführen, was ihm entging.

Die nach Rache dürstende Armee von Schönheiten hatte ihren Sturm auf die Garderobe jedoch kaum begonnen, als die Tür aufflog und Francine hereingelaufen kam. Ihr hübsches Gesicht war tränenüberströmt. Sie trug noch Bluse und Rock, da Gilles mit seinem Gebrüll angefangen hatte, gleich nachdem sie eingetroffen war.

Suzette führte die jungen Frauen an, und Francine wandte sich hilfesuchend an sie. Gilles folgte ihr dichtauf, sein Gesicht zorngerötet. Er war nur zur Hälfte angezogen, das heißt, er trug nur seine Hose und Schuhe.

»Hilf mir, hilf mir«, schluchzte Francine, das Gesicht zwischen Suzettes Brüsten vergraben, so daß ihre Tränen glänzende Linien im Puder hinterließen. Sie hatte die

Arme um Suzettes Taille geschlungen und klammerte sich an sie wie eine Ertrinkende.

»Miststück!« schrie Gilles.

Als er sich jedoch nicht einem wehrlosen Mädchen gegenübersah, sondern einem ganzen Trupp militanter Showgirls, blieb er wie angewurzelt stehen und verstummte.

»Laß sie in Frieden«, sagte Suzette schroff, »oder du bekommst es mit uns zu tun!«

Gilles begann, in Richtung der offenen Tür zurückzuweichen. Vielleicht lag es am Anblick der zahlreichen nackten *nichons,* die ihn abschreckten. Zumal er sich nicht nur wohlgeformten Brüsten gegenübersah, sondern darüber hinaus flachen Frauenbäuchen und wohlgeformten Schenkeln. Und mittendrin sogar ein rotblond gelockter Engel – Jasmines Handtuch war zu Boden geglitten, und sie stand splitternackt da und himmelte Gilles mit offenem Mund an.

»Ohne mich wäre sie ein Nichts«, sagte er dumpf, Schritt für Schritt zurückweichend. »Ich habe sie aus der Gosse geholt. Wenn ich nicht gewesen wäre, wäre sie heute eine Hure, die sich für zehn Francs unter der Eisenbahnbrücke bumsen läßt.«

»Sie hat ein Recht auf ihr eigenes Leben«, entgegnete Suzette. »Du hast sie nicht gekauft.«

»Welcher Undank«, knurrte Gilles. »Kaum habe ich etwas aus ihrem Leben gemacht, läuft sie mit einem anderen davon, nur weil der sie bumst, diese blöde Gans! Und was ist mit mir? Kannst du mir sagen, wie ich ohne Partnerin auftreten soll?«

»Wenn du sie anständig behandelt hättest, würde sie dir nicht davonlaufen«, erwiderte Suzette.

»Schwein!« schimpfte Angélique.

»Schwein!« stimmten die anderen ein.

Angélique warf die Puderquaste, die sie immer noch in der Hand hielt, nach Gilles und traf ihn am Kinn. Eine kleine Puderwolke – in einem zarten Pfirsichton – legte sich auf sein verdutztes Gesicht, und er mußte blinzeln und dann niesen.

Er stand eine Sekunde reglos da und biß sich auf die Lippen, während der Chor der Showgirls immer lauter wurde. Dann machte er auf dem Absatz kehrt und suchte das Weite.

Inzwischen war auch der Bühnenmanager hinzugekommen und verlangte zu wissen, was los sei. Plötzlich stürmte Sandor in die Garderobe. Er fluchte auf ungarisch und war sichtlich entschlossen, jeden umzubringen, der es wagte, seiner geliebten Francine Schmerz oder Leid zuzufügen. Ihm folgten auf dem Fuße seine Jonglierpartner, zwei stämmige Ungarn wie er selbst.

Das Schreien, Weinen und Fluchen – ganz zu schweigen von den Drohungen, die Yvette und einige andere Showgirls gegen diverse Teile von Gilles Anatomie ausstießen – setzte sich noch eine ganze Weile fort. Aber schließlich legte sich der Aufruhr, und alle wandten sich wieder ihren Vorbereitungen für den bevorstehenden Auftritt zu.

Francine blieb sicherheitshalber bei den Showgirls, und der Manager informierte Gilles davon, daß seine Partnerin nicht in der Verfassung sei aufzutreten und ihre Nummer für den Abend gestrichen war. Auch zögerte er nicht, Gilles eindringlich zu warnen, daß er seinen Vertrag kündigen werde, wenn Gilles noch einmal eine solche Szene heraufbeschwor.

Wie Suzette bereits vermutet hatte, hatte etwas Gravierendes zu der Auseinandersetzung geführt. Francine erklärte stolz den sich schminkenden und trotzdem neugierig lauschenden Showgirls, was sich zugetragen hatte.

Sandor und die beiden anderen Ungarn – sie waren alle Vettern und nannten sich The Magnificent Magyars die *Phantastischen Magyaren* – traten mit einer komplizierten Jongliernummer auf. Sie hatten glänzendes, langes rabenschwarzes Haar und traten in Lendenschurzen mit Tigerfellmuster auf – mit anderen Worten, sie sahen aus wie ein

Trio Tarzane, bis hin zu den Dolchen, die in ihren Gürteln steckten.

Zu Beginn ihres Auftritts stellten sie sich in einem Dreieck auf, und jeder jonglierte für sich: Einer mit Dolchen, der zweite mit afrikanischen Kriegskeulen und der dritte mit weißen Schädeln (Natürlich waren es keine echten Schädel aus Knochen, sondern Holzimitate).

Dann wandten sie sich einander zu und warfen sich die Jongliergegenstände zu, fingen die der anderen auf und warfen sie zurück, das Ganze in solchem Tempo, daß das Publikum einen ungebrochenen Strom von Keulen, Schädeln und blitzenden Dolchen zu sehen glaubte.

Die Jongleure waren überaus geschickt. Noch komplizierter wurde die Nummer, wenn sie zusätzliche Gegenstände hinzunahmen wie Kalebassen, Bananen und kurze Speere, bis die Luft über der Bühne von fliegenden Objekten erfüllt zu sein schien.

Aber jetzt, erklärte Francine, sollte ein noch todesmutigeres Finale in die beliebte Nummer eingebaut werden. Sandor hatte die Angelegenheit mit seinen Vettern besprochen – auf ungarisch. Sie hatten den Handel per Handschlag und mit Schulterklopfen besiegelt, und die Proben hatten bereits begonnen. Bei ihrem neuen Finale wollten sie mit Francine jonglieren.

Sobald der bestehende Vertrag auslief, hieß es *Adieu Gilles* und *Bonjour les Magyars.*

»*Merde alors!*« rief Angélique staunend aus. »Wie kann man denn mit einer Frau jonglieren? Du wirst mit blauen Flecken übersät sein!«

Francine erklärte, daß es nicht viel anders wäre als bei dem akrobatischen Tanz, den sie mit Gilles zusammen aufführte. Die Magyars würden sie über den Kopf heben und von einem zum anderen weiterreichen, sie herumwirbeln, in die Luft werfen und wieder auffangen. Und das alles geschah so schnell, daß es aussah, als würden sie tatsächlich mit ihrem Körper jonglieren.

Francine war erst achtzehn und sah aufgrund ihrer zierlichen Figur und ihres Babygesichts noch jünger aus. Sie hatte kurzes, braunes Haar, spitze kleine Brüste und einen flachen Bauch.

Sandor, der ungarische Jongleur, war ihr erster Liebhaber, und sie war für die Liebe geschaffen wie ein junger Schwan fürs Schwimmen. Die ganze Leidenschaft, die Gilles all die Jahre unterdrückt hatte, war durch Sandor aus ihr hervorgebrochen und strömte nun Tag für Tag, Stunde für Stunde, Nacht für Nacht.

Die Beziehung zwischen Blaise und Suzette war abgekühlt. Er wartete nach den Vorstellungen nicht mehr auf sie, und so ging sie oft auf einen Drink und einen Plausch in eine nahe gelegene Bar, die bei den Künstlern der Folies sehr beliebt war. Angélique traf sich dort mit ihrem Freund, dem unsympathischen, aber wohlhabenden Jean-Pierre.

Am Abend nach der handgreiflichen Auseinandersetzung saßen die drei Ungarn etwas abseits an einem Tisch, schützend um Francine gruppiert.

Einer der Männer, die sich für Suzette interessierten, hatte sich ihr genähert. Er hatte nichts mit den Folies-Bergères zu tun, war aber an den meisten Abenden in der Bar. Er war um die Vierzig, kräftig gebaut und bewegte sich etwas träge, sah aber passabel aus und war gut gekleidet.

Suzette hatte ihm gestattet, mit ihr zu plaudern und ihr sogar einen Pernod auszugeben. Er sagte, er sei Geschäftsmann – aber das sagte jeder. Er war langweilig im Gespräch und redete nur von sich selbst. Um ihn loszuwerden, schenke Suzette ihr strahlendstes Lächeln einem von Miss Hettys Jungs, der allein da saß und einen etwas verlorenen Eindruck machte.

Jasmine übernahm nur zu gern den Geschäftsmann, und Hettys Boy war begeistert, mit seinem Drink neben Suzette Platz nehmen zu können. Es war Anatole, der mit Hetty getanzt hatte, als sie sich auf so grausame Art auf Armand Regences Party über den Gastgeber lustig gemacht hatte.

Sein Spitzname war Bord, und er erzählte Suzette, daß er aus Amiens stamme. Anatole machte einen netten Eindruck; er hatte einen gewissen Charme, wenn er auch nicht sonderlich intelligent zu sein schien. Aber was machte das schon? Sein Aussehen war sein Kapital. Hetty wählte ihre Jungs allein aufgrund ihrer Größe und ihres Körperbaus aus. Wie die anderen war Anatole einen Kopf größer als der Durchschnittsmann, mit Schultern breit wie ein Kleiderschrank und einem Brustkorb vom Umfang eines Weinfasses.

In seinem schicken blauen Jackett und den frisch gebügelten grauen Hosen und mit der gestreiften Krawatte war er ein völlig anderer Mann – ein ganz anderer Mensch als der, den Suzette jeden Abend auf der Bühne sah. Hettys Boys posierten mit schwarzem Zylinder und Lendenschurz aus Leopardenfellimitat und stellten ihren imposanten, glattrasierten Brustkorb und ihre massigen, muskulösen Schenkel zur Schau. Und augenfällige Wölbungen unter dem Leopardenfell.

In ganz normalen Kleidern wirkte Anatole wie ein ganz normaler, wenn auch sehr breitschultriger Mann von fünf- oder sechsundzwanzig, bemüht zu gefallen, aber auch ein wenig schüchtern. Suzette erfuhr schon bald, daß er Miss Hetty abgrundtief haßte.

»Warum bleibst du dann bei ihr?« fragte Suzette.

»Was soll ich denn sonst tun?« entgegnete er. »Bevor ich mit dem Gewichtheben angefangen habe, war ich Automechaniker in Amiens. Bei Miss Hetty verdiene ich weit mehr als Mechaniker.«

Die Frage, die Suzette auf der Zunge brannte, war nicht die, ob Hetty von ihren Jungs verlangte, daß sie mit ihr schliefen – davon gingen alle aus. Vielmehr interessierte sie, ob sie sie nacheinander oder alle zusammen in ihr Bett holte.

Suzette glaubte, wie sie bereits Angélique gegenüber geäußert hatte, daß sie Massenorgien feierten, mit wahnsinnigen multiplen Orgasmen, die sich über Stunden fortsetzten. Aber das war nur eine Vermutung – sie war realistisch genug zu wissen, daß die Wirklichkeit wahrscheinlich weniger amüsant war.

Aber das Thema von Hettys Orgien ließ sich nicht so ganz beiläufig ansprechen. Wenigstens nicht in einer Bar und bei einem Mann, den sie kaum kannte und mit dem sie sich gerade erst zwanzig Minuten unterhalten hatte. Aber wie sich herausstellte, erübrigte sich die Frage. Anatole haßte seine Arbeitgeberin so sehr, daß er ohne hierzu ermutigt zu werden, offen über sie sprach. Suzette lauschte seinem Bericht darüber, was die Jungs unter Hetty zu erleiden hatten, und es gelang ihr kaum, dabei ernst zu bleiben.

Offenbar hatte Suzette sich geirrt – es gab keine Massenorgien auf dem Fußboden. Die Amerikanerin vernaschte die sechs griechischen Götter nicht alle auf einmal. Wäre ihr je dieser Gedanke gekommen, hätte sie ihn als typisch französisch und degeneriert abgetan.

Hetty teilte das Bett nur mit einem Mann pro Nacht – höchstens mit zwei, wenn sie mehr Champagner als üblich getrunken hatte. Und auch dann schlief sie nacheinander mit ihnen, und der erste mußte ihr Zimmer verlassen, bevor der zweite sie liebte.

»Hetty sieht aus wie eine Frau«, erzählte Anatole verächtlich, »aber in ihrem Wesen ist sie ein Mann.«

Als Suzette fragte, was er damit meine, erklärte er ihr, wie Hetty es mit der Liebe halte. Derjenige von den Jungs, den sie zu sich zitiert hatte, traf Hetty nackt und geschminkt an, das gebleichte Haar perfekt frisiert. Ohne ein zärtliches Wort wurde der Betreffende aufgefordert, sie auszuziehen und auf den Rücken zu legen. Um die Wahrheit zu sagen, waren Hettys Männer – es war lächerlich sentimental, sie als Jungs zu bezeichnen – grobschlächtig und mit nicht allzuviel Hirn belastet. Wenn der Auserwählte sich entkleidet hatte, war er vom Anblick ihres nackten Körpers erregt und bereit zum Verkehr.

Hetty hatte ihren Durchbruch ganz allein geschafft – sie

hatte es von Auftritten in schäbigen Spelunken einer drittklassigen amerikanischen Stadt zum internationalen Star gebracht, der in allen Hauptstädten Europas auftrat – vor allem aber in Paris, ihrer absoluten Lieblingsstadt. Und sie vergaß niemals, nicht eine Sekunde, wem sie ihren Erfolg verdankte – sich selbst. Männer waren da, um körperliche Liebe zu praktizieren. Sonst durfte man ihnen keinen Zentimeter entgegenkommen, weil sie dann versuchen würden, gleich einen Kilometer zu beanspruchen. Sogar Hettys Agent war eine Frau.

Kein Mann durfte sich auf sie legen und ihren Körper zu seiner eigenen Befriedigung benutzen. Sie setzte sich auf ihren Partner und führte sein steifes Glied in sich ein. Von da an kam es nur noch darauf an, ob sie schnell oder langsam zum Orgasmus kommen wollte – sie entschied das ganz allein nach ihren jeweiligen Gefühlen.

Manchmal trug sie beim Geschlechtsakt mit einem der Jungs einen Pelzmantel, einen edlen schwarzen Zobel oder einen bodenlangen hellen Nerz, der vorn aufklaffte und ihren Körper entblößte. Diese Pelzmäntel waren die Früchte ihrer Arbeit, Symbole dessen, was sie erreicht hatte. Und ebenso war der muskulöse Mann zwischen ihren Schenkeln eine egoistische Trophäe ihres Erfolges.

Sie war Miss Hetty, Sängerin und internationaler Star, und es gefiel ihr, sich selbst jeden Tag von neuem daran zu erinnern.

Wenn sie besonders triumphierender und euphorischer Laune war – beispielsweise, wenn der Applaus am Abend lauter und anhaltender gewesen war als gewöhnlich, vielleicht sogar durchsetzt mit Bravorufen und *encores* –, nun, an Abenden wie diesen nahm sie, sobald sie im Hotel war, einen ihrer Boys und befriedigte ihre Lust bis in die Ekstase hinein.

Auch wenn sie müde war, war sie nicht gewillt, auf Sex vor dem Einschlafen zu verzichten. Bei diesen Gelegenheiten bewegte sie sich sehr langsam, nicht auf und ab, sondern ließ die Hüften kreisen wie eine Bauchtänzerin.

Auf diese Art konnte sie sich selbst erregen und den Orgasmus zwanzig Minuten oder eine halbe Stunde hinauszögern, manchmal auch länger.

Die Männer fürchteten diese Nächte. Wenn sie zu früh ejakulierten, bevor Hetty soweit war, wurde sie fuchsteufelswild. Ihr verträumtes Auf und Ab wurde abrupt unterbrochen, sie brüllte, schrie und beschimpfte ihn aufs Übelste, betitelte ihn als Nichtsnutz und Schwächling.

Der Versager wurde fortgeschickt und mußte schnellstens jemand anderes zu ihr schicken. Aber schon am Abend holte sie sich wieder den ins Bett, der in der vorangegangenen Nacht versagt hatte, um zu sehen, ob er seine Lektion in Selbstkontrolle gelernt hatte. Wenn jemand Hetty zweimal hintereinander enttäuschte, war das das Ende seiner Bühnenkarriere, dann war er draußen.

Es war nicht schwer, jemanden zu ersetzen, der Hettys persönlichen Anforderungen nicht genügte – in den Sportklubs und billigen Fitneßzentren der Pariser Vororte wimmelte es von kräftigen jungen Männern, die sich leicht von ihrem öden Zuhause und ihren langweiligen Jobs weglocken ließen. Das Versprechen einer Karriere im Showbusineß wirkte Wunder.

Tatsächlich glaubte die Truppe manchmal, daß Hetty den einen oder anderen von ihnen absichtlich über Gebühr strapazierte, indem sie ihren Orgasmus über jedes männliche Durchhaltevermögen hinauszögerte, um den Unglücklichen dann unehrenhaft zu entlassen und sich das Vergnügen zu gönnen, unter drei oder vier vielversprechenden Kandidaten einen Nachfolger auszuwählen.

Verständlicherweise mußte Suzette an sich halten, um angesichts dieser Farce nicht in Wut auszubrechen. Das Ganze war empörender, als sie sich je hätte vorstellen können! Aber Anatole klang so unglücklich, blickte mit solch traurigem Hundeblick drein, daß sie ihren Zorn unterdrückte.

Vielleicht war es dieser Hundeblick – eines Hündchens mit seelenvollen braunen Augen, das mindestens hundert

Kilo Lebendgewicht auf die Waage brachte, nur Muskeln und Knochen wohlgemerkt –, der Suzette bewog, Anatole an diesem Abend mit nach Hause zu nehmen. »Sofern du frei bist«, fügte sie mit ernstem Gesicht hinzu. Er versicherte ihr eifrig, daß er in dieser Nacht nicht gefragt sei.

Als sie in der Rue de Rome eintrafen und die Treppe hinaufstiegen, war die Wohnung dunkel und still. Gaby war mit Lucien aus. In Suzettes Schlafzimmer wurde Anatole *distrait*, und Suzette glaubte zu wissen, was ihm durch den Kopf ging. Er fragte sich, ob er in dieser Nacht ein gleichberechtigter Partner sein durfte oder ob sie von ihm erwartete, daß er sich auf den Rücken legte wie bei Miss Hetty.

Er zog sein blaues Jackett aus, setzte sich auf das Bett und beobachtete Suzette abwartend und stumm aus seinen braunen Augen.

Sie trat vor ihn und streichelte sein Gesicht, fuhr mit den Fingern durch sein Haar. Er legte eine Hand auf ihr Bein, anfangs noch zögernd, ließ sie jedoch, als er mutiger wurde, an ihrem Schenkel hinauf unter ihren Rock gleiten. Während ihrer Unterhaltung in der Bar war ihr aufgefallen, daß er an den Fingernägeln kaute – vielleicht eine Reaktion auf den Frust und den Druck, den die Forderungen der Amerikanerin schufen.

Armer Anatole – seine Nägel waren bis zum Rand abgenagt. Als er schließlich den Mut faßte, die Hand unter ihren Slip zu schieben und die nackte Haut zwischen ihren Schenkeln zu streicheln, kam es Suzette vor, als würde sie nicht eine Hand streicheln, sondern als würden vier Liebhaber gleichzeitig spürbar sein.

Bei diesem Gedanken mußte sie lächeln, aber Anatole hatte inzwischen den Kopf an ihren Bauch gelegt und konnte ihren Gesichtsausdruck nicht sehen. Und jetzt, wo der Mut wuchs, daß er der Mann war und auch die Führung übernehmen durfte, fiel die Nervosität vollends von ihm ab.

Er zog Suzette auf seinen Schoß, seine Hand zwischen

ihren Schenkeln, jetzt gar nicht mehr schüchtern. Er küßte sie auf den Mund, während er sie so gründlich ertastete, als hätte er noch nie eine Frau berührt. Er legte sie auf das Bett und streckte seinen massigen Körper neben ihr aus.

Suzette lächelte ihn an, während er sie auszog. Sie trug nichts Besonderes, da sie eigentlich geplant hatte, nach der Vorstellung allein nach Hause zu gehen, nur eine lilafarbene Wickelbluse mit zwei Reihen Goldknöpfen und dazu einen schlichten schwarzen Rock.

Anatole ließ sich Zeit damit, sie zu entkleiden. Seine Hände fuhren ohne Pause über ihre Brüste und unter sie, über ihre Hüften, ihren Po und ihren Bauch. Sie fühlte, wie ihr Körper auf die Berührungen reagierte und begann zu zittern vor Verlangen.

Sie glaubte zu verstehen, was in ihm vorging. Miss Hetty gestattete ihren Jungs niemals, sie anzufassen. Anatole und die anderen mußten während des Geschlechtsaktes die Hände flach auf dem Bett liegen lassen. Hetty allein war es, die berührte und ertastete. Anatole genoß es nun, eine Frau berühren zu dürfen, und erforschte ausgiebig jeden Zentimeter ihres Körpers.

Er war so begeistert bei der Sache, daß er ihr einen ersten Orgasmus bescherte, ohne sich dessen bewußt zu sein. Er starrte sie perplex an, als sie stöhnte und sich wand, sich aufbäumte und ihr Bauch sich vor Wonne zusammenzog. Als er begriff, was los war, war er nicht mehr zu halten – er riß sich sofort die Kleider vom Leib.

Suzette betrachtete staunend den athletischen Körper vor ihr. Anatoles Schultern waren breit und stark genug, ein großes Automobil zu stemmen, seine Oberarmmuskeln standen prall hervor wie Fußbälle, und sein Brustkorb hatte Kleiderschrankausmaße. Und diese ganze geballte Kraft ruhte auf einer schmalen Taille über einem flachen Waschbrettbauch.

Seine massigen Schenkel waren dick wie Baumstämme. Dort, wo sie sich vereinten, ragte inmitten eines Büschels dunkler Haare der Teil von ihm in die Höhe, der in diesem

Augenblick am wichtigsten war. Sein Glied war von durchschnittlicher Größe; die künstliche Entwicklung seines Körpers hatte an dieser Stelle haltgemacht.

Tatsächlich war sie nach ihrer Bekanntschaft mit Blaise geneigt zu behaupten, daß zuviel ebenso unbefriedigend war wie zuwenig. Aber unter Anatoles riesigem, schwerem Körper begraben zu werden, das war wunderbar aufregend! Sein Gewicht nagelte sie auf die Matratze, so daß sie unfähig war sich zu rühren und ihm völlig ausgeliefert erschien. Das Gefühl war so erregend, daß es ihr fast sofort einen zweiten Höhepunkt bescherte.

Es fühlte sich göttlich an, als er sein durchschnittlich großes Glied tief in sie gleiten ließ. Sie spreizte die Beine weiter und schnappte in unerträglicher Wonne nach Luft, als sie ihn in sich spürte.

Wie gut es tat, unter einem Mann zu liegen und seine kraftvollen Stöße zu fühlen! Wie unbeschreiblich schön es war, zu fühlen, wie sein harter Schaft sich wieder und wieder in sie hinein schob. Sie spürte, wie ein dritter Orgasmus sich ankündigte, wie eine Explosion aus goldgelbem Licht.

Sie versuchte, Bauch und Unterleib anzuheben, um Anatole noch tiefer in sich aufzunehmen, aber er war zu schwer. Sie konnte nur mit den Fersen auf die Matratze trommeln, während er sie keuchend liebte. Als die Anspannung sich plötzlich entlud, öffnete sie den Mund, um zu schreien, aber die Ekstase wurde so überwältigend, daß sie statt dessen schluchzte.

Anatoles Orgasmus war kurz, aber laut. Er stöhnte und wimmerte, schlug mit Fäusten groß wie Wassermelonen auf das Bett, daß die Bettfedern protestierten. Als er fertig war, rollte er sich von ihr und lag ermattet und ruhig da.

Suzette holte tief Luft, nachdem sie von seinem drückenden Gewicht befreit war. Sie legte die Hände um die Brüste, um sich davon zu überzeugen, daß er sie nicht flachgedrückt hatte.

Unwillkürlich dachte sie an Miss Hetty. Diese mochte ja ein internationaler Star sein, aber Suzette beabsichtigte, eines Tages ein noch größerer Star zu sein als sie. Was für ein riesiges Gefühl würde das sein?

Luciens Schwester

Nachdem sie Lucien zwei Abende in Folge nicht zu Gesicht bekommen hatte, rief Gaby ihn nach der Vorstellung im Cabaret Mouchard an. Das heißt, sie wählte die Nummer seiner Wohnung – aber es meldete sich niemand. Nach dem Mittagessen versuchte sie es erneut und ein drittes Mal am Abend. Es klingelte und klingelte, aber niemand nahm ab.

Sie wußte, daß Lucien tagsüber nur sehr selten zu Hause war, aber auch um Mitternacht konnte sie ihn nicht erreichen. Sie sprach mit Suzette über seine Abwesenheit und fragte ihre Freundin, was sie vom Schweigen eines Mannes hielt, der sich so verliebt gezeigt hatte.

Suzette zuckte die Achseln und meinte, er wäre vielleicht verhaftet worden. Sie riet Gaby, die Polizei anzurufen und nachzufragen, ob er hinter schwedischen Gardinen saß.

Als sie sah, wie betroffen Gaby dreinblickte, umarmte sie sie und legte die Wange an ihre. »Er wird dir eine Nachricht schicken«, sagte sie. »Er ist bestimmt nur ein oder zwei Tage geschäftlich unterwegs.«

»Was, wenn er verletzt oder krank und hilflos in seiner Wohnung liegt?« entgegnete Gaby. »Ich habe keine Ruhe, ehe ich nicht nachgesehen habe.«

Diese Unterhaltung fand um ein Uhr früh statt, nachdem die Freundinnen von der Arbeit heimgekommen waren und Gaby erneut vergeblich versucht hatte, Lucien zu erreichen.

»Warte bis morgen früh«, sagte Suzette beschwichtigend. »Und wenn du willst, begleite ich dich.«

»Nein, so lange kann ich nicht warten. Ich fahre gleich hin.«

»*Chérie* – es ist niemand da, das hat sich doch gerade

herausgestellt. Warum um diese nachtschlafende Zeit quer durch Paris hetzen? Das ist doch sinnlos.«

Sinnlos oder nicht, Gaby ließ sich nicht umstimmen. Sie zog einen leichten Regenmantel über und versicherte sich, daß sie genug Geld für ein Taxi bei sich hatte. Suzette seufzte ergeben und schlüpfte wider in ihre Schuhe, um ihre Freundin auf dieser Fahrt zu begleiten, die sie als idiotisch betrachtete. Gaby drückte ihr einen Kuß auf die Wange und bestand darauf, daß sie zu Bett ging.

Sie diskutierten eine Weile, aber letztendlich ließ Suzette sich überreden, zu Hause zu bleiben, während Gaby zu Lucien fuhr, um zu sehen, ob er inzwischen wieder aufgetaucht war oder eine Nachricht beim Concierge hinterlassen hatte. Oder nach einer Prügelei mit rivalisierenden Gangstern mit gebrochenen Knochen im Bett lag. Oder wohlauf war und seine sonderbaren Spielchen mit Seidenschlüpfern und glänzenden Schuhen mit einer anderen Frau spielte.

Suzette, die ja keine besonders hohe Meinung von Lucien hatte, vermutete letzteres. Gaby hielt es ebenfalls nicht für ausgeschlossen, aber keine der Frauen sprach den Verdacht laut aus. So waren die Männer eben. Sie begehrten einen ein oder zwei Monate lang jeden Tag, schenkten einem Blumen und Parfum, führten einen zum Mittagessen, Abendessen und Tanzen aus, und dann …

Sie sagten, daß sie einen anbeteten, und wollten immerfort Sex. Sie befummelten einen im Taxi und im Kino, küßten einem die Füße, streichelten einem den Po – und dann, eines Tages, waren sie plötzlich wie vom Erdboden verschluckt. Keine Anrufe, Blumen und Einladungen mehr. Sie hatten eine andere kennengelernt, so einfach war das.

Natürlich brach es einem das Herz, wenn es zum erstenmal passierte, aber beim zweitenmal schmerzte es schon weniger. Von da an bargen Männer und ihre Motivationen kein Geheimnis mehr, konnten einen nicht mehr überraschen, es sei denn, sie liebten einen wirklich. Und das wiederum konnte sich zuweilen als überaus lästig erweisen.

Suzette war zweiundzwanzig und Gaby gleichaltrig. Die beiden jungen Frauen wußten bestens über Männer und ihre Gewohnheiten Bescheid. Aber diesmal sah es aus, als erwarteten Gaby Probleme wegen eines Kriminellen, den sie ihren kleinen Fetischisten nannte. Es sah aus, als hätte er eine neue Spielgefährtin gefunden. Wenigstens argwöhnte Suzette dies, als sie zu Bett ging und das Licht ausknipste.

Gaby hatte in der Zeit, seit sie zusammengezogen waren, kein Glück mit Männern gehabt. Es hatte einen Rechtsanwalt gegeben, Claude Ronsard, einen gutaussehenden Mann mit einem schmalen, schwarzen Schnauzer wie ein Filmstar aus alten Zeiten. Er liebte Gaby über alles – behauptete er. Er überschüttete sie mit Geschenken und verbrachte mit ihr Wochenenden in Luxushotels an der Côte d'Azur.

Außerdem machte er gräßliche Szenen an der Wohnungstür, wenn er Gaby einmal nicht zu Hause antraf.

Er war eitel und eifersüchtig und führte sich auf wie ein Idiot. Mehr als einmal hatte er sich, nachdem er zehn Minuten getobt und gebrüllt hatte, an Suzettes Schulter ausgeweint. Er flehte sie an, ihm zu verraten, warum Gaby ihn so grausam und herzlos quälte – warum er von einer Frau gefoltert wurde, die er wahnsinnig liebte.

Er schwor, daß er seine Frau verlassen würde, wenn Gaby einwilligte, mit ihm zusammenzuziehen. Wenn sie ihn abwies, würde er sich in die Seine stürzen und ertränken. Und so weiter und so fort – diese dramatischen Liebeserklärungen waren so fesselnd wie Szenen aus einem Theaterstück der Comédie Française. Wenn er sich dann nach fünfzehn oder zwanzig Minuten dramatischen Deklamierens wieder beruhigt hatte, versuchte er, Suzettes Brüste zu begrabschen.

In Suzettes Augen war es ein Glück, daß Claude seine junge Frau ungewollt schwängerte und aus Gabys Leben verschwand – ein Glück für Gaby und für sie selbst. Nicht daß Claude der schlimmste von Gabys Liebhabern gewesen wäre. Vor ihm war sie mit einem Verrückten namens Raymond, einem Rotschopf, der sich völlig unverständlich ausdrückte, liiert gewesen, der bei ihnen hatte einziehen wollen.

Raymond war ein Fünfmal-am-Tag-Mann, wie er jeder Frau gegenüber prahlte, auch völlig Fremden in irgendwelchen Bars.

»Ist bei ihm vielleicht eine Schraube locker?« fragte Suzette und tippte sich mit hochgezogener Braue an die Stirn.

»Es ist aus Lyon; das ist eben seine Art«, entgegnete Gaby achselzuckend. »Er hat ständig eine Erektion.«

»Fünfmal am Tag?«

»Nicht jeden Tag«, gab Gaby zu.

Und vor dem verrückten Raymond ... noch während Suzette die lange Liste von Gabys unglücklichen Beziehungen Revue passieren ließ, schlief sie ein.

Derweil marschierte Gaby zügig von der Wohnung in Richtung Gare St. Lazare zum nächsten Taxistand und war kurz darauf auf dem Weg zum Boulevard de Magenta.

Auf ihr Klingeln rührte sich nichts, aber nur für den Fall, daß er schlief oder aus irgendeinem anderen Grund im Bett lag, klopfte sie laut und wartete. Nach einer Weile hörte sie in der Wohnung Schritte und klopfte erneut ungeduldig.

Die Tür öffnete sich langsam, und Gaby sah ihre Befürchtungen bestätigt, als sie sah, wer vor ihr stand – nicht Lucien, sondern eine kraushaarige Frau. Sie war um die Dreißig und trug Luciens roten Seidenmorgenmantel. Der Gürtel war nicht zugeknotet, und der Mantel klaffte vorn auf. Gaby sah, daß die Frau darunter nichts anhatte.

»Wer sind Sie denn, daß sie mitten in der Nacht solchen

Lärm machen? Was wollen Sie?« beschwerte sie sich verschlafen.

»Also, das ist doch die Krönung!« rief Gaby aus.

Sie stellte sich Lucien im Bett vor, wie er, zu faul, selbst aufzustehen, seine neue Freundin zur Tür schickte! Mit zornsprühenden Augen legte Gaby einen Hand auf die Tür und stieß sie weit auf, wobei sie die verdutzte Frau im Morgenmantel beinahe umwarf. Sie schob sich an ihr vorbei und stürmte durch die Wohnung zum Schlafzimmer, wütend genug, Lucien die Augen auszukratzen.

Die Schlafzimmertür stand offen. Gaby knallte sie gegen die Wand, den Mund bereits offen, um den kleinen Kriminellen wüst zu beschimpfen. Aber das Bett war leer und nur auf einer Seite aufgedeckt, dort wo die kraushaarige Frau gelegen hatte, bis sie aufgestanden war, um zu öffnen. Die andere Seite war unberührt – also keinesfalls Schauplatz leidenschaftlicher Liebesspiele gewesen.

Hierzu benutzte Lucien sein Bett allerdings ohnehin nur selten. Ein Liebesakt in der Horizontalen war nicht sein Ding. Aber auf dem Teppich waren auch keine Schuhe aufgereiht. Nirgends waren Kleidungsstücke von ihm zu sehen – nur ein weißer Büstenhalter, ein einfacher weißer Slip und ein gelbgestreiftes Kleid lagen über einem Stuhl.

Die Frau in Luciens Morgenrock war ihr durch die Wohnung gefolgt und stand nun hinter ihr.

»Wo ist Lucien?« fragte Gaby, das hübsche Gesicht gerötet.

»Sie müssen seine Freundin sein«, entgegnete die fremde Frau. »Gaby, richtig?«

»Und wer sind Sie, wenn ich fragen darf?«

»Ich bin seine Schwester Marcelle.«

Gaby musterte sie eindringlich und mißtrauisch, völlig verwirrt. Lucien hatte nie eine Schwester erwähnt, aber andererseits hatte er nie von seiner Familie gesprochen, weder von seiner Mutter noch von seinem Vater. Er hatte nicht einmal erzählt, wo er geboren war. Aus seinem Akzent hatte Gaby geschlossen, daß er in Paris geboren und aufgewachsen war, aber diese Vermutung hatte er nie bestätigt. Durchaus möglich, daß er zehn Geschwister hatte.

Andererseits waren jene Bekannten von ihm, denen sie begegnet war, nicht eben gesetzestreue Bürger gewesen, die ihre Steuern zahlten und in der Regel die Wahrheit sagten. Nur weil diese Frau behauptete, Luciens Schwester zu sein, brauchte das noch lange nicht zu stimmen. Gaby konnte jedenfalls keine Ähnlichkeit feststellen.

Lucien hatte dunkelbraunes welliges Haar, während Marcelles hellbraun und kraus war. Seine Augen waren dunkelbraun, ihre dunkelblau! Er hatte ein markantes Kinn und ein ovales Gesicht, sie hingegen ein rundes, breites Gesicht. Er war kleiner als der Durchschnitt, während diese Frau beinahe so groß war wie Gaby.

»Wenn sie wirklich seine Schwester sind, sehen Sie ihm aber überhaupt nicht ähnlich.«

»Das sagt Papa auch immer«, entgegnete Marcelle und zuckte unter dem Seidenmorgenrock mit dürren Schultern. »Aber er ist ein mißtrauischer Mann, und Mama war als junge Frau etwas flatterhaft. Denken Sie, was Sie wollen. Weder Lucien noch ich haben die geringste Ähnlichkeit mit unserem alten Herrn. Kommen Sie, setzen Sie sich. Trinken wir etwas und unterhalten wir uns.«

Da es albern gewesen wäre, neben dem leeren Bett stehenzubleiben, folgte Gaby Marcelle ins Wohnzimmer. Sie legte ihren Regenmantel über einen Stuhl und setzte sich unaufgefordert auf einen anderen, um Marcelle zu demonstrieren, daß sie als Luciens Freundin hier Gewohnheitsrechte hatte.

»Wo ist Lucien?« fragte sie erneut. »Können Sie mir das sagen?«

Marcelle schenkte teuren Cognac in zwei Schwenker.

»Noch haben Sie mir nicht gesagt, wer Sie sind«, bemerkte sie.

»Gabrielle Demaine, und ich bin eng mit Lucien befreundet. Reicht Ihnen das, Mademoiselle Cluny, sofern Sie so heißen.«

»Ich heiße nicht so«, erwiderte Marcelle sanft und reichte Gaby einen Cognacschwenker. »Mein Name ist Marcelle Legrand. Und Lucien heißt ebensowenig Cluny – das ist nur ein Name, den er für seine Geschäfte benutzt. Aber ich nehme an, daß Sie das bereits vermutet haben.«

Ist Legrand Ihr Mädchenname?«

»Nein.«

Marcelle beschränkte sich auf dieses schlichte Nein, ohne ihren – und Luciens – Geburtsnamen zu erwähnen.

»Und was ist mit Marcelle?« fragte Gaby. »Ist das Ihr richtiger Vorname, oder haben sie sich umbenannt?«

»Ich habe den Namen selbst ausgesucht. Er gefällt mir viel besser als der, auf den ich getauft wurde.«

Sie nippte an Luciens hervorragendem Cognac und wartete.

Diese Schwester, sofern sie wirklich eine war, ließ sich nicht drängen, soviel stand fest. Sie würde sich Zeit lassen, das zu erzählen, was eine Freundin von Lucien Ihrer Ansicht nach wissen sollte.

»Sie sind Tänzerin. Er hat mir von Ihnen erzählt«, sagte Marcelle. »Ich dachte mir, daß Sie vielleicht herkommen würden.«

»Ich habe ein Dutzend Male angerufen – es hat niemand abgenommen.«

»Dann waren Sie das vor einer halben Stunde? Ich war gerade im Bad. Ich bin erst heute abend eingetroffen und wäre gar nicht hier, wenn Lucien mich nicht gebeten hätte, vorbeizuschauen, um einige Unterlagen zu vernichten … aber egal. Jedenfalls ich bin jetzt da.«

Bei diesen Worten ließ Marcelle sich auf das beigefarbene Sofa Gaby gegenüber fallen und streifte sich die Pantoffeln von den Füßen. Der rote Morgenrock klaffte wieder auf. Sie hatte die Beine gespreizt, und ihr Bauch und ihre lockigen, hellbraunen Schamhaare waren entblößt. Gaby war es gewohnt, tagtäglich in der Garderobe nackte Frauen um sich zu haben, so daß sie Marcelles Aufzug und Pose nicht weiter registrierte oder beachtete.

»Wo ist Lucien?« wiederholte sie ungeduldig.

»Er mußte fort, Gaby. Ich bin sicher, daß Sie das verstehen. Man war ihm auf den Fersen, aber er hat noch rechtzeitig Wind davon bekommen.«

»Wer war ihm auf den Fersen?«

»Die Polizei, wer sonst? Er macht Urlaub, bis Gras über die Sache gewachsen ist. In sechs Monaten ist er wieder da, Sie werden sehen. Spätestens in einem Jahr, wenn er Pech hat und seine Beziehungen nicht so gut sind, wie er glaubt.«

»Dieser Urlaub – verbringt er den im Ausland?«

»Das hat er mir nicht gesagt. Er hat etwas für Sie dagelassen.« Marcelle stand auf. Der Morgenrock umschmeichelte ihren Körper, ohne etwas zu verbergen. Ihre Brüste waren klein und eher weich als fest. Sie ging barfuß ins Schlafzimmer und kam eine Minute später mit einem dicken Umschlag in der Hand zurück.

»Lucien ist sehr redegewandt, aber schreibfaul«, erklärte sie mit einem freundlichen Lächeln. »Er hat mich gebeten, Ihnen das hier auszuhändigen und Ihnen zu bestellen, daß er sie anbetet und vermissen wird.«

Sie setzte sich auf die Armlehne von Gabys Sessel und reichte ihr den großen Umschlag. Gaby wog ihn in der Hand und ahnte, was er enthielt.

»Machen Sie ihn auf«, forderte Marcelle sie auf.

Der Umschlag enthielt ein Bündel Banknoten, das von einem Gummiband zusammengehalten wurde. Gaby blätterte die Scheine durch und erkannte, daß es sich um eine beträchtliche Summe handelte.

»Ich weiß gar nicht, was ich sagen soll – ich will das nicht«, sagte sie.

»Behalten Sie's oder geben Sie es aus«, riet ihr Marcelle. »Lucien hat es nur gut gemeint.«

»Womit verdient Lucien eigentlich genau sein Geld?«

»Es liegt nicht bei mir, Ihnen von seinen Geschäften zu erzählen, wenn er es nicht selbst getan hat. Das Geld gehört Ihnen, und Sie können damit tun, was Sie wollen – spenden Sie es für einen guten Zweck, wenn Sie möchten. Und übrigens, er sagte, ich solle Sie für ihn küssen.«

Gaby lächelte und hielt Marcelle die Wange hin. Aber Marcelle beugte sich vor und bedeckte Gabys Mund mit ihren Lippen in einem langen leidenschaftlichen Kuß. Gaby war perplex. Als der Kuß sich fortsetzte und Marcelles Zungenspitze sich sanft zwischen Gabys Lippen schob, stiegen widerstreitende Gefühle in ihr auf.

Aber sie waren keineswegs unangenehm, diese Gefühle, verwirrend in einer aufregenden Art, und so ließ sie Marcelle gewähren. Dann waren Marcelles Lippen auf ihrem Hals, und ihre Hand glitt unter Gabys hübschen blauen Pullover, um durch den dünnen Stoff ihres Satinbüstenhalters hindurch ihre Brüste zu streicheln.

»O nein«, murmelte Gaby und brach den Kuß ab, der nicht mehr enden zu wollen schien.

Aber tatsächlich war ihr Nein nicht sehr überzeugend, und dessen war sie sich selbst sehr wohl bewußt. Marcelle stellte keine Bedrohung dar; sie war lästig und doch auch verführerisch. Gabys Nein bedeutete nicht wirklich: *Das ist unerträglich – hören Sie sofort auf damit.*

Viel eher bedeutete es: *Das, was Sie da tun, ist für mich neu und überraschend – aber vielleicht könnte es ganz angenehm sein.*

Tatsächlich hatte Gaby, ohne sich bewußt entschieden zu haben, bereits beschlossen, dieser seltsamen Begegnung noch eine Weile ihren Lauf zu lassen, allerdings nur so lange, wie sie sie als angenehm empfand. Sobald sie sich abgestoßen fühlte, würde sie Marcelle fortstoßen und ihr Einhalt gebieten. Und sie würde Marcelle unverblümt sagen, was sie von ihrem beleidigenden und perversen Benehmen hielt.

Marcelle hatte die Häkchen ihres BHs geöffnet und schob ihn nach oben, damit er sie nicht weiter störte. Nun zog sie den Pullover hoch, um Gabys entzückende Brüste zu entblößen, beugte sich hinab, küßte sie und liebkoste ihre Brustwarzen mit der Zunge. Ihre Zärtlichkeiten waren so erregend, daß Gaby regelrecht überwältigt war. Sie lehnte sich in dem Sessel zurück und ließ Marcelle gewähren.

Es war unglaublich. Sie war hergekommen, weil sie Lucien hatte sehen wollen, um den sie sich sorgte. Wäre er allein hiergewesen, hätte sie ihm die Leviten gelesen, daß er einfach so, kommentarlos drei Tage verschwunden war. Dann hätte sie ihm verziehen und eines seiner kleinen Fetischspielchen mit ihm gespielt.

Sie saß in demselben Sessel, in dem Lucien bei ihrem Spiel mit dem knappen schwarzen Seidenslip gesessen hatte. Sie war nackt vor ihm auf und ab gegangen, und er hatte die Finger in das Polster gekrallt und sein Gesicht hatte sich immer dunkler gefärbt, während er ihren wunderschönen schlanken Körper betrachtet hatte, das Schwingen ihrer Brüste und den Schwung ihres Pos. Gaby kam plötzlich ein merkwürdiger Gedanke – war es möglich, daß derselbe Anblick bei Luciens Schwester das gleiche rasende Verlangen weckte? Bei Lucien reichte der Druck einer Schuhsohle aus, ihn zur Ekstase zu bringen – was würde es bei Marcelle brauchen?

Aber das waren nur durcheinanderwirbelnde Bilder, die von ihrer starken Lust hervorgerufen wurden. Marcelles Hand befand sich nun unter Gabys Rock, schob sich ihre Schenkel hinauf und unter ihren Slip. Die Art, wie sie Gaby dort streichelte, war unbeschreiblich erregend.

»Gaby, Gaby, Gaby«, murmelte sie und küßte sie durch das lange silberblonde Haar auf das Ohr. »Du bist so schön, *chérie*, so wunderschön.«

Gleich darauf kniete sie sich vor Gaby, streifte den roten Seidenmorgenrock ab und zeigte sich ihr völlig nackt. Sie schob Gabys lange Tänzerinnenbeine weit auseinander und legte eine Hand auf den blonden Flaum zwischen ihren nackten Schenkeln. Für Gaby fühlte es sich exakt so an, als würde Lucien sie befriedigen. Sie spreizte die Schenkel noch weiter und gab sich in einem Akt verwunderten Nachgebens Marcelle hin.

Das ist absurd, sagte sie sich. *Ich bin gekommen, um meinen Freund zu suchen und finde eine lesbische Frau. Was ist das hier eigentlich für eine Komödie?*

Erst vor wenigen Tagen hatte Lucien mit weit gespreizten Beinen auf eben diesem Sessel gesessen.

Armer kleiner Lucien, dachte sie fieberhaft, er ist weggelaufen und kann nicht mehr mit mir spielen.

Marcelles Liebkosungen raubten ihr die Sinne, ihr brünetter Kopf unten zwischen ihren gespreizten Schenkeln. Gaby schrie auf und bäumte sich in den beigefarbenen Sessel auf, als ein feuriger Strom ihren Bauch durchströmte und sie kopfüber in Ekstase stürzte. Das war zuviel, zuviel! Es dauerte und dauerte, und sie schluchzte vor Wonne. Es war unerträglich, sie wollte, daß es aufhörte und wollte gleichzeitig, daß es ewig dauerte.

Endlich verebbten die Wellen, die Gaby geschüttelt hatten. Ihr Bauch bebte, und ihre Beine zitterten noch, als sie sie ausstreckte und keuchend mehrmals tief Luft holte.

Marcelle richtete sich auf, lächelte Gaby zu und legte sich dann auf sie, Bauch auf Bauch, Brüste an Brüste und Wange an Wange geschmiegt. Ihre langen Finger fuhren durch Gabys Haar und strichen ihr die feuchten Strähnen aus dem Gesicht.

»Ich habe die vielen Schuhe im Schrank gesehen«, sagte sie. »Sie sind für Luciens Spielchen gedacht, nehme ich an?«

Gaby nickte, zuckte die Achseln und sagte, daß sie gern noch etwas zu trinken hätte. Marcelle schlug vor, daß sie die Flasche Cognac mit ins Schlafzimmer nehmen und es sich dort gemütlich machen sollten. Warum nicht? dachte Gaby. Die Liebe unter Frauen mußte noch viel mehr zu bieten haben.

Gemeinsam schlüpften sie nackt in Luciens Bett, dieses geschmacklose Möbel mit einem Kopfende aus rosafarbenem Samt mit einer Verzierung aus großen, goldenen Hengsten. Sie lehnten sich bequem in die Kissen. Gaby hielt die Gläser, und Marcelle schenkte den Cognac ein. Sie prosteten sich zu und lachten.

»*Mon Dieu!* Wenn Lucien mich jetzt sehen könnte!« sagte Gaby. »Im Bett mit seiner eigenen Schwester, splitternackt! Und den Kopf voller Phantasien, was jetzt noch alles kommen kann!«

»Nun, er hat ja selbst eine Schwäche für Ausgefallenes«, entgegnete Marcelle. »Erzähl mir von den Schuhen, Gaby, ich sterbe vor Neugier. Er war schon immer scharf auf Frauenunterwäsche, schon als kleiner Junge. Er lungerte in den Geschäften herum und starrte die Dessous an, bis er eine gescheuert bekam und rausflog.«

»Er treibt sich immer noch in den Dessousabteilungen großer Kaufhäuser herum und starrt, aber heute fängt er sich keine ein. Das macht das viele Geld, und er kauft, wonach ihm der Sinn steht. Das gleiche gilt für Schuhe.«

»Er trägt sie selbst?« fragte Marcelle, und kuschelte sich näher an Gaby, bis ihre Schultern sich berührten. Die Fingernägel der Hand, die auf Gabys Schenkel ruhte, waren in leuchtendem Pink lackiert. Gaby bemerkte einen Ring mit mehreren Diamanten, der ihr zuvor nicht aufgefallen war.

»Verlobt? Verheiratet?« fragte Gaby.

Sie nahm die Hand und hob sie vors Gesicht, um den Ring aus der Nähe betrachten zu können. Die Hand schloß sich in einer zärtlichen Geste fest um ihre Finger, Marcelle erwiderte: »Weder noch, nur ein Souvenir. Und jetzt erzähl mir endlich von Luciens Schuhen.«

Und so erzählte Gaby ihr von dem Spiel mit den Schuhen im Schlafzimmer und davon, wie Lucien sich bäuchlings auf den Fußboden legte und die neuen Schuhe küßte, bevor seine Lippen an ihren Beinen hinauf bis zu ihrem Seidenslip wanderten.

»Er ist schon ein komischer Kauz, mein lieber Bruder«, sagte Marcelle kopfschüttelnd. »Aber man muß ihn einfach gern haben.

»Ich mag ihn sehr«, sagte Gaby.

»Und er ist ganz verrückt nach dir, das hat er mir selbst gesagt.«

Die Hand auf Gabys schlankem Schenkel bewegte sich. Sie kroch zu ihrem Bauch hinauf und streichelte genüßlich die samtweiche Haut. Dann begannen die rotlackierten Fingernägel, zart über Gabys Bauch zu kratzen. Gaby schnappte nach Luft, und ein wohliger Schauer durchlief ihren Körper. Die Hand wanderte von ihrem Bauch höher zu ihren Brüsten und über ihre rosigen Brustwarzen, die verhärtet waren und vorstanden wie feste, kleine Beeren.

Die Nägel glitten wieder abwärts zu Gabys Bauch, zur Innenseite ihrer Schenkel. Jede Stelle, die mit Marcelles Fingernägeln in Berührung kam, schien unter der Liebkosung zum Leben zu erwachen.

Marcelle lächelte leise – sie wußte, welchen Effekt das Streicheln auf Gaby hatte. Marcelle fühlte, wie Gabys Lust wuchs, aber sie wollte den Orgasmus hinauszögern, Gaby keuchend und sich windend warten lassen, bis sie entschied, daß der richtige Augenblick gekommen war.

»Du hast einen wunderschönen Körper, Gaby«, murmelte sie. »Lucien hat großes Glück gehabt, eine so schöne Frau wie dich zu finden, die auch noch bereit ist, seine sonderbaren Spielchen mitzuspielen. Ich frage mich, was er von diesem Spiel hier halten würde, wenn er uns jetzt sehen könnte.«

»Vielleicht würde er sehr böse werden«, seufzte Gaby, deren Beine zitterten, als Marcelles Nägel ihre Liebkosung zwischen ihren Schenkeln fortsetzte.

»Ich bin überzeugt davon, daß er wütend wäre, *chérie.* Das macht es ja so interessant, zumindest für mich.«

»Aber … das klingt ja, als stündet ihr nicht auf gutem

Fuß ...«, sagte Gaby, deren Brüste sich wohlig hoben und senkten. »Ich verstehe das nicht.«

»Lucien ist zwei Jahre jünger als ich«, entgegnete seine Schwester. »Ich bin älter, ja! Das müßte doch etwas bedeuten, oder? Aber mein ganzes Leben lang wurde er mir vorgezogen. Er trifft die Entscheidungen; wir anderen sind nur dazu da, das zu tun, was er befiehlt, und ein wenig an seinem Erfolg teilzuhaben.«

Gaby befand sich inzwischen in einem wahren Delirium der Lust. Die Fingernägel neckten und quälten sie nicht mehr – vielmehr schoben sich geschickte Finger in sie hinein, streichelnd, tastend, reibend, drückend, erregend.

»Marcelle ...«, hauchte sie, sich in Beinahe-Ekstase windend, »bitte ... laß mich kommen!«

»Gleich, *chérie.* Du bist so schön mit deinem langen blonden Haar und deinem blaßgoldenen Flaum da unten, daß ich dich so lange wie möglich genießen will.«

»Die ganze Nacht«, keuchte Gaby und hob die Hüften. »Ich bleibe die ganze Nacht bei dir, Marcelle!«

Und das meinte sie so! Ihr Unterleib hob und senkte sich im Rhythmus des Blutes, das durch ihre Adern schoß, ihre Beine gespreizt und ihre Fersen tief in die Bettdecke gegraben, als die Ekstase, die sie verzweifelt herbeisehnte, unaufhaltsam näher rückte.

»Die ganze Nacht, *chérie*«, seufzte Marcelle. »Ja, die ganze Nacht.«

Ihre Finger bewegten sich zielsicher in der feuchten Wärme zwischen Gabys ausgestreckten Beinen. Gaby kam zum Höhepunkt, und ihr Bauch zog sich im Rhythmus der kraftvollen Wellen der Lust zusammen.

»So ist es gut«, sagte Marcelle, das Verlangen in ihrer Stimme unüberhörbar. »Ja Gaby, komm für mich.«

Sie keuchte, seufzte und zitterte, krümmte sich über Gaby und sackte dann langsam zusammen, als die Wogen der Lust sie überwältigt hatten.

Nach einer Weile hob Marcelle den Kopf.

»Warum lächelst du so?« fragte sie.

»Weil es so wunderbar war«, entgegnete Gaby.

Aber das war gelogen, und Marcelle ließ sich nicht täuschen.

Sie knabberte mit den Zähnen an Gabys nackten Brüsten und verlangte, den wahren Grund zu wissen.

»Ich dachte gerade, was für ein komisches Gesicht Lucien machen würde, wenn er uns jetzt sehen könnte.«

»O ja«, stimmte Marcelle ihr kichernd zu.

Das war zwar ebenfalls gelogen, befriedigte jedoch Marcelles Neugier. Gaby lächelte, weil ihr durch den Kopf gegangen war, wie verdutzt Suzette am nächsten Tag sein würde, wenn Gaby ihr erzählte, daß sie die Nacht nicht mit Lucien, sondern mit seiner Schwester verbracht hatte.

Nicht daß Suzette schockiert sein würde, daß sie mit einer Frau geschlafen hatte – Suzette war sehr tolerant in solchen Dingen und vertrat den Standpunkt, daß jeder tun sollte, was ihm beliebte, solange niemand dabei zu Schaden kam. Aber sie würde über Gabys Geschichte staunen, nachdem sie so viele ihrer männlichen Bekannten kennengelernt hatte – und abgelehnt hatte. Gewöhnlich sagte sie, sie seien nicht gut genug für Gaby. Und diesbezüglich war Gaby ganz ihrer Meinung – es schien, als würde sie immer nur an Mistkerle geraten!

Aber Luciens Schwester! Marcelle Legrand! Einmal außer acht lassend, daß ihr Name nicht Legrand war und sie auch nicht auf den Namen Marcelle getauft worden war. Wieder ein Geheimnis, ganz wie bei Lucien Cluny oder wie er wirklich heißen mochte! Eine Frau mit brünettem Kraushaar und einem sympathischen Gesicht, schlaffen kleinen Brüsten, dunkelbraunen Augen und geschickten Fingern!

Eine rätselhafte Frau – ein Rätsel, das sich zweifellos zu lüften lohnte. Jetzt da Gaby von dem intensiven Vergnügen gekostet hatte, das Marcelle zu bereiten vermochte, lechzte sie nach mehr.

Ein Poet kommt hinzu

Suzette und Gaby aßen in der Rue St. Marc zu Mittag, nachdem sie im strahlenden Sonnenschein von ihrer Wohnung aus den Boulevard Haussmann und den Boulevard des Italiens hinaufgebummelt waren. Die kleinen Restaurants hier in der Rue St. Marc, ganz in der Nähe der Börse, wurden von zahlreichen Brokern frequentiert, und da Gaby wieder solo war, schien es ein vielversprechender Ort zu sein, einen neuen Mann zu finden.

Zumindest hatte Gaby das behauptet. Ihr Plan, einen Grafen oder gar Herzog zu heiraten, gehörte der Vergangenheit an. Die Literatur, die sie bevorzugte, hatte ihr den unangenehmen Eindruck vermittelt, daß Aristokraten noch unbeständiger waren als andere Männer und in ihren sexuellen Launen unerträglich dekadent. Nachdem sie wußte, wie unzuverlässig bürgerliche Männer waren, war sie zu dem Schluß gekommen, daß sie einen Adligen nicht ertragen würde.

En Börsenmakler, jung und zuverlässig, wenn auch nicht zu langweilig – das klang schon viel besser. Das heißt, nur als großzügiger Liebhaber, der sie mit Luxusgütern wie Pelzen und Juwelen verwöhnte, nicht für eine dauerhafte Beziehung.

»Was ist mit Marcelle Legrand?« fragte Suzette und wölbte leicht die perfekt geschwungenen schwarzen Brauen. »Dann hast du nach ein paar Tagen schon genug von ihrer Liebe?«

Sie hatten beide Forelle mit Mandeln bestellt. Sie achteten auf ihre Figur, da sie beide einem Beruf nachgingen, bei dem ein Kilo zuviel katastrophal sein konnte. Dazu tranken sie einen guten Weißwein und aßen als Beilage einen Salat aus dünnen Tomatenscheiben und Endivien.

»Nein, nein«, protestierte Gaby. »Ich habe sie schrecklich gern; wir sind richtig gute Freundinnen geworden. Und es ist nach wie vor sehr aufregend, mit ihr zu schlafen.«

»Und nach den komischen Dessous-Spielchen ihres Bruders erscheint es dir vergleichsweise normal, mit einer Frau zu schlafen?«

Gaby lachte.

»Luciens Version von der Liebe ist wirklich sehr aufregend«, sagte sie. »Du würdest es bestimmt auch amüsant finden, dieses Schuhlecken und Anbeten von Seidenslips.«

»Vielleicht«, entgegnete Suzette, klang jedoch nicht sehr überzeugt.

»Aber daraus wird nichts, bis er zurück in Paris ist, und das kann Marcelle zufolge noch acht oder neun Monate dauern. Sie sagt, daß derzeit Schmiergelder gezahlt und Zeugen bestochen werden, aber für mich klingt das alles zweifelhaft.«

Suzette hatte Gaby viel zu gern, um ihr zu sagen, daß es ihrer Ansicht nach das Beste war, daß Lucien bis auf weiteres verschwunden war, aber der Gedanke ging ihr wohl durch den Kopf. Ein Börsenmakler war als Liebhaber sicher einem Gauner vorzuziehen. Vorausgesetzt, daß der Broker nicht auf seine Art auch ein Gauner war.

»Aber was ist nur mit Marcelle?« beharrte sie. »Was willst du tun? Hast du überhaupt darüber nachgedacht?«

Die gutgekleideten Broker im Restaurant unterhielten sich über Geschäfte und gewaltige Summen, während sie Riesenportionen verdrückten und mit reichlich teurem Wein hinunterspülten. Trotzdem wurde ihre Aufmerksamkeit unweigerlich zu dem Tisch am Fenster hingezogen.

Manche warfen ihnen nur verstohlene Seitenblicke zu, während andere sie unverwandt anstarrten. Alle Blicke drückten Bewunderung aus und Faszination für die zwei schönen Frauen, die eine mit rabenschwarzem Haar und einem frechen Pony, die andere mit langen blonden Haaren, die ihr bis über die Schultern reichten. Die eine trug ein lavendelfarbenes Seidenkleid mit schwarzen Zebrastreifen, die andere ein kirschrotes Leinenkostüm.

»Um die Wahrheit zu sagen«, sagte Gaby, »wird die Situation mit Marcelle langsam schwierig. Natürlich beten wir einander an, ganz so, wie ich gesagt habe. Aber es scheint, als hätte sie sich in den paar Tagen, die wir zusammen verbracht haben, in mich verliebt.«

»Ernsthaft?«

»Viel zu sehr. Sie lebt drüben in Ivry – in einem eigenen Haus glaube ich, aus der Zeit, als sie verheiratet oder verlobt war. Es ist schwer, sich in irgendeinem Punkt sicher zu sein, wenn die Menschen sich ständig als jemand anders entpuppen als der, der sie zu sein vorgeben. Ich glaube, daß sie Immobilien besitzt, einen Laden, vielleicht auch zwei, aber sie ist fast ebenso geheimniskrämerisch wie ihr Bruder. Jedenfalls ist sie unabhängig und recht wohlhabend. Nachdem wir uns kennengelernt haben, ist sie bei Lucien eingezogen. Sie sagt, daß sie in meiner Nähe sein will, aber tatsächlich wünscht sie sich, daß ich zu ihr ziehe.«

»*Zut alors!*« sagte Suzette.

Eine völlig unpassende Erwiderung, aber ihr fiel einfach nichts anderes ein, jedenfalls nichts, was Gaby nicht verletzt hätte, und das wollte sie vermeiden.

»Sie möchte, daß wir überall zusammen hingehen«, fuhr Gaby fort. »Und wenn wir uns treffen, fragt sie, was ich alles gemacht habe, seit wir uns getrennt haben. Es ist, als hätte ich einen eifersüchtigen Liebhaber.«

»Du meinst, so wie Claude einer war?«

»Genauso. Sie kommt sogar ins Cabaret Mouchard, um mich tanzen zu sehen. Das behauptet sie jedenfalls, und ich glaube, daß sie tatsächlich hingeht, um sicher zu gehen, daß ich mich mit keinem Kerl einlasse.«

»Oh la la!« sagte Suzette kopfschüttelnd.

»Wir sitzen um zwei Uhr früh in einer Bar und reden, und sie legt einen Arm um meine Taille und haucht mir ins

Ohr. Dann fahren wir im Taxi zu Lucien, und sobald wir in der Wohnung sind, will sie mich küssen und lieben.«

»Das klingt, als wäre diese Marcelle auf ihre Art ebenso besessen wie ihr Bruder«, bemerkte Suzette.

»Man sollte meinen, daß mir diese Aufdringlichkeit lästig wäre, aber bisher finde ich sie aufregend. Sie will dich unbedingt kennenlernen – sie ist eifersüchtig, weil wir schon so lange miteinander befreundet sind. Sie kommt nächste Woche mit, um dich singen zu hören.«

Suzette war hiervon nicht sehr begeistert. Eifersucht war eine Gefühlsregung, zu der sie möglichst Distanz wahrte. Eifersucht war so anstrengend und so überflüssig! So seltsam das war – die Liebe brachte immer auch die schlechteren Seiten der Menschen mit sich!

»Im Bett ist sie unglaublich«, sagte Gaby, ein Lächeln auf dem hübschen Gesicht. »Sie läßt mich Dinge fühlen, die ich nicht einmal im Traum für möglich gehalten hätte. Und die kleinen Spielchen, die sie gerne spielt … nun, ich dachte immer, Lucien wäre ein Besessener – aber Marcelle kann er nicht das Wasser reichen!«

»Erzähl mir davon«, forderte Suzette sie auf. »Erklär es mir.«

»Du kannst es nicht verstehen, wenn du es nicht selbst erlebt hast. Wenn Marcelle dich berührt, ist es irgendwie anders, als wenn ein Mann dich anfassen würde. Sie kennt Liebestechniken, die einen um den Verstand bringen. Sie kann dich stundenlang lieben und ist nicht zwei- oder dreimal erschöpft, wie es ein Mann wäre. Natürlich tut sie das alles nur, damit ich mich in sie verliebe und zu ihr ziehe.«

Suzette zuckte nur schweigend die Achseln.

»Aber es ist auch sehr anstrengend«, fuhr Gaby fort. »Und obwohl ich sie unheimlich gern habe, möchte ich nicht mehr lange mit ihr ins Bett gehen. Es fängt an, mich zu ermüden, jede Nacht so viel Lust zu fühlen. Ganz zu schweigen von den Morgenden nach dem Aufwachen. Und dann, wenn wir am Tisch sitzen und mit Kaffee und

Brioches frühstücken. Sieh dir nur meine Augenringe an – ich brauche dringend eine sexfreie Woche.«

Suzette lachte und sagte, daß sie nie erwartet hätte, von einer von ihnen, Gaby oder sich selbst, zu hören, daß sie genug hatte.

Ganz offensichtlich wäre ein Börsenmakler eine willkommene Abwechslung. Ein starker und intelligenter Mann mit moderatem Appetit, dem zwei- oder dreimal die Woche genügten. Einer, der Gaby mit teuren Geschenken verwöhnte, ihr schicke Kleider kaufte und sie in die besten Restaurants und Klubs ausführte.

Aber – wie bei allem Menschlichen – hatte der Plan einen Makel. Die gutgenährten Männer, die die zwei Freundinnen beim Mittagessen bewundernd beobachteten, sahen zwar nicht aus, als würden sie einem zuviel abverlangen – aber eben auch nicht so, als könnten sie eine Frau in Ekstase versetzen. Sie wirkten alle entsetzlich langweilig. Und es war kaum einer unter ihnen, der jünger war als fünfzig.

Es lag in der Natur der Dinge, daß Suzettes und Gabys Liebhaber gewöhnlich älter waren als sie selbst. Schließlich gab es nur wenige Zweiundzwanzigjährige, die ihren Ansprüchen genügten, um in die engere Auswahl zu kommen. Der überdurchschnittlich gut bestückte Blaise Fulbert war sechsunddreißig, Claude Ronsard, der launische Rechtsanwalt, zweiunddreißig und Robert Dorville einundzwanzig, aber so eher ein Sonderfall.

Liebhaber von vierzig Jahren hatte es auch schon gegeben, aber das war die oberste Grenze – alles, was darüber hinausging, war die absolute Ausnahme. Ein Mann von Fünfzig war ein Opa und kam gar nicht erst in Frage.

Hierin waren sie sich einig, nachdem sie die Männer um sich herum gründlich studiert hatten. Gaby meinte, sie würde vielleicht eine Ausnahme machen bei demjenigen im dunklen Anzug mit der Blume im Knopfloch. Er würde eine Autorität ausstrahlen, die ganz reizvoll sein könnte.

Und er zwinkerte ihr zu, wenn er glaubte, daß seine Tischnachbarn es nicht merkten.

»Autorität, was heißt das?« fragte Suzette. »Daß er dir den Slip herunterzieht und dir den Popo versohlt? Ist es das, was es für dich bedeutet? Dieses Restaurant ist ungeeignet, um die Art von Mann kennenzulernen, die dir vorschwebt. Laß uns zahlen und uns irgendwo auf eine Caféterrasse in die Sonne setzen.«

Als die Rechnung kam, teilte der Ober Gaby mit, daß der Herr, der mit den zwei anderen Gentlemen an dem Tisch an der Wand saß, ihn gebeten habe, den Damen seine Hochachtung auszusprechen, insbesondere der Dame mit den blonden Haaren.

»Manchmal glaube ich, daß diese Amerikanerin recht hatte«, sagte Suzette. »Die meisten Männer ziehen Blondinen vor. Ich dachte immer, das würde sich nur auf Amerikaner beschränken, aber inzwischen bin ich mir da nicht mehr so sicher.«

Gaby borgte sich den Kugelschreiber des Obers und kritzelte ihre Telefonnummer auf die Rückseite der Rechnung.

»Zeigen Sie das dem Herrn«, sagte sie mit einem charmanten Lächeln. »Und fragen Sie ihn, ob seine Hochachtung weit genug reicht, die Rechnung zu begleichen.«

Belustigt beobachteten sie, wie der Ober dem Gentleman in dem dunklen Anzug mit der kleinen weißen Blume im Knopfloch etwas ins Ohr flüsterte.

»Man könnte wohl sagen, daß er sich gut gehalten hat«, sagte Suzette. »Dieses silbergraue Haar ist auf eine gewisse Art sehr attraktiv. Er sieht aus wie einer dieser alten Filmstars. Aber er setzte eine Brille auf, um die Rechnung zu lesen – das ist kein gutes Zeichen. Solange er sitzt, ist nicht zu erkennen, ob er eine Wampe hat, aber ich bin ziemlich sicher, daß dem so ist.«

Der Ober kam zurück an ihren Tisch und teilte ihnen mit, daß der Herr die Rechnung übernehmen würde, woraufhin die beiden Frauen laut auflachten. Sie gaben dem freundlichen Ober ein fürstliches Trinkgeld, und er geleitete sie ehrerbietig zur Tür. Gaby blieb kurz stehen, um dem Börsenmakler im dunklen Anzug fröhlich zuzuwinken.

»Hast du ihm wirklich unsere Telefonnummer aufgeschrieben oder eine falsche, Gaby?«

»Die richtige. Warum auch nicht? Ich erwarte einiges von ihm, wenn er anruft. Er hat eine dicke Brieftasche und braucht eine Freundin, die ein wenig Freude in sein nüchternes Leben umgeben von Indexen und Aktien bringt. Seine Kinder sind sicher schon erwachsen, und mit seiner Frau langweilt er sich.«

»Du meinst, du willst ihm die rosige kleine Wampe kraulen?«

»Wann immer er möchte. Und ich beabsichtige, ihn zu einem deiner Auftritte mitzunehmen, um ihn Marcelle vorzuführen und ihr zu zeigen, daß ich nicht ihr Eigentum bin.«

»Ah, langsam verstehe ich. Du willst den Herrn Börsenmakler benutzen, damit er dich vor Macelles besitzergreifenden Zärtlichkeiten abschirmt. Warum auch nicht? Er hat sich als großzügig erwiesen.«

Bei strahlendem Sonnenschein schlenderten sie die Rue du 4 Septembre hinunter bis zur Avenue de l'Opéra, die sie überquerten, um zum Café de la Paix zu gelangen. Die Terrasse war gut besetzt, aber ein freundlicher Ober fand noch einen Tisch für die zwei Schönheiten, ein Service, der ihnen überall zuteil wurde, wohin sie auch gingen.

Während sie auf Kaffee und ihre Drinks warteten, strahlte Gaby wie ein Honigkuchenpferd.

»Mein armer Lucien!« sagte sie, bemüht, ihre Heiterkeit halbwegs unter Kontrolle zu halten. »Ich habe dir doch von seinen Phantasien erzählt, in denen ich ihn splitternackt an öffentliche Orte begleite – in einem seiner kleinen Fetischistenträume hat er sich ausgemalt, wie ich nur mit schwarzen Seidenstrümpfen und High-heels hierherkomme. Er hat mir ganz detailliert beschrieben, wie ich mich hinsetze und die Beine übereinanderschlage, während er eine Flasche Champagner bestellt.«

»Was geht bloß im Kopf dieses Mannes vor!« rief Suzette aus. »Bei seiner Phantasie sollte er nicht Gauner sein, sondern Künstler! Er würde in kürzester Zeit berühmt! Erinnerst du dich an das Gemälde im Louvre, das wir uns angesehen haben, als Robert meinte, ein wenig Kultur könne uns nicht schaden? Ein Picknick im Wald, bei dem die Männer angezogen waren und die Frauen nackt?«

»Stimmt!« entgegnete Gaby. »Sollte mein kleiner Perverser je wieder auftauchen, werde ich ihm davon erzählen. Er könnte es *Champagner au Cafe de la Paix* nennen, und es würde eine Sensation!«

»Entschuldigen Sie bitte, Mademoiselle«, sagte eine nervöse kleine Stimme neben Suzette.

Als sie sich umwandte, wurde ihr ein Zettel in die Hand gedrückt. Verwundert blickte sie zu dem jungen Mann auf, der an ihrer Seite stand.

»Für Sie, weil Sie so wunderschön sind«, sagte er hastig.

Dann war er fort, flitzte zwischen den Tischen hindurch zur Straße und verlor sich im Passantenstrom auf der Avenue de l'Opéra.

»Sie sind überall«, meinte Gaby und tippte sich mit einem rotlackierten Fingernagel an die Stirn. »Was hat er dir denn da gegeben?«

»Ich weiß, wer er ist«, entgegnete Suzette. »Das heißt, ich kenne seinen Vornamen. Erinnerst du dich an den Abend, als ich das erstemal als Sängerin aufgetreten bin, in dieser gräßlichen Bar, in der Jacques-Charles spielt?«

»Chez Bobo – das vergesse ich nie.«

»Er war es, mit dem ich draußen auf der Straße war. Ich habe dir von ihr erzählt.«

»Ah!« sagte Gaby grinsend. »Der, der dich in einen Hauseingang geschoben hat und mit deinem Slip in seiner Tasche verschwunden ist. Der war das also!«

»Das ist Michel«, bestätigte Suzette und las, was auf dem Zettel stand, den er ihr in die Hand gedrückt hatte.

»Was steht denn da?« fragte Gaby. »Obszöne Vorschläge, oder bittet er um Geld? Er sieht aus, als könnte er welches brauchen. Oder ist es nur ein langweiliger Liebesbrief?«

»Es ist eine Art Gedicht, denke ich. Sieh selbst!«

Gaby nahm den Zettel.

»Seine Handschrift ist zwar fast unleserlich, aber es ist tatsächlich ein Gedicht«, stimmte sie ihrer Freundin zu. »Zumindest glaube ich das, obwohl es sich nicht reimt.«

Sie las die ersten Zeilen laut vor:

An der Place de Vendôme ein Juwelierladen
Ein Armband aus Feuer und Eis,
Geschliffene Diamanten, herzensblutrote Rubine,
Der hochgewachsene Mann an ihrer Seite
Legt es um ihr Handgelenk,
Seine Liebe, sagt er, wird lange währen.

»Er sagte, er sei Student«, sagte Suzette. »Ich hatte ihn für einen Seemann gehalten. Verse sind ebenso der Mode unterworfen wie Kleider. Und überhaupt brauchen sich moderne Gedichte nicht zu reimen.«

»Er hat das Herz auf dem rechten Fleck«, meinte Gaby. »Er will dir ein Diamantarmband bei Cartier kaufen. Schade, daß er keine zwei *Sous* in der Tasche hat.«

Mit einem Achselzucken gab sie Suzette den Zettel zurück.

»Glaubst du, er ist dir gefolgt?« fragte sie. »Oder hat er uns rein zufällig entdeckt, als wir uns an den Tisch gesetzt haben?«

»Ich weiß nicht, aber er muß den Zettel schon eine Ewigkeit in der Tasche gehabt haben – sieh doch, wie verknittert er ist. Ich finde das schrecklich romantisch!«

»Er war so schnell weg, daß ich ihn mir gar nicht richtig ansehen konnte«, sagte Gaby. »Aber seine Jacke war ganz abgewetzt und reif für den Müll. Wenn er Student ist, ist er abgebrannt. Bei aller Romantik – nirgendwo steht geschrieben, daß ein Börsenmakler weniger leidenschaftlich sein muß als ein Poet. Mein neuer Verehrer hat ganz sicher einen Freund, der gern deine Bekanntschaft machen würde.«

»Ich will keinen Opa«, widersprach Suzette entschieden.

Je mehr sie darüber nachdachte, desto seltsamer erschien es ihr, daß dieser Michel Wie-auch-immer so plötzlich aus dem Nichts aufgetaucht und gleich wieder verschwunden war. Aber sie konnte nichts anderes tun als abzuwarten, ob er irgendwann wieder in Erscheinung trat.

Mehr als sieben Wochen waren vergangen seit dem entsetzlichen Abend von Suzettes Debüt als Sängerin im Chez Bobo. Sofern dieser Michel beabsichtigte, an die erste Begegnung anzuknüpfen, die nur etwa zwanzig Minuten gedauert hatte, während derer sie nicht mehr als fünf Worte gewechselt hatten, weil sie anderweitig viel zu beschäftigt gewesen waren – hatte er es damit offenbar nicht sonderlich eilig.

Die Wahrheit war, daß er krankhaft schüchtern war. Nach seiner flüchtigen Begegnung mit Suzette in der schäbigen Kneipe träumte er Tag und Nacht von ihr, sein Studium vollkommen vernachlässigend. Nach einer Woche nahm er seinen ganzen Mut zusammen und kehrte zurück nach Montmartre, um Bobo zu fragen, wo er die schöne Sängerin finden könne.

Fast eine Woche lang lungerte Michel vor der Bar herum und wartete auf den Pianisten. Dann fragte er ihn, wo er Mademoiselle Suzette finden könne. Jacques-Charles erkannte sofort, was mit dem jungen Mann los war – er war Suzette ebenso verfallen wie er selbst –, und er haßte ihn dafür. Eine aggressivere Natur hätte es wohl Bobo gleichgetan und Michel niedergeschlagen, aber Jacques-Charles wählte den einfacheren Weg der Lüge. Er behauptete, er hätte die Sängerin an diesem Abend zum erstenmal gesehen, sei ihr seitdem nicht wieder begegnet und kenne weder ihren Namen noch ihre Adresse.

Aber in sieben Wochen war Michels Sehnsucht so übermächtig geworden, daß er schließlich seine Schüchternheit überwunden hatte. Nachdem er Suzette auf einem Plakat der Folies-Bergères wiedererkannt hatte, erkundigte er sich dort und erfuhr, daß sie mit Nachnamen Bernard hieß. Sie stand auf dem Plakat natürlich hinten, zusammen mit den Showgirls, fast verdeckt von den Stars im Vordergrund. Aber sie war es, da war er sich ganz sicher! Und damit hatte er endlich einen Anhaltspunkt, der es ihm ermöglichte, ihren Namen in Erfahrung zu bringen.

Als nächstes brauchte er nur das Telefonbuch zu wälzen und zu raten, welcher Eintrag von den Dutzenden von Bernards wohl zu ihrem Anschluß gehörte. Eines Tages stand er dann in der Rue de Rome auf dem Bürgersteig vor ihrer Wohnung. Er sah, wie sie in Begleitung einer jungen Frau mit schulterlangem blonden Haar das Haus verließ. Die beiden Frauen bemerkten ihn nicht.

Er heftete sich an ihre Fersen, wartete draußen vor dem Restaurant, während sie aßen und sich unterhielten, und folgte ihnen anschließend zum Café de la Paix. Dann nahm er seinen ganzen Mut zusammen, trat an ihren Tisch, drückte Suzette sein Gedicht in die Hand – und floh, erschrocken von seiner eigenen Courage.

Das war der Beginn einer Kette von Ereignissen. Am nächsten Tag hörte Suzette ein zaghaftes Klopfen an der Tür. Sie war allein: Gaby aß mit ihrem Börsenmakler, der hartnäckig immer wieder angerufen hatte, bis er sie schließlich daheim angetroffen hatte, in einem sündhaft teuren Restaurant zu Mittag.

»Wenn er hinterher mit dir in ein Hotel geht«, sagte Suzette, »sei vorsichtig – du willst doch nicht, daß der arme alte Mann sich zu sehr aufregt und einen Herzschlag erleidet, wenn er dich nackt sieht. Ich habe mir sagen lassen, daß die Polizei in solchen Fällen sehr sarkastisch sein kann.«

Sie ging zur Tür, und vor ihr stand Michel in seiner abgewetzten alten Jacke und Hose – und demselben Rollkragenpullover, den er schon bei ihrer ersten Begegnung getragen hatte. Seine großen, dunklen Augen blieben unverwandt auf ihr Gesicht geheftet, sein Gesichtsausdruck scheu und verlegen, aber auch entschlossen. Suzette lächelte und trat beiseite, um ihn hereinzulassen.

Er schlüpfte beinahe verstohlen in die Wohnung, als habe er das Gefühl, nicht hierher zu gehören. Im Wohnzimmer sah er sich nicht um, sondern hielt den Blick auf Suzette gerichtet, beinahe so, als sähe er eine Vision der Heiligen Jungfrau in einem himmelblauen Gewand und umgeben von goldenen Strahlen.

»*Mademoiselle* …«, sagte er schwach.

Obgleich keine Jungfrau, bot Suzette einen atemberaubenden Anblick. Sie war erst vor kurzen aufgestanden. Ihr Gesicht war frisch und sauber, ohne eine Spur von Makeup, nicht einmal Lippenstift, ihr glattes Haar gebürstet und so glänzend schwarz wie das Gefieder eines Raben. Sie hatte gerade einige Lebensmittel einkaufen wollen und trug graue Hosen und eine enge weiße Bluse.

»Danke für dein Gedicht, Michel. Es hat mir sehr gut gefallen.«

Er senkte die Lider mit den langen Wimpern, und im ersten Moment dachte sie, er würde erröten wie ein Mädchen.

»Bei unserer ersten Begegnung warst du nicht so schüchtern«, sagte sie.

»Können Sie mir jemals verzeihen?« sagte er atemlos, und nun stieg ihm tatsächlich brennende Röte ins Gesicht. »Ich hatte ziemlich viel getrunken; ich wußte nicht, was ich tat.«

»Unsinn! Du wußtest sehr genau, was du tust, und mir hat es gefallen. Ich habe, seit ich fünfzehn war, nicht mehr mit einem Mann in einem Hauseingang gestanden.«

»Sie finden mich lächerlich!« seufzte er mit tiefunglücklicher Miene. »Aber das ist wohl nicht verwunderlich.«

»Du bist unmöglich, Michel!« schalt sie und hatte Mühe, sich ein Lächeln zu verkneifen.

Es mußte etwas geschehen, sonst würde er ewig wie ein Dummkopf dastehen, hochrot im Gesicht und stammelnd! Sie schätzte ihn auf neunzehn oder zwanzig, aber offenbar mangelte es ihm an Selbstwertgefühl. Wenn er es je schaffen wollte, eine Frau in nüchternem Zustand zu animieren, war es höchste Zeit für ein paar Lektionen.

Seine abgewetzte braune Jacke stand offen – vielleicht fehlten längst sämtlich Knöpfe. Suzette streckte die Hände aus, streifte ihm die Jacke von den Schultern und ließ sie achtlos zu Boden fallen. Dann nahm sie seinen Arm und zog ihn mit sich auf das Sofa.

Gleich darauf hatte sie seine Hose geöffnet und hielt sein Glied in der Hand – schlaff und klein, so verschüchtert wie der Rest von ihm.

Es gab einen unfehlbaren Weg, das Selbstwertgefühl eines Mannes aufzubauen. Es war so simpel, daß Suzette wieder überrascht war von der *Durchschaubarkeit* und *Einfachheit* männlicher Gefühle. Sie rieb sein schlaffes Glied mit tadellos manikürten Fingern und brachte es dazu, sich aufzurichten und anzuschwellen. Es dauerte nicht lange, und es ragte steif und fest in die Höhe. Michel starrte sichtlich verdutzt auf seinen Schoß.

»Mademoiselle Suzette«, flüsterte er. »*Je t'aime, je t'aime.*«

»*Voilà!*« sagte Suzette lächelnd. »Du bist ein Mann, Michel. Du weißt doch, wie Männer Frauen auf sich aufmerksam machen?«

»Ist das dein Ernst?« seufzte er ungläubig.

»Hast du vergessen, was du bei unserer ersten Begegnung mit mir gemacht hast? Du hast mich an irgendeine Tür gedrückt und mir den Slip ausgezogen. Komm mit ins Schlafzimmer.«

Bei ihren Worten seufzte er erneut und zitterte förmlich vor der Intensität seines Verlangens. Einen fiebrigen Glanz in den Augen, warf er sich gleich auf dem gestreiften Sofa auf Suzette, legte sich auf sie und drückte sie auf das Polster. Offensichtlich war keine Zeit, ins Schlafzimmer überzuwechseln – sein Mund war auf den ihren gepreßt, und seine Zunge schob sich zwischen ihre Lippen.

Suzette ließ ihn gewähren, da sie wollte, daß er seine Schüchternheit überwand und endlich erwachsen wurde. Sie fühlte, wie seine Hände über ihren Bauch und dann über ihre Hüfte glitten, bis er endlich den Reißverschluß fand und herunterzog. Sein hartes Glied lag an ihrem Schenkel.

Suzette seufzte wohlig, als seine Hand sich in ihren Slip schob, und spreizte die Schenkel, um ihm größere Bewegungsfreiheit zu verschaffen.

»O ja!« keuchte er, als er die weichen Lippen streichelte. »Nackt und glatt! Die Erinnerung hat mich nicht mehr losgelassen und mich schier um den Verstand gebracht! Ich war mir nicht sicher, ob ich nicht vielleicht nach dem vielen Wein, den ich getrunken hatte, nur geträumt hatte. Aber es stimmt, es ist real und wunderbar ... laß mich sehen! Ich muß es sehen!«

Er kniete sich neben das Sofa und streifte ihr Hose und Slip in einem über die langen Beine, um das Objekt seiner Begierde freizulegen.

Sie zog ihn auf sich. »Wie eine Blume«, murmelte er, »wie eine schöne, rosa Orchidee!«

»Für dich ganz allein, Michel«, sagte sie leise, um ihn anzuspornen.

Ohne ein weiteres Wort neigte er den Kopf und küßte sie zwischen die Schenkel.

Wie stark sich das Glied an der Innenseite ihrer Schenkel anfühlte, so hart und bereit!

»Stoß zu«, flüsterte sie und fühlte gleich darauf, wie er ein kleines Stück in sie eindrang.

Michel hatte die goldbraunen Augen weit aufgerissen,

starrte jedoch ins Leere. Sein Mund öffnete sich wie in einem langen stummen Schrei. Ein Zittern durchlief seinen Körper. Suzette erkannte, daß er einen Orgasmus hatte, einen geistigen Orgasmus, der sich unaufhaltsam die Nerven und Muskeln hinunterschlängelte, von seinem Hirn zu seinen zuckenden Lenden.

»Stoß zu!« forderte sie erneut. »Tiefer, Michel!«

Sie bebte ebenfalls vor Lust und fing an zu stöhnen, als er sich langsam tiefer in sie hineinschob. Einen Augenblick hielt sie die Luft an, dann jagten wohlige Schauer durch ihren Körper, als sie fühlte, wie sein Glied tief in ihr steckte.

Gegen fünf am Nachmittag kehrte Gaby von ihrem Mittagessen mit dem Börsenmakler zurück. Die Badezimmertür stand halb offen, und sie hörte ein Plätschern – sie ging hinein, um Suzette von der Komödie ihrer neuesten und unglaublichen Eroberung zu erzählen.

Ihr Börsenmakler hieß Jean-François Delacroix, war zweiundfünfzig, verheiratet und hatte Kinder in Gabys Alter. Er lebte feudal in der Avenue Kléber, was Gaby beeindruckte.

Nach einem erlesenen Mahl war er mit ihr im Taxi zu einem privaten Hotel gefahren, von dem sie noch nie etwas gehört hatte.

Es erwies sich als überaus diskretes, kleines Haus in einer stillen Seitenstraße der Place de la Madeleine. Monsieur Delacroix schien sich angekündigt zu haben, da man ihn und seine Begleitung sogleich, ohne Fragen und Umstände, in eine reizende Suite führte. Dort stand ein Sektkühler mit einer Flasche Champagner bereit, und im Schlafzimmer stand eine Vase mit frischen Blumen.

Jean-François entkleidete Gaby genüßlich. Tatsächlich inszenierte er das Ganze regelrecht und forderte sie auf, sich in einen Sessel zu setzen, um ihr im Knien die Strümpfe auszuziehen. Im ersten Augenblick war ihr der unangenehme Gedanke durch den Kopf gegangen, er könne ebenfalls Fetischist sein wie der arme Lucien, aber dann entdeckte sie, daß es schlicht eine Demonstration förmlicher Manieren aus früheren Zeiten war.

Er wollte sie nackt sehen und sie an verschiedenen Stellen küssen – wobei er sich zu ihrer Erleichterung weder für ihren Slip noch für ihre Schuhe interessierte. Es bereitete ihm einfach Vergnügen, sie langsam und Stück für Stück zu entkleiden. Er küßte sie in die Kniekehlen, zwischen die Schenkel, fasziniert von ihrem gepflegten silbrigblonden Flaum, unter die Brüste und auf die Halsbeuge.

Als er dann seinen gutgeschnittenen Anzug und sein Seidenhemd auszog, registrierte Gaby mit einem heimliche Lächeln, daß er tatsächlich einen rosigen Bauchansatz hatte, ganz wie Suzette es prophezeit hatte. Und warum auch nicht? Er war ein bedeutender Mann mit festen Gewohnheiten, ein Broker, der mit riesigen Summen Geldes jonglierte und jeden Tag in Gourmettempeln zu Mittag und Abend aß.

Sie streichelte seinen kleinen rosigen Bauch zärtlich. Als Jean-François sie schließlich auf den Rücken legte und in sie eindrang, tat er dies mit einer gewissen Autorität und mit Stil, so wie sie es von ihm erwartet hatte.

Sie schloß die Augen, um sich auf das wohlige Gefühl zu konzentrieren. Seine Stöße waren kraftvoll, aber nicht überhastet – und entschlossen, während seine Hände ihr Gesicht streichelten und seine Fingerspitzen leicht über ihre rotbemalten Lippen strichen. Er erregte sie derart, daß sie die langen Beine um seine Taille schlang und ihm die Hüften entgegenhob, um sich selbst zu einem wunderbaren Orgasmus zu verhelfen.

Als sie wieder zu Hause in der Rue de Rome war, steuerte sie das Badezimmer an, um Suzette von ihrem Erlebnis zu berichten. Verdutzt sah sie, daß Suzette in der Badewanne saß – ihr gegenüber im duftenden heißen Wasser der geheimnisvolle Mann aus dem Café de la Paix.

Ein Blick auf Suzettes zufriedenes, entspanntes Gesicht verriet Gaby, daß der junge Fremde sie an diesem Nachmittag befriedigt hatte. Und jetzt, da sie ihn aus der Nähe betrachten konnte, sah sie, daß er, der arme Poet, ein gutaussehender junger Mann war. Er wirkte ohne seine Kleider sehr dünn, beinahe hager – vielleicht bekam er nicht genug zu essen. Aber er hatte dickes Haar und feingeschnittene Züge mit großen, ausdrucksvollen Augen.

Seine dunklen Wimpern waren so lang wie die eines Mädchens, obwohl er im Bett so gar nichts Mädchenhaftes an sich hatte – das verriet Suzettes Gesichtsausdruck sehr deutlich. Sein Gesicht war dem Neuankömmling zugewandt, der in der Badezimmertür stand – Gaby in ihrem schönsten Kleid.

In den vergangenen Stunden hatte Michel gelernt, seine krankhafte Schüchternheit in Gegenwart von Frauen abzulegen, auch wenn sie noch so schön waren. Allerdings war ihm nicht gestattet worden, den üblichen männlichen Schluß zu ziehen, daß Frauen nur ein Spielzeug waren und allein ein kraftvoller Penis ihm Dominanz und absolute Privilegien verschaffte.

Er würde vermutlich nie die weitverbreitete Sicht der männlichen Überlegenheit teilen – dafür war er von Natur aus zu sanftmütig. Aber er hatte gelernt, daß Frauen Sex ebensosehr liebten wie Männer. Er lächelte Gaby an, und sie fand ihn einfach reizend.

»Das ist mein lieber Freund Michel«, sagte Suzette. »Er ist Dichter, ein bemerkenswerter Dichter. Du hast ja sein Gedicht über das Rubinarmband von der Place de Vendôme gelesen. Er hat seit unserer Begegnung vor Bobos Kneipe viele Gedichte für mich geschrieben.«

Gaby nickte lächelnd.

»Er hat mir noch einige seiner anderen Gedichte rezitiert«, fuhr Suzette fort, einen verträumten Ausdruck in den tiefschwarzen Augen. »Insgesamt sind es fast fünfzig – was sagst du dazu?«

»Ich würde sagen, daß er dich anbetet«, entgegnete Gaby.

»Und er hat sie alle im Kopf, kannst du dir das vorstellen? Aber er hat versprochen, sie mir alle aufzuschreiben.

Ich werde Jacques-Charles überreden, die entsprechende Musik dazu zu schreiben und sie in Lieder zu verwandeln, die ich singen kann. Wo es nötig ist, kann er ja Reime einbauen.«

»Klingt gut«, sagte Gaby, küßte Suzette auf die Wange und reichte Michel, der bis über den Bauch in duftendem Badewasser saß, die Hand.

»Eins ist besonders schön – es handelt davon, wie ich vor der Oper aus einer Limousine steige, in einem Ballkleid aus schwarzem Samt mit einem Rückenausschnitt, der bis zum Po reicht, und mit Diamanten behängt.«

»Der Stil gefällt mir«, meinte Gaby. »Und was hat er sonst noch so vor?«

»In einem anderen Gedicht verneigt sich ein Portier in Livree vor mir und sagt *bonjour, Madame,* als ich meine Luxuswohnung in der Avenue Foch verlasse, um mein flauschiges, weißes Schoßhündchen auszuführen.«

»Ein echter Kenner der feinen Gesellschaft, dein Poet«, sagte Gaby mit einem ironischen Lächeln. »Er hat ehrgeizige Pläne mit dir. Das gefällt mir.«

»Gaby ist meine beste Freundin«, erklärte Suzette Michel, der ihre Freundin mit einem zurückhaltenden Blick musterte, nicht sicher, ob sie Freund oder Feind war, Fürsprecher oder Kritiker.

»Wir teilen uns diese Wohnung«, sagte Suzette.

»Und auch sonst fast alles«, ergänzte Gaby.

Tröstende Illusionen

Die Bewohner von Montmartre schienen ihr Viertel so gut wie nie zu verlassen. Das heißt, die wahren Bewohner, die Einheimischen, nicht die Luden und Huren, Souvenirladeninhaber, Stripperinnen und anderen, die sich nur beruflich dort aufhielten. Die kamen und gingen wie das Vögelchen einer Kuckucksuhr. Aber was jene betraf, die dort geboren und aufgewachsen waren und in den heruntergekommenen Häusern entlang der gewundenen, schmalen Kopfsteinpflastergassen lebten, betrachteten sie sich als Bürger einer freien Kommune und blieben unter sich.

Für sie besteht eine Grenze zwischen ihrer kleinen Welt und dem Rest von Paris – der Boulevard de Clichy, der unten am Fuß ihres Hügels entlangführt. Und sie betrachten sich auch ganz sicher nicht als Bewohner von Paris – das ist für sie ein fremder Ort, eben jenseits des Boulevards.

Sie halten sich an ihre verschlungenen Sträßchen und verkaufen einander Hühnchen und Möhren für den Topf. Sie trinken in Kellergewölben ein oder zwei Gläser billigen Wein an langen Holztischen oder sitzen auf wackligen Stühlen draußen in der Sonne und tratschen.

Sie betrachten sich selbst noch als Dorfbewohner, die ihre Großeltern ja auch noch waren. Und an dieser Illusion halten sie stur fest, die Augen vor der Realität verschließend – den Bussen, die tagtäglich Hunderte von Fremden auf der Place du Tertre ausspeien und den Tausenden von Touristen, die, ihre Kamera um den Hals, die Stufen zur Kathedrale Sacré Coeur mit ihrer leuchtendweißen Kuppel hinaufsteigen.

So sind sie eigentlich nie nur unter sich, doch allein wie alle halten sie an Illusionen fest, die glücklich machen.

Jacques-Charles Delise war zwar auf dem Montmartre geboren, aber er gehörte zu den wenigen, deren Horizont über den Boulevard de Clichy hinausreichte. Vielleicht hatte seine frühe musikalische Ausbildung ihm bewußt gemacht, wie bedeutend Paris war – nicht nur seine eigene kleine Straße, sondern die Kultur und Eleganz der ganzen Stadt.

Er spazierte an diesem sonnigen Tag durch die Gärten der Tuilerien – der Sommer ging zur Neige, aber es war angenehm warm. Er schlenderte gemächlich durch die Menge und genoß die frische Luft, spazierte zwischen den gepflegten von Buchsbaum eingefaßten Blumenbeeten hindurch. Er schenkte den Statuen berühmter Persönlichkeiten keine Beachtung und machte im Schatten der Bäume halt. Es würde nicht mehr lange dauern, bis der Herbst das Laub orange und rot färbte.

In der Nähe des Springbrunnens fand er einen freien Klappstuhl, setzte sich und sah einem kleinen Jungen zu, der ein Spielzeugschiff mit roten Segeln auf dem Wasser schwimmen ließ. Ganz in der Nähe stand der Vater in Hemdsärmeln und erteilte seinem Sproß gutgemeinte, aber überflüssige Ratschläge.

Jacques-Charles drehte den Stuhl herum in Richtung Place de la Concorde. In der Ferne, jenseits des hochaufragenden steinernen Obelisken, konnte er den Triumphbogen sehen, gut zwei Kilometer entfernt, am anderen Ende der Champs Elysées.

Mit halbgeschlossenen Augen hob er das Gesicht und genoß die Wärme der Sonne auf seiner kahlen Stirn, die ihm einen intellektuellen Touch verlieh. Eine Männerstimme, die ihn mit Namen grüßte, riß ihn aus seinem Tagtraum von der schönen Suzette.

Er blickte in die Richtung, aus der die Stimme gekommen war. Es war dieser Dorville mit einem hübschen Mädchen am Arm. Jacques-Charles war ihm erst einmal begegnet, und das lag Monate zurück, aber er erkannte ihn sofort. Und das aus gutem Grund – damals, als sie einander vorgestellt worden waren, war Robert Dorville noch Suzettes Liebhaber gewesen. Das hatte ihm Jacques-Charles' Neid, seinen widerwilligen Respekt, brennenden Haß, seine staunende Achtung und gar Mordgelüste eingebracht.

Welch ein Chaos von Gefühlen, die sich alle gleichzeitig gegen ein und dieselbe Person richteten – aber so ist das eben bei verliebten Männern und Frauen!

Suzette sprach nie über ihre Liebhaber, außer mit Gaby, aber Jacques-Charles fiel es nicht schwer, aus dem, was sie bei den Gesangsstunden erzählte, Andeutungen herauszuhören. Er war überrascht gewesen, als er erfahren hatte, daß sie Dorville den Laufpaß gegeben hatte – Jacques-Charles hatte geglaubt, Robert entspräche exakt ihrem Typ.

Dem Typ mit gutem Aussehen, eleganten Kleidern, viel Geld und frei von dem Zwang, für seinen Lebensunterhalt arbeiten zu müssen. Der geistreiche, witzige Typ, der völlig locker mit Frauen umging. Alles Attribute, die auf Jacques-Charles nicht zutrafen.

Dorvilles neue Freundin war hübsch, das mußte man ihr lassen, aber Suzette konnte sie nicht das Wasser reichen. Andererseits konnte in den Augen des hoffnungslos verliebten Pianisten keine Frau auf Erden es mit Suzette aufnehmen.

»*Bonjour, Monsieur*«, erwiderte Jacques-Charles den Gruß und erhob sich, um die Hand zu ergreifen, die Dorville ihm reichte.

»Mademoiselle Odette Charon«, stellte Robert Dorville seine Begleiterin vor. »Jacques-Charles Delise, überaus talentierter Musiker.«

Jacques-Charles warf ihm hierauf einen grimmigen Blick zu, da er annahm, daß Dorville ihn verspottete. Mademoiselle Charon schenkte er hingegen ein freundliches Lächeln. Er ging zwar nicht soweit, ihr die Hand zu küssen, drückte diese jedoch respektvoll. Er mußte zugeben, daß sie mehr als einen flüchtigen Blick wert war.

Sie war groß, schlank, mit langen Beinen, hübsch gewelltem dunkelbraunem Haar und schlichten, aber eleganten Kleidern, die darauf schließen ließen, daß sie irgend etwas mit Mode zu tun hatte.

Odettes tadellose Frisur verriet Jacques-Charles, daß sie nicht mit Dorville im Bett gewesen war – noch nicht. Aber zu dieser Tageszeit kamen sie vermutlich gerade vom Mittagessen und machten einen kleinen Verdauungsspaziergang, bevor sie zu Dorville fuhren, um sich zu lieben.

Jacques-Charles musterte sie aus seinen glänzenden, braunen Augen und entschied, daß es zweifellos aufregend sein mußte, sich mit ihr zu vergnügen. Es fiel nicht schwer, sich ihren anmutigen Körper nackt vorzustellen, ohne das smaragdgrüne Kleid, den kleinen Strohhut und die Dessous, die ihre jungen Brüste und ihre langen Schenkel verbargen.

Ihre Augen von faszinierender hellgrüner Farbe verdunkelten sich sicher vor Lust, wenn man ihren Körper streichelte.

»Muß an der Sonne liegen, daß ich mich in solchen Phantasien ergehe«, dachte Jacques-Charles bei sich. »Ich sollte besser den Hut aufsetzen, ehe ich mir einen Sonnenstich hole!«

Mit einer letzten Verbeugung vor Odette setzte er den breitkrempigen Panamahut auf, den er jeden Sommer benutzte, um seine kahle Stirn vor einem Sonnenbrand zu bewahren. Einst war der ehrwürdige Hut weiß gewesen, aber leider hatte er, ebenso wie sein Besitzer, schon bessere Tage gesehen.

Er blieb nicht stumm, während diese lüsternen Gedanken über Odette ihm in Zeitlupe durch den Kopf gingen, bei weitem nicht – er ärgerte Dorville damit, daß er ihm erzählte, wie vielversprechend sich Suzettes Karriere als Sängerin entwickle.

»Was!« rief Robert aus. »Sie singt professionell? Das glaube ich nicht!«

»Aber ja«, entgegnete Jacques-Charles, wobei er sich keine sonderlich große Mühe gab zu verbergen, wie sehr ihn Dorvilles Reaktion freute. »Sie steht zwar noch ganz am Anfang einer – davon bin ich überzeugt – wirklich großen Karriere, aber sie singt für Geld, wenn die Gagen auch noch bescheiden sind.«

»Wollen Sie damit sagen, daß sie ihre Arbeit in den Folies-Bergères aufgegeben hat?«

»O nein, noch nicht. Aber es wird nicht mehr lange dauern, bis sie das alles hinter sich läßt, da bin ich ganz sicher. Sie entwickelt sich zu einer talentierten und vielversprechenden Künstlerin. Bald muß sie nicht mehr als Showgirl auftreten, das sich nur mit einigen Straußenfedern und Pailletten bedeckt von Touristen begaffen läßt.«

Was Sie nicht sagen!« murmelte Robert verblüfft.

»Ich werde ihr Grüße und Ihre besten Wünsche für ihre Karriere bestellen«, sagte Jacques-Charles, und seine braunen Augen blitzten, als er lächelnd Salz in die Wunde rieb.

»Was? Ach so, ja natürlich. Ich habe Suzette schon länger nicht mehr gesehen. Wir haben keinen Kontakt mehr. Könnten Sie vielleicht zwanzig Minuten erübrigen und mich bei einem Drink ins Bild setzen?«

Ein Drink, das war ein Angebot, das Jacques-Charles noch nie in seinem Leben ausgeschlagen hatte. Aber er tat, als würde er angestrengt überlegen, ob er bis zu seinem nächsten dringenden Rendezvous noch ein paar Minuten für Robert erübrigen konnte. Dann nahm er die Einladung großmütig an.

»Du hast doch nichts dagegen, Odette, oder?« Es war weniger eine Frage als eine Feststellung. »Wir können zur Rue St. Honoré hinüber und uns dort ins Café setzen.«

Ob Odette etwas dagegen hatte oder nicht, sie schwieg. Sein Eifer, mehr über Suzette zu erfahren, bestätigte ihren Verdacht, daß er immer noch in ihre Vorgängerin verliebt war. Odette war ihr nie begegnet und würde ihr wohl auch nie begegnen, aber sie wußte von dem Photo, das sie in einer Schublade in Roberts Wohnung gefunden hatte, daß das Showgirl atemberaubend schön war.

Und was ihre eigenen Chancen bei Robert betraf, war Odette realistisch genug, einzusehen, daß sie gleich null waren. Er war ein lieber Freund, ein nützlicher und amüsanter Freund, aber mehr nicht. Es war extrem praktisch, in seiner komfortablen Wohnung zu wohnen und fast jeden Abend zum Essen ausgeführt zu werden. Dadurch konnte sie fast alles, was sie verdiente, sparen, für den Tag, an dem sie in der Modewelt etabliert genug war, sich eine eigene Wohnung zu suchen. Die Gegenleistung, die sie für diese Annehmlichkeiten erbringen mußte, bestand darin, mit Robert zu schlafen. Und das war keineswegs eine Last – er war ein sehr guter Liebhaber und verstand es wunderbar, sie zu befriedigen.

Ihre Karriere als Modell für Zeitschriften ließ sich gut an. Es war beinahe Herbst, und nach einem Monat, in dem fast alle in Urlaub gewesen waren, würde Paris bald zu neuem Leben erwachen. Sie erwartete eine entscheidende Verbesserung ihrer Auftragslage. Um genau zu sein, Laurent Breville hatte ihr Versprechungen gemacht.

Jacques-Charles hatte völlig falsch gelegen mit seiner Vermutung, daß sie auf dem Weg zu Roberts Wohnung waren, um miteinander zu schlafen. Es ist oft so, daß das Offensichtliche täuscht. Andererseits konnte Jacques-Charles noch nicht ahnen, daß Odette seit Wochen mit Robert zusammenlebte. Sie waren dazu übergegangen, sich routinemäßig zu lieben, wenn sie abends schlafen gingen, wie wohl jedes normale Ehepaar.

Hätte Jacques-Charles dies gewußt, hätte er zweifellos Suzette davon erzählt, in der Hoffnung, Robert in ihren Augen weiter zu diskreditieren.

Allerdings hatte Odette etwas an sich, das sich schwer definieren ließ, das Jacques-Charles wahrgenommen hatte und ihn dazu verleitet hatte, davon zu phantasieren, mit ihr zu schlafen. Es war, als könnte er beinahe durch ihr elegantes Kleid hindurchsehen und ihre hübschen Brüste und langen, schlanken Schenkel betrachten.

Er konnte es nicht ahnen, aber der Grund für Odettes sinnliche Ausstrahlung war der, daß sie am Vormittag für Laurent Breville Modell gesessen hatte – ein Auftrag von *Bon Chic* für eine Nachtwäschekollektion.

In seinem Atelier hatte sie sich hinter dem kitschigen Paravent mit den aufgemalten Pfauen ausgezogen und war in ein entzückendes kurzes Nachthemd aus Seidenmousseline geschlüpft. Es hatte eine hohe Taille, einen gerafften tiefen Ausschnitt, kurze Puffärmel und reichte bis knapp übers Knie.

Natürlich war ein Nachthemd aus so hauchdünnem Stoff durchsichtig. Odette kniff sich leicht in die rötlichbraunen Brustwarzen, damit sie sich aufstellten und sich unter der Seide abzeichneten. Dann trat sie hinter dem Schirm hervor und nahm eine nonchalante Pose ein, eine Hand auf der Chaiselongue.

Laurent, der hinter seinem Zeichenbrett saß und mit Pinsel und Aquarellfarben hantierte, konnte das sorgfältig getrimmte Herz zwischen ihren Schenkeln sehen. Er trug an diesem Morgen ein rosafarbenes Seidenhemd und dazu sehr feine, schwarze Wollhosen. Odette ließ ihm Zeit, drei Skizzen von ihr anzufertigen, bevor sie anfing, ihn bewußt zu reizen. In den Wochen seit ihrer ersten Begegnung hatte sie eine Routine ausgearbeitet, die bei ihm unfehlbar funktionierte.

Es begann damit, daß sie ihm vorwarf, er starre sie an wie ein Vergewaltiger, der nachts in einem Park einem Opfer auflauert. Er leugnete dies und behauptete, er betrachte sie nur deshalb so eindringlich, um sie in Konturen und Farben richtig zu zeichnen. Sie widersprach ihm und verlangte zu wissen, ob er vielleicht hinter dem Zeichenbrett im stillen an sich herumfummelte.

Laurent lief rot an, während er leugnete, und Odette

wußte, daß er gar nicht anders konnte, als seine Hose zu öffnen, nachdem sie ihn erst auf die Idee gebracht hatte. Sie veränderte ihre Pose ein klein wenig, damit er sah, wie ihre Schenkel sich unter dem Seidenmousseline bewegten.

Sein Pinsel glitt weiter über das Papier, aber in Gedanken war er ganz woanders. Eine Minute später trat Odette zu ihm hinter das Zeichenbrett und betrachtete lächelnd sein steifes Glied, das aus seiner Hose ragte.

»Wie ungezogen!« schalt sie.

Sie stieß ihn leicht an, so daß er sich zur Seite neigte und einen erschrockenen Seufzer ausstieß.

»Warst du letzte Nacht mit deiner Verlobten zusammen, Laurent?«

»Wir haben gemeinsam zu Abend gegessen und waren anschließend im Chatelet, in einem Konzert von Jascha Heifetz«, antwortete er, ein Zittern in der Stimme, weil Odette die Saiten seiner eigenen Violine zupfte.

»Und ist Mademoiselle Marie-Louise de Beaucourt-Villiers anschließend mit zu dir gegangen?« fragte sie. »Dein verlegener Blick verrät mir, daß dem so war. Was habt ihr miteinander gemacht, Laurent, *chéri?* Du hast sie nackt ausgezogen, stimmt's? Dann hast du sie aufs Bett geworfen – und bist ganz rot im Gesicht geworden. Hast du dich auf sie gelegt und sie penetriert? Du kannst mir alles erzählen, Laurent, ich verstehe dich.«

Ihr Necken setzte sich fort, bis sie Laurent soweit hatte, daß er kurz vor dem Orgasmus war.

»Ich glaube, du belügst mich«, sagte sie. »Wenn du vergangene Nacht mit Mademoiselle de Beaucourt-Villiers geschlafen hast, warum hast du denn jetzt ein erigiertes Glied? Du müßtest doch von den Anstrengungen des Liebesaktes mit deiner Verlobten erschöpft sein, aber offensichtlich bist du schon wieder scharf. Wie kommt das?«

»Letzte Nacht war letzte Nacht«, entgegnete Laurent hastig. »Du bist so aufregend in diesem Nachthemd, Odette. Ich kann durch die Seide hindurch jeden Zentimeter deines Körpers sehen!«

»Ich bin nicht so eitel, mir einzubilden, daß ich aufregender bin als deine Verlobte.«

»Aber du bist es ...«, seufzte er und schämte sich gleich darauf dieser unloyalen Bemerkung.

Für einen Mann, der seinen Lebensunterhalt damit verdiente, daß er für Modemagazine Mädchen in teurer Nobelunterwäsche zeichnete, wirkte er unschuldig in einer Art, wie sie Odette noch nie untergekommen war. Ihn aufzuziehen war so einfach, daß es wahrscheinlich bald langweilig werden würde. Ihn in Versuchung zu führen war überhaupt kein Problem.

Sie schob sich zwischen ihn und sein Zeichenbrett, die Beine gespreizt und das edle Nachthemd bis über die Hüften hochgezogen. Laurents Blick und gleich darauf seine Hand wanderten zu dem hübschen kleinen lockigen Herz, das er ihr dort ausrasiert hatte. Odette schob ihren glatten nackten Bauch vor und lächelte, während er sie streichelte, wartete jedoch den richtigen Augenblick ab, um sich von ihm befriedigen zu lassen.

»Und jetzt die Wahrheit, Laurent«, verlangte sie. »Du hast vergangene Nacht nicht mit ihr geschlafen. Und wir wissen beide, warum – weil du es nicht mit einer Frau tun kannst. Nicht einmal, wenn du erregt bist.«

»Ich habe es getan, ich habe mit ihr geschlafen, glaub mir«, stöhnte er.

Seine Finger strichen über ihre feuchten Schamlippen, und prickelnde Schauer jagten durch ihren Körper.

»Versuch nicht, mich zu täuschen«, entgegnete sie. »Ich kenne dich gut; ich verstehe dich. Du bist schwul. Du treibst dich in Kneipen herum auf der Suche nach hübschen jungen Männern, die du hierherbringst. Mir ist das gleich, ich bin nicht deine Verlobte, ich bin deine Freundin.«

In der Zeit seit ihrer ersten Begegnung hatte sie Laurent bestens gedrillt. Seine Schuldgefühle waren das Geheimnis und die Schwäche, die sie sich zunutze machte – die Schuldgefühle wegen einer frustrierenden Verlobung mit einer Frau, die ihn sexuell nicht reizte. Der Vorwurf, anders geartet zu sein, erschütterte ihn emotional, aber seltsamerweise erregte er ihn auch.

Und ihr *kleines Herz* zu liebkosen, so wie er es im Augenblick gerade tat, ließ ihn vollends jede Selbstbeherrschung verlieren. Er glitt von seinem hohen Hocker und trat dich vor Odette, seine Füße in den grauen Wildlederschuhen zwischen ihren gespreizten Füßen.

»Du weißt, daß das nicht stimmt«, seufzte er. »Das habe ich dir bewiesen, jedesmal, wenn du hier bei mir warst.«

Um sie auch diesmal wieder zu überzeugen, preßte er seinen Bauch an ihren, ließ sein Glied dorthin führen, wo sie es haben wollte, und drang in sie ein. Noch bevor er begann, sie mit kurzen, kräftigen Stößen zu nehmen, um ihr seine Stärke und Männlichkeit zu beweisen, fühlte Odette, wie der Orgasmus sich in ihrem Unterleib ankündigte. Die Lust, die ihr ihre Macht über Laurent verschaffte, war so intensiv, daß sie jedesmal wieder ausreichte, sie in Ekstase zu versetzen.

An einem Tisch auf der Terrasse des Cafés an der Place Colette dachte Odette an Laurent und daran, wie sie am Morgen seine Gefühle manipuliert hatte. Sie hörte nur mit halbem Ohr zu, als der schäbig wirkende Jacques-Charles Robert von seiner Ex-Freundin und ihrem dämlichen Gesang berichtete. Odette betrachtete die Passanten, in ihre eigenen Gedanken vertieft.

Das Café befand sich an der Kreuzung Avenue de l'Opéra und Rue St. Honoré, und der Verkehr wälzte sich langsam und lärmend vorbei ... Aber das Café war dennoch idealer Ruhepunkt für die Schaufensterbummler, die von den Haute-Couture-Boutiquen in der Gegend angezogen wurden. Und dank seiner Nähe zum Louvre und dem Palais Royal gönnten auch zahlreiche Touristen dort ihren strapazierten Füßen ein wenig Erholung.

Um die Wahrheit zu sagen, Odette langweilte sich bald. In ihren Augen war es sinnlos, wie Robert einer *affaire* nachzutrauern, die beendet war. Aber Männer waren nun einmal sentimentale Wesen, und zuweilen mußte man eben ihre Anwandlungen ertragen, um sie bei Laune zu halten. Ihr kam ein Gedanke, und sie lächelte still in sich hinein – wenn sie doch nur ebensolche Macht über Robert gewinnen könnte wie über Laurent Breville! Wie nützlich das doch wäre.

Es hatte eine Viertelstunde lang Streß gegeben, als Robert zum erstenmal das *kleine Herz* zwischen ihren Schenkeln gesehen hatte, nachdem er sich an ihren wildwachsenden Pelz gewöhnt hatte.

»Aber warum denn, Odette, *chérie?*« hatte er protestiert. »Ich liebte dich doch so *sauvage.* Warum hast du das getan?«

Unmöglich, ihm zu erklären, daß ein anderer Mann den Wildwuchs in diese brave Form gebracht hatte. Sie hatte sich eine Lüge ausdenken müssen und behauptet, einige kommerzielle Künstler würden sich beschweren, wenn Models ihren Intimbereich nicht rasierten. Und da das Modellsitzen für die Zeichner sich zu ihrem neuen Beruf entwickelte, hatte sie etwas unternehmen müssen, oder?

Natürlich sei es sehr schade, aber was hätte sie denn sonst tun können? Tatsächlich habe sie zuerst ihre Schamhaare vollständig abrasieren wollen. Damit stellte sie Robert auf die Probe, um zu sehen, wie er reagierte.

»Nein, tu das nicht«, entgegnete er hastig. »Ich mag deine Löckchen lieber. Sie stehen dir gut, und ich finde sie aufregend.«

Natürlich wußte sie, was er wirklich damit meinte – er wollte nicht, daß sie aussah wie seine Ex-Freundin, das Showgirl, das sich den Intimbereich vollständig rasierte. Das hatte Odette alles Notwendige über Roberts Gefühle verraten.

Nachdem Robert ihn eingeladen hatte, entschied sich Jacques-Charles für Cognac. In der Zeit, in der Robert einen Cognac trank und Odette an einem Glas Vichy-Wasser mit Eis nippte, leerte Jacques-Charles drei Gläser. Er prahlte damit, daß Suzette ihren wachsenden Erfolg vornehmlich ihm zu verdanken habe, seinem Unterricht und seiner Ermutigung, wenn *andere* an ihr zweifelten.

Es war überflüssig, diese anderen namentlich zu benennen; Robert wußte, wer damit gemeint war. Er stöhnte innerlich und schalt sich einen Dummkopf. Jacques-Charles berichtete, daß er derzeit Suzettes Karriere vorantrieb, indem er ganz besondere Lieder für sie schrieb, die auf Texten von einem flüchtigen Bekannten von ihr beruhten. Die Texte selbst wären zwar nicht außergewöhnlich, aber mit der richtigen musikalischen Untermalung würden sie bestimmt gut ankommen.

Der Arbeitsaufwand sei gewaltig, wie Monsieur Dorville sich zweifellos vorstellen könne. Jacques-Charles habe sich nur eine Stunde Pause von seiner unermüdlichen Schufterei gegönnt, um in den hübschen Gärten der Tuilerien zu entspannen. Alles mußte für Suzettes Premiere in drei Wochen fertig geschrieben und geprobt sein.

So lange der Ober Cognac-Nachschub brachte, erzählte Jaques-Charles freimütig weiter von Suzette. Und Robert lauschte ihm mit melancholischer Resignation. Es lag bei Odette, dem Trauerspiel ein Ende zu machen. Sie fragte Robert nach der Zeit, sorgte für andere beiläufige Unterbrechungen und trommelte ungeduldig mit den Fingern auf den Tisch, bis Robert schließlich merkte, daß sie sich tödlich langweilte.

Er bat um die Rechnung, verabschiedete sich per Händedruck von Jacques-Charles und verließ mit Odette das Café in Richtung Place de la Concorde und Champs-Elysées. Jacques-Charles seinerseits steuerte die Metrostation an, um nach Hause zu fahren. Er war bester Laune, was teils dem Cognac zu verdanken war, aber vor allem auch der Gelegenheit, Robert Dorville eins auszuwischen.

Er war zu euphorisch, um sich an sein altes Klavier zu setzen und Lieder zu komponieren, auch wenn es sich um Lieder für die wunderschöne Frau handelte, der er mit Leib und Seele verfallen war. Er stieg an der Place de Clichy aus der Metro und betrat die erstbeste Kneipe.

Jetzt, wo er seine Getränke selbst zahlen mußte, bestellte er selbstverständlich keinen Cognac.

Eine angenehme Stunde verstrich, und Jacques-Charles' Stimmung stieg weiter. Er versuchte sich zu erinnern, ob er am Abend irgendwo spielen mußte, aber es fiel ihm nicht ein – solch triviale Dinge waren in dichtem Alkoholdunst verschwunden. Das einzig Vernünftige war, die Frage zu ignorieren und einen weiteren Drink zu bestellen. Und so verging die Zeit, bis er schließlich kein Geld mehr hatte.

Es war schon nach zehn Uhr abends, als er die Rue Lepic erreichte und in die Gasse einbog, in der er wohnte. Er pfiff eine kleine Melodie vor sich hin, als er sich dem Mietshaus näherte – vielleicht war es eine Melodie, die er selbst komponiert hatte – er konnte sich nicht erinnern. Das Haus, in dem er lebte, hätte eigentlich schon längst einstürzen müssen, in einem Haufen Schutt und toter Ratten. Das Gebäude hatte sich auf eine Seite geneigt und stand nun schon seit 1932 schief.

Bevor er zu seiner Wohnung hinaufstieg, machte er noch einmal auf der Treppe halt, lachte wieder in sich hinein ob seines Triumphes über diesen verfluchten Dorville, und klopfte an die Tür der Wohnung unter seiner. Hier lebte Madame Boujot, eine Witwe, mit der er sich gut verstand – wenn er sich gerade an sie erinnerte.

Ihr Mann war im Krieg gefallen, sagte sie, aber niemand glaubte so recht, daß der Soldat, auf den sie sich bezog, tatsächlich ihr rechtmäßiger Gatte gewesen war. Aber was machte das schon? Absichten wiegen oft mehr als Taten. Außerdem lag das schon fünfzehn Jahre zurück und war inzwischen nicht mehr wichtig.

Madame Boujot war eine große, hagere Frau unbestimmbaren Alters mit dickem dunkelbraunem Haar und länglichem Gesicht, auf dem permanent ein überraschter Ausdruck lag. Welche Überraschung das Leben ihr noch bieten konnte, ließ sich nicht so leicht sagen, aber sie war von Natur aus ein fröhlicher Mensch.

Sie war zu Hause und freute sich, Jacques-Charles zu sehen, als sie auf sein Klopfen hin öffnete. Sie war die einzige unter seinen Bekannten, die ihn mit *professeur* ansprach, so beeindruckt war sie von seinen Fähigkeiten am Klavier. Auch stellte sie ihn etwas über die anderen Männer, die sie kannte, und bedauerte nur, daß er zuviel trank. Jeder konnte sehen, daß er eine Frau brauchte, die sich um ihn kümmerte und dafür sorgte, daß er vernünftige Mahlzeiten zu sich nahm.

Und so weiter und so weiter, die üblichen Vorstellungen, die sich Frauen von unverheirateten Männern machten. Kurz, Madame Boujot würde nur zu gern selbst diese Rolle in Jacques-Charles' Leben übernehmen – er brauchte sie nur darum zu bitten. Aber der Gedanke war ihm noch nie gekommen.

Sie hatte einen langen Tag hinter sich, ihre Füße schmerzten, und eigentlich hatte sie gleich zu Bett gehen wollen. Sie trug bereits Hausschuhe und einen alten grauen Morgenmantel, aber ihre Müdigkeit trug der Freude keinen Abbruch. Einer der Gründe, weshalb Jacques-Charles froh war, sie anzutreffen, war der, daß sie stets eine offene Flasche Rotwein im Haus hatte.

Sie prosteten einander zu und plauderten eine Weile, wie es Nachbarn eben tun. Sie beide wußten, warum er auf seinem Weg nach oben bei ihr vorbeigeschaut hatte. Unter Freunden, die sich seit Jahren kennen, besteht keine Veranlassung, so etwas zu verschweigen. Sie saßen gemeinsam am Tisch und redeten über dies und jenes, vor allem darüber, ob der Vermieter sich wohl überreden lassen würde, die Haustür zu reparieren, die beim Öffnen oder Schließen über den Boden schabte und klemmte.

Als es schließlich soweit war, schob Jacques-Charles ganz beiläufig die Hand oben in Marie Boujots alten grauen Morgenmantel. Er streichelte durch ihr dünnes Baumwollnachthemd ihre Brüste und drückte sie zärtlich.

»Du bist ein ungeduldiger Mann, Jacques-Charles«, bemerkte sie mit einem sonderbaren, leisen Lächeln. Ihre

Brüste unter dem Morgenmantel waren schwer und welk, fühlten sich aber immer noch gut an. Jacques-Charles ertastete mit dem Daumen die Brustwarze, rieb sie sacht und hörte Marie seufzen. Er fühlte, wie die Brustwarze sich verhärtete.

»Diese Finger«, sagte sie, »sie berühren mich, als wäre mein Körper die Tastatur deines Klaviers. Welche Melodie möchtest du spielen?«

»Eine, die du sehr gut kennst, Marie. Die interessanteste Melodie der Welt.«

Ihre Hand lag auf seinem Schenkel. Kurz darauf öffnete sie seine Hose.

»Genier dich nicht«, sagte sie und spreizte aufmunternd die Schenkel.

»Legen wir uns aufs Bett«, sagte er.

»Ja, heute hast du es wirklich eilig«, entgegnete Marie.

Sie gingen zum Diwan hinüber, den sie nachts zu einem Bett ausklappte, und legten sich hin. Jacques-Charles löste den Gürtel ihres Morgenrocks und schob eine Hand unter ihr Nachthemd. Er streichelte ihre schlanken Schenkel und preßte die Hand auf ihren flachen Bauch, die Wärme ihres Körpers fühlend.

»Dann los. Ihr Männer seid wie die Tiere«, sagte sie. »Aber es ist gut so.«

In einer willigen Geste breitete sie die Beine auseinander, und er streichelte die langen Lippen zwischen ihren Schenkeln, bis sie feucht wurden. Er hielt die Augen geschlossen und stellte sich Suzette vor, wie sie nackt und mit gespreizten Beinen auf dem schäbigen alten Diwan oben in seiner Wohnung lag.

Aber er vermochte einfach nicht, sich in diesem Augenblick vorzumachen, daß er Suzettes glattrasierte samtige Blume unter den Fingern spürte. Maries krause Härchen holten ihn in die Wirklichkeit zurück. Suzette faßte er doch nie mit den Händen an!

Das hier war nicht Suzette, die Frau, die er so leidenschaftlich, so verzweifelt, so hoffnungslos, so sinnlos liebte. Das hier war Marie Boujot, seine freundliche und zuvorkommende Nachbarin, und der Unterschied war so groß, daß Jacques-Charles beinahe in Tränen ausgebrochen wäre.

Zur gleichen Zeit, nur zwei Kilometer entfernt, aber auf emotionaler Ebene viel näher, schlief Robert in seiner eleganten Wohnung am Boulevard de la Madeleine mit Odette. Nachdem sie sich in dem Café in der Nähe des Louvre von Jacques-Charles getrennt hatten, war ihre Laune verdorben.

Sie kannten beide den Grund hierfür, aber keiner von ihnen wagte es auszusprechen. Es hatte Robert deprimiert, mit anhören zu müssen, wie Jacques-Charles' der heruntergekommene, alte Klimperheini über Suzette sprach, als wäre er ihr Liebhaber. Robert war bewußt geworden, wie sehr er Suzette vermißte.

Er und Odette waren unterwegs zum Pont d'Alma, als sie in den Gärten der Tuilerien dem Pianisten begegnet waren. Sie hatten an diesem sonnigen Nachmittag einen kleinen Ausflug unternehmen wollen, eine einstündige Bootsfahrt auf der Seine in einem *bateau-mouche.*

Die Bootsfahrt erwies sich jedoch als Reinfall, da Robert die ganze Zeit mit verschränkten Armen dasaß und, in finstere Gedanken vertieft, düster und schweigend auf den Fluß starrte.

Anschließend gingen sie ins Kino, um sich den neuen japanischen Film anzusehen, der in aller Munde war. Robert fand ihn langweilig und zu weit hergeholt, kurz, zu japanisch. Er legte nicht einmal den Arm um Odette, geschweige denn, daß er versuchte, im Schutz der Dunkelheit intimere Zärtlichkeiten auszutauschen. Beim Abendessen in einem seiner Lieblingsrestaurants gerieten sie beinahe in Streit. Er benahm sich unmöglich, und unter anderen Umständen hätte Odette ihm die Suppe über den Kopf geschüttet und wäre wütend hinausgestürmt.

Aber soweit war sie noch nicht. Sicher, sie hatte Ersparnisse, von denen er nichts wußte. Und auch die Zukunft sah nicht übel aus, wenn sie fortfuhr, Laurents Gefühle zu manipulieren, wie es ihre Absicht war. Aber sie hatte am Abgrund gestanden, als sie zufällig Robert auf der Terrasse des Fouquet begegnet war. Er hatte ihr aus ihrer mißlichen Lage herausgeholfen, aber die Erfahrung, mittellos dazustehen, war zu quälend gewesen und noch zu gegenwärtig. Sie war entschlossen, so lange wie möglich mit Robert zusammenzubleiben.

Und darum wehrte sich etwas in ihr, ihm die köstliche Krebssuppe über den Kopf zu kippen. Vielmehr gelang es ihr unter Aufbietung beinahe übermenschlichen Charmes, seine Laune zu heben. Und als sie fertig gegessen hatten, schlug sie mit kokettem Wimpernschlag vor, daß sie sofort nach Hause gehen sollten.

Jetzt waren sie in seinem Schlafzimmer, beide nackt, und Odette lag mit gespreizten Beinen auf dem Rücken. Robert küßte ihren Bauch. Trotz ihres Zorns wegen seines unmöglichen Benehmens den ganzen Tag über fühlte sie ein erstes Kribbeln der Erregung. Sie hoffte, daß es möglich sein würde, eine freundschaftliche und zärtliche Atmosphäre zu erreichen, wenn er erst aufgehört hatte, diesem Showgirl nachzutrauern.

Sie fühlte seine feuchte Zunge auf ihrem Bauch, fühlte, wie sie abwärts wanderte. Seine Finger berührten sie zwischen den Schenkeln, und sie wußte, daß er auf ihr gebändigtes *kleines Herz* aus brünetten, lockigen Härchen starrte.

Eines Tages, wenn er ihre Geduld überstrapazierte, würde sie ihm verraten, daß ihr *kleines Herz* eine künstlerische Kreation Laurents war. Sie vermißte ihren dichten lockigen Pelz immer noch und würde ihn gern wieder wachsen lassen, was jedoch im Interesse ihrer Karriere unmöglich war. Sie mußte Laurent in bezug auf ihren Intimbereich seinen Willen lassen, damit er sich weiter schuldig fühlte und in ihrer Gewalt blieb.

Robert betrachtete eingehend das seltsame Symbol der

Liebe zwischen Odettes schlanken Schenkeln. Er erinnerte sich nur zu gut an Suzettes glatte weiche Haut und an ihre bloßliegenden Lippen, die er so oft geküßt hatte, bevor er in sie eindrang.

Mit dem Mittelfinger erforschte er sanft Odettes feuchte Scham, bis sie sich lustvoll seufzend wand, aber er selbst empfand nicht viel dabei. Denis Diderot, der Enzyklopädieschreiber aus dem achtzehnten Jahrhundert war es gewesen, der ein seltsames Phänomen erkannt hatte, daß heute noch ebenso aktuell war wie damals: *Jeden Tag schlafen Männer mit Frauen, die sie nicht lieben, und schlafen nicht mit Frauen, die sie lieben.*

In derselben Zeit lag Jacques-Charles auf Marie, die die langen dünnen Beine weit gespreizt hatte. In Gedanken stöhnte er *Suzette, je t'aime,* während Marie von Gefühlen überwältigt um sich schlug und schluchzte.

Odette lag auf dem Rücken, die Knie rechts und links von ihm angewinkelt, als Robert sie nahm. Seine Hände waren unter ihr und packten ihre kleinen festen strammen Pobacken, um sie ruhigzuhalten, während er in sie eindrang. Sein Penis glitt in ihre warme Höhle.

»*Robert, chéri*«, flüsterte Odette, als ihr Körper von Wellen der Lust durchströmt wurde. *Ah oui, oui!*«

Wenn jemand Robert oder Jacques-Charles gefragt hätte, was sie von Diderots Worten hielten, hätten beide zugestimmt, daß es sich hierbei um eine traurige Wahrheit handelte, einen Teil der Tragödie des Lebens. Hätte man jedoch Odette nach ihrer Meinung gefragt, hätte sie nur die Achseln gezuckt und gemeint, daß Liebe und Sex zwei verschiedene Paar Schuhe wären.

Für sie war es wichtiger, die Fäden zu finden, an denen sie Robert tanzen lassen konnte wie eine Marionette, mit seinem dauerhaft steifen Jean Jeudi. Um sie zu befriedigen, sicher aber vor allem, um seine Gefühle zu ihrem Vorteil nutzen zu können! Wenn sie nur den Schlüssel zu Roberts verborgenen Wünschen finden könnte, wie sie den zu Laurents Phantasien gefunden hatte!

»Ah chéri!« stöhnte sie, als die süße Qual der Ekstase sie übermannte und sie zitterte wie eine Gliederpuppe.

»Odette!« keuchte Robert.

Noch ein paar kräftige Stöße, und er kam. Aber in seinem Herzen seufzte auch er *Suzette, je t'adore, je t'adore ...*

Suzette in schwarzem Samt

An dem Tag, als Odette ihre Kleider und ihre sonstige Habe ohne formelle Einladung bei Robert untergebracht hatte, war ihr nicht wohl zumute. Nachträglich bestätigten sich jetzt ihre Bedenken. Obwohl er ihr nur das Beste wünschte, reagierte er übellaunig, als sie nun wieder auszog. Das beweist einmal mehr, wie irrational Männer in ihrem Denken und Handeln sind.

Natürlich wollte sie, daß sie sich weiterhin gut verstanden, und darum sah sie auch keinen Grund, ihm zu verraten, daß die Miete für die neue hübsche Wohnung auf dem linken Seineufer von Laurent Breville bezahlt wurde.

Er buchte sie regelmäßig als Modell, selbstverständlich zu Höchstgagen. Außerdem machte er sie mit anderen Vertretern der Modebranche bekannt, und sie hatte inzwischen bereits eine Reihe nützlicher Kontakte geknüpft.

Um Laurent zu ermutigen, sich noch stärker für sie einzusetzen, beschloß Odette, sich in der Nähe seiner Wohnung niederzulassen. Sie gedachte, ihn täglich mit der Erfüllung seiner Phantasien für seine Bemühungen zu belohnen. Und seine Schuldgefühle zu festigen. Der gute Laurent sollte täglich das Vergnügen haben, sie in knappen Dessous zu bewundern und von ihr unter Gewissensbissen befriedigt zu werden. Er sollte *ihr kleines Herz* sehen Tag für Tag.

Odette wußte wohl, daß Pläne häufiger fehlschlugen als funktionierten. Wenn ihre Karriere unter Laurents Schirmherrschaft zu bröckeln begann, wollte sie sich die Möglichkeit offenhalten, zu Robert zurückzukehren. Dies stellte in ihren Augen keine unüberwindbare Schwierigkeit dar; der gute Robert war einfach unfähig, ihr etwas abzuschlagen.

Beim Abschied küßte sie ihn liebevoll, und er trug ihre

Kisten und Taschen raus zum wartenden Taxi. Ein warmes Winken durch das Taxifenster, und weg war sie, brauste in rasanter Fahrt den Boulevard hinunter, als wären sie in Le Mans – aber es war ja allgemein bekannt, daß Taxifahrer sich selten an Verkehrsregeln hielten.

Es war kurz nach elf vormittags. Robert stand allein auf dem Gehsteig vor dem Haus und blickte ihr nach. Er kam sich dumm vor und fragte sich, was als nächstes geschehen sollte. Nach einigem dumpfen Brüten sagte er sich, daß er Madame Sassine anrufen könne, um ihr seine Aufwartung zu machen und ihr eine gute Reise zu wünschen. Sie und ihr Mann waren für drei Tage in Paris – sie hatte Robert kurz nach ihrer Ankunft angerufen.

Er hatte sich nicht mit ihr getroffen, und an diesem Tag würden die Sassines bereits wieder abreisen. Es konnte nicht schaden, auf einen Sprung vorbeizuschauen – ein reiner Höflichkeitsbesuch. Passieren würde ohnehin nichts, wofür er dankbar war, da er nach Odettes Auszug nicht in Stimmung war.

In der Marmor- und Mahagonipracht des Hotels George Cinq ließ er sich vom Portier in der Suite von Monsieur und Madame Sassine anmelden. Da er inzwischen einigermaßen vertraut war mit Sassines Gewohnheiten, konnte er ziemlich sicher sein, daß er das Packen Ariane überlassen und sich erst unmittelbar vor der Abreise im Hotel blicken lassen würde.

Und er hatte recht behalten. Er wurde nach oben gebeten. Kaum daß er geklopft hatte, wurde ihm die Tür geöffnet, und Ariane empfing ihn mit offenen Armen. Sie schleifte ihn förmlich in den Salon. Er hielt einen Blumenstrauß in der Hand, den er bei einem Straßenhändler erstanden hatte – es war ein kleiner Strauß, und es waren keine Rosen darunter, damit Madame erst gar nicht auf falsche Gedanken kam. Es waren nur einige weiße und rosa Nelken, eine reine Höflichkeitsgeste.

Ariane nahm die Blumen mit einigen knappen Dankesworten entgegen und legte sie achtlos auf einen Beistelltisch mit Marmorplatte im Lous-XV.-Stil. Sie küßte ihn leidenschaftlich, ihre Lippen heiß und feucht, und schob ihm fordernd die Zunge zwischen die Lippen.

Robert registrierte erleichtert, daß sie ein marineblaues Kostüm und eine Perlenkette trug, ganz offensichtlich bereit aufzubrechen, sobald Sassine zurückkehrte.

»O Robert, wo hast du nur gesteckt?« keuchte sie, als sie endlich von ihm abließ. »Ich habe die ganze Zeit auf dich gewartet.«

Robert erzählte ihr eine lange und komplizierte Lüge; ein Krankheitsfall in der Familie, Sorgen und Streit, dringende Geschäfte außerhalb.

Aber er hätte sich die Mühe sparen können: Ariane hörte ihm gar nicht zu. Sie riß seine Hose auf und schob die Hand durch den Schlitz.

»Wenn wir nur Zeit hätten!« sagte er, um galant zu sein. »Aber leider fürchte ich, daß Monsieur Sassine bald zurück sein wird. Ich möchte nicht, daß er mich hier antrifft.«

Worte sind eine Sache, aber die Ereignisse richten sich nicht unbedingt danach – und Tatsache war, daß Robert inzwischen erregt war. Und sie? Nun, sie hatte nichts anderes erwartet. »Es ist noch Zeit«, murmelte sie. »Ich muß dich einfach haben, *chéri*.«

»Aber das ist viel zu gefährlich«, protestierte Robert.

Aber noch während er sprach, schob er eine Hand unter ihren eleganten Plisseerock, und seine Finger glitten zwischen ihren Schenkeln aufwärts bis über den Rand ihrer Seidenstrümpfe.

»Wir müssen schnell machen«, keuchte sie.

Sie ließ ihn los, um ihren Slip auszuziehen. Es war ein knapper, teurer Slip aus mattschwarzem Satin, und sie warf ihn zu den Blumen auf den Beistelltisch. Ihre Scham fühlte sich warm und weich an, das Haar dick und drahtig.

Robert blickte in Richtung Schlafzimmer – er hatte vergessen, daß er nicht in Stimmung war. Aber Ariane schüttelte den Kopf und sagte: »Dafür ist keine Zeit, *chéri.*« Sie hob den Rock bis über ihre vollen Hüften und sank vor einem Sessel aus vergoldetem Holz und Gobelinbezug auf die Knie.

Robert kniete sich hinter sie, beflügelt von ihrer Spontaneität, sein Desinteresse verflog, hingerissen von der Berührung ihrer nackten Haut.

»Er wird bald zurück sein«, sagte sie hastig. »Tu es, *chéri!*«

Robert konnte nicht tief in sie eindringen, durch die üppige Rundung ihres Pos behindert, aber er stieß zu, so fest er konnte.

Seine Hände lagen um Arianes runden Bauch. Er packte so fest zu, daß sie nach Luft schnappte, und der Laut ermutigte ihn, weiterzumachen. Er stieß schneller und fester zu, eine Folge ruckartiger Bewegungen, die sie vor Wonne erschauern ließen.

»Beeil dich, beeil dich!« drängte sie zuckend und bebend.

Gleich darauf kam er und drang ein letztes Mal möglichst tief in sie ein. Ariane wimmerte und zitterte, jedoch nicht vom Höhepunkt, sondern vor Frustration. Er war noch nicht ganz fertig, als sie sich aufrichtete und mit gespreizten Schenkeln auf den Sessel setzte.

»Ich will dich tiefer in mir fühlen«, sagte sie, ihr Gesicht gerötet vor Erregung. »Tu es, *chéri,* tu es!«

Aber ein Geräusch an der Tür bewahrte Robert vor weiteren Kraftanstrengungen. Panik stieg in ihm auf; er war überzeugt, daß das Monsieur Sassine sein mußte. Er sprang auf und stopfte sich mit wild klopfendem Herzen das Hemd in die Hose.

Ariane saß mit offenem Mund da, und ihr runder entblößter Bauch wogte vor Wut. Dann schloß sie die plumpen Schenkel, stand auf und strich ihren Rock glatt.

Robert sah sich verzweifelt nach einem Fluchtweg um. Die komische Seite der Situation entging ihm völlig – er war allein von dem Wunsch beherrscht zu fliehen. Ariane legte ihm eine Hand auf dem Arm und schüttelte zornig den Kopf.

»Das ist nicht mein Mann, du Dummkopf«, einen verächtlichen Unterton in der Stimme. »Oder glaubst du, daß er an die Tür seiner eigenen Suite anklopft? Setz dich und sei still.«

Es war ein Boy in Hoteluniform mit einem Blumenstrauß. Kein bescheidenes Bouquet wie Roberts, sondern ein ganzer Arm voll langstieliger, tiefroter Rosen groß wie Kohlköpfe. Ariane sah sich suchend nach ihrer Handtasche um, um dem Boy ein Trinkgeld zu geben, und als sie sie nirgends entdecken konnte, bat sie Robert, dies zu übernehmen.

Robert saß in einem der Gold- und Gobelinsessel und gab sich alle Mühe, gelangweilt zu wirken. Unter seiner Hose zeigte sich eine verräterische Beule, da seine Erektion noch nicht vollständig verschwunden war. Der Page grinste – er hatte den Satinslip auf dem Beistelltisch entdeckt und seine eigenen Schlüsse gezogen.

Robert war peinlich berührt. Um sich das Schweigen des Zeugen zu sichern, gab er dem Pagen das Zehnfache des angemessenen Trinkgeldes. Der Page verneigte sich und bedankte sich mit einem breiten Grinsen, ehe er ging.

»Mein Mann ist so romantisch«, sagte Ariane, ein angespanntes Lächeln auf den Lippen. »Er schickt mir sehr oft Blumen, aus tiefer Zuneigung, wie er sagt.«

»Eine charmante Geste von einem Ehemann«, bemerkte Robert, der sich fragte, warum sie sich zu beklagen schien.

»Wenn er mit mir geschlafen hat, schickt er mir nächsten Tag immer Blumen«, klärte Ariane ihn auf. »Aber nicht aus Liebe, sondern aus Unbehagen. Das ist ein sicheres Zeichen dafür, daß er noch mit einer anderen Frau geschlafen hat! Ich kenne ihn, diesen Mistkerl, und seine hinterhältigen Gewohnheiten! Er war gestern vor dem Abendessen mit einem jungen Mädchen zusammen und nicht bei einer geschäftlichen Besprechung, wie er behauptet hat.«

»Und nach dem Abendessen hat er dann mit dir geschlafen?«

Sie nickte und legte die Rosen zu Roberts bescheidenem Strauß auf den Beistelltisch.

»Passiert das oft?« wollte Robert wissen.

Er war verwirrt von den Ehegepflogenheiten der Sassines. Er hatte den Eindruck gehabt, daß Arianes Mann sie im Bett vernachlässigte und sie sich darum Gigolos engagierte – das heißt, engagiert hatte, bis sie Robert kennengelernt hatte. Seitdem wohl nicht mehr. Es wäre für ihn völlig inakzeptabel gewesen.

»Jede Nacht«, entgegnete sie und zuckte die Achseln, offenbar überrascht von seiner Frage. »Ich bin seine Frau und bestehe selbstverständlich darauf. Aber er betrügt mich. Tagsüber amüsiert er sich mit französischen Mädchen.«

Sie seufzte und nahm ihren Slip vom Tisch, zog ihn jedoch nicht an. Roberts Verlangen war verebbt, und er sagte, er müsse gehen. Er wünschte ihr *bon voyage* und so weiter.

»Aber du kannst doch nicht einfach so gehen«, flehte sie. »Nur noch eine Minute, *chéri,* länger brauche ich nicht.«

Robert sagte, er bedaure, und ging zur Tür, dicht gefolgt von Ariane. Nach dem Schock der unerwarteten Unterbrechung durch den Pagen, ganz zu schweigen von seiner Verlegenheit dabei, war er fest entschlossen zu verschwinden, bevor Monsieur Sassine zurückkehrte.

Aber Ariane war nicht minder entschlossen als Robert. Sie ließ ihm keine Zeit, die Tür zu öffnen. Sie drückte ihn gegen die Wand und nagelte ihn dort mit dem Gewicht ihres üppigen Körpers fest. Sie erklärte ihm, daß sie ihn nicht gehen lassen würde, ehe er ihr nicht gegeben habe, was sie brauchte, einfach haben *mußte!*

Weiter unten zwischen ihren aneinandergepreßten Körpern tasteten ihre Hände eifrig nach seinem Glied.

Robert forderte sie auf, ihren Rock zu heben, und sie gehorchte sofort. Der Stoff war verknittert, und sie würde sich umziehen müssen, bevor Sassine zurückkehrte. Robert schob eine Hand zwischen ihre Schenkel, und sie lächelte und seufzte.

Mit ungeduldigen Fingern öffnete er die feuchten Lippen. Er streichelte sie mit leicht verzweifelter Hast und wünschte, er wäre irgendwo weit fort vom George Cinq – und dieser Frau, die so erregt war, daß es beinahe an Raserei grenzte!

Robert langte mit der freien Hand hinter sie, über ihre warmen und schlaffen Pobacken.

Sie bewegte mit hastigen, ruckartigen Bewegungen den Unterleib vor und zurück und stöhnte vor Lust. Sie packte Roberts Glied mit schmerzhaftem Griff. Da er nun einmal leicht erregbar war, richtete sein Penis sich bereits wieder auf, war aber bei weitem noch nicht steif genug, in sie einzudringen.

Robert war versucht, sich Ariane wieder ganz hinzugeben. Aber sein gesunder Menschenverstand warnte ihn, und er zügelte seine Libido. Er war fest entschlossen, Ariane mit den Händen zu befriedigen und gleich anschließend zu gehen.

»Jetzt!« sagte er. »Jetzt, Ariane, komm für mich.!«

»*Chéri, chéri!*« keuchte sie, hochrot im Gesicht.

Sie hatte den Kopf in den Nacken gelegt und starrte aus weit aufgerissenen Augen ins Leere. Allein mit Willenskraft und massierenden Fingern versuchte er, ihren Orgasmus zu erzwingen. Ihr anhaltender Lustschrei war so gellend, daß er überzeugt war, daß man ihm im ganzen Hotel hören konnte.

Er streichelte sie weiter. Erst als sie sich einigermaßen beruhigt hatte, küßte er sie flüchtig auf die Wange und schob sich von der Wand und ihrem Körper fort. Er tastete nach der Türklinke und hielt den Blick dabei beschwichtigend auf ihre Augen gerichtet, um ihr Verlangen ja nicht von neuem zu entfachen.

»Au revoir, Ariane«, sagte er hastig und schlüpfte hinaus.

Er floh den Hotelflur entlang und brachte im Laufen seine Kleider in Ordnung. Er rechnete fest damit, daß sie ihn zurückrief. Der Zwischenfall hatte ihn erschüttert, er war aufgewühlt und durcheinander. Er brauchte dringend einen Cognac, um sich zu fassen. Die Hotelbar war sehr angesehen und beliebt, aber eine absurde Furcht nagte an ihm – was, wenn Ariane ihn bis dorthin verfolgte?

Fluchtartig verließ er das Hotel und hastete die geschäftige Avenue George Cinq hinauf zum Hotel Prince de Galles, wo er sicher sein würde. Nach einigen Gläsern exzellenten Cognacs verfiel er wieder in die düstere Stimmung des Vormittags, als Odette ihre Sachen gepackt hatte und ausgezogen war. Er sagte sich, daß er vom Pech verfolgt war, seit er und Suzette sich getrennt hatten.

Er faßte den festen Entschluß, diesen traurigen Zustand zu beenden. Er fuhr nach Hause, duschte, parfümierte sich von Kopf bis Fuß mit teurem Eau de Toilette und zog ein sauberes Hemd und frische Unterwäsche an. Auf dem Weg zur Gare St. Lazare machte er halt, um ein Käsesandwich zu essen und ein Glas Rotwein zu trinken. Es war fast drei, als er bei Suzette eintraf. Er war gekommen, um sich mit ihr zu versöhnen, und er wollte nicht gehen, bevor er sein Ziel erreicht hatte.

Hätte er sich je die Mühe gemacht zu lesen, was Jean-Paul Sartre geschrieben hatte, hätte er vielleicht gezögert. Der Apostel des Nihilismus war auch zu einer durchaus nützlichen Erkenntnis gelangt. *Drei Uhr ist für alles, was man vorhat, entweder zu früh oder zu spät.*

Gaby öffnete ihm. Sie teilte ihm mit, daß Suzette nicht zu Hause sei, überrascht, daß er erwartet hatte, sie anzutreffen. Robert fragte nach ihrem Verbleib. Wo? Nun bei den Proben natürlich, heute war doch ihre große Nacht.

Enttäuscht ließ Robert sich auf das Sofa sinken und blickte mit traurigen und glänzenden braunen Augen zu Gaby auf. Sein Dackelblick war so rührend, daß sie beinahe laut auflachte. Aber sie mochte Robert und schaffte es irgendwie, ernst zu bleiben.

Haßt Suzette mich? Ich bete sie immer noch an. Was meinst du, habe ich noch eine Chance? Was soll ich tun, um sie zurückzugewinnen? Er stellte diese und ähnliche Fragen und klang dabei unglücklicher, als irgendein Mensch sein sollte. So wie sie Suzette kannte, rechnete Gaby Robert keine Chancen bei ihr aus. Aber sie wollte ihn nicht noch mehr deprimieren und meinte, daß Suzette zur Zeit so sehr mit ihrer Singerei beschäftigt sei, daß sie gar keine Zeit für einen Freund hätte.

Das war streng genommen keine Lüge – sie schönte die Wirklichkeit nur ein wenig, um Robert von der bitteren Wahrheit abzulenken.

Gaby war nicht auf Besuch eingestellt gewesen. Sie hatte den Nachmittag daheim verbringen wollen und trug nur ein blaues Hemd, weiße Hosen und goldene Sandalen, das lange blonde Haar mit einer Schleife zusammengebunden. Das Hemd war aus Seide und gehörte Lucien – eins von vielen, die er bei seiner Flucht vor der Polizei zurückgelassen hatte.

Gaby hatte es sich zusammen mit zwei weiteren genommen, wohl wissend, daß Lucien nichts dagegen haben würde, wenn er davon erfuhr. Das Hemd, das sie gerade trug, mochte sie besonders, weil die Farbe wunderbar zu ihren blaßblauen Augen paßte.

»Mein armer Robert«, sagte sie und rückte auf dem Sofa ein wenig dichter an ihn heran. »Hör auf, dich so zu quälen. Wenn Suzette dich wiedersehen will, wenn sie soweit ist und wieder ein wenig Zeit hat, meldet sie sich bei dir. Bis dahin mußt du dich gedulden und das Leben ein wenig genießen.«

Um ihm ihre Bereitwilligkeit zu demonstrieren, ihm dabei zu helfen, nahm sie seine Hand und legte sie auf ihre rechte Brust. Robert reagierte nicht. Daraufhin knöpfte sie das Seidenhemd auf, damit er die Hand unter den Stoff schieben und ihre Brust berühren konnte. Sie trug keinen BH.

»Aber das ist Betrug«, sagte Robert niedergeschlagen. »Ich weiß, daß wir das bereuen werden, alle beide, weil wir Suzette so nahe stehen.«

»Vielleicht machte es uns aber auch Spaß«, entgegnete Gaby mit einem Achselzucken, bei dem ihre warme Brust sich leicht in seiner Hand bewegte.

Männer machen sich die sonderbarsten Gedanken, dachte sie. Robert schien tatsächlich zu glauben, daß es mit Suzette noch etwas würde. Vielleicht stimmte das auch – von seiner Seite aus. Offenbar kam ihm gar nicht der Gedanke, daß sie seit der Trennung von ihm andere Männer gehabt haben könnte.

Und was sie selbst betraf, hatten sie und Suzette in der Vergangenheit mehr als einen Liebhaber miteinander geteilt. Teil ihrer Freundschaft war, daß sie dies tun konnten, ohne es einander übelzunehmen.

Robert streichelte ihre Brust nachdenklich, aber der Ausdruck auf seinem Gesicht war nicht interessiert, sondern traurig. Das belustigte Gaby. Sie lächelte, was er prompt mißverstand.

»Aber wenn es Spaß macht, ist es um so schlimmer«, sagte er.

»Glaubst du, Robert, *chéri?*« sagte sie und trieb die Dinge voran, indem sie die Lippen in einem zärtlichen Kuß auf die seinen legte.

Trotz seiner Bedenken begann Roberts Interesse zu erwachen, und seine Fingerspitzen glitten sacht über Ihre Brustwarzen, bis sie sich aufrichteten und verhärteten. Ohne den Kuß zu unterbrechen, öffnete Gaby seine Hose und schob eine Hand hinein. Der Duft seines Eau de Toilette stieg ihr in die Nase, als sie ihn sanft streichelte.

Sie fühlte Roberts Hand flach auf ihrem Bauch und spürte die Hitze seiner Handfläche durch die Seide hindurch. Sie führte seine Hand zwischen Hosenbund und Hemd. Ihre Hose war eng geschnitten, und sie öffnete rasch den seitlichen Reißverschluß. »Robert«, seufzte sie, als seine Hand in ihren knappen Slip glitt und seine Finger über ihren seidigen Flaum und die weichen Lippen darunter strichen.

Worte waren überflüssig, sie standen auf und gingen ins Schlafzimmer Das war das erste Mal, daß er es richtig sah – bis dahin hatte er immer nur durch eine halb geschlossene Tür einen flüchtigen Blick auf ihr Reich erhascht. Ihr Zimmer war völlig anders als Suzettes. Zum einen war es ordentlicher, und es lagen keine Strümpfe über Stühle und Frisierkommode verstreut. Die Farben waren ebenfalls heller gehalten, die Wände in einem Pfirsichton, die Möbel aus hellem Holz.

Aber das alles war nicht weiter wichtig, als Robert Gaby entkleidete. Hemd, Hose und Seidenslip lagen schon bald auf dem Teppich, und sie stand neben dem Bett, um sich von ihm bewundern zu lassen. Sie war sichtlich entzückt, ihn in ihrem Zimmer zu haben; ihre blauen Augen strahlten, und ihre glatte Haut schien das Nachmittagslicht zu reflektieren.

Er hatte sie im Cabaret Mouchard tanzen sehen und wußte, wie anmutig sie war. Aber erst jetzt, wo er sie zum erstenmal nackt sah, erkannte er, wie perfekt proportioniert ihr Körper war. Die schmale Taille verlieh ihren runden Brüsten mehr Fülle und ließ den Schwung ihrer Hüften verführerischer erscheinen.

Ihr Rücken war lang, wie es bei einer Tänzerin sein sollte, ihr Po klein und prall, ihre Schenkel lang und fest. Der Anblick ihres silbrigblonden Flaumes veranlaßte Robert zu anerkennendem Gemurmel. Die innere Kälte, die er eben noch gespürt hatte, war verflogen; sein Blut kochte, er drückte sie fest an sich und streichelte ihren Rücken, die samtige Glätte ihrer Haut genießend.

Sie lächelte ihn an, ihre geschminkten Lippen weich und voll, und wartete, daß er sie küßte. Robert folgte der stummen Aufforderung, und seine Hände gruben sich in ihre Pobacken. Die Versuchung, sie auf das Bett zu schleudern und rücksichtslos über sie herzufallen, war beinahe übermächtig. Ein letzter Rest von Selbstbeherrschung hielt ihn davon ab. Gaby war zu schön, um so respektlos behandelt zu werden.

Nein, er wollte sie zärtlich und doch leidenschaftlich lieben. Er würde sie streicheln und jeden entzückenden Quadratzentimeter von ihr hundertmal küssen. Er würde sie vor Lust schluchzen hören, bevor er sich auf sie legte und sie zum Orgasmus brachte!

Natürlich wirbelte der gute Robert wieder einiges durcheinander. Er war nicht verliebt in Gaby und sie nicht in ihn. Sie hatte ihn aus einem viel banaleren Grund in ihr Schlafzimmer geholt. Sie mochte ihn und wollte sehen, wie er es angestellt hatte, Suzette die Lustschreie zu entlocken, die sie seinerzeit deutlich durch die Wand zwischen den beiden Zimmern gehört hatte.

Als er sich auszog, war sie positiv beeindruckt. Er war gut gebaut und muskulös, mit breiten Schultern und schmalen Hüften. Er hatte den ganzen Sommer, während Odette bei ihm gewohnt hatte, sein tägliches Training beibehalten – auch wenn sie anfangs gelacht hatte, wenn er am Expander schwitzte oder seine Kniebeugen machte.

Er legte sich neben sie, küßte und streichelte sie, die Zunge auf ihren Lippen, ihren Brüsten und dann abwärts. Wieder einmal segnete Gaby den Tag, an dem sie das erstemal ihr Schamhaar epiliert und passend zu ihrem Kopfhaar silbrigblond gebleicht hatte.

Die Männer macht es ganz verrückt, dachte sie befriedigt, sie alle wollen meinen Flaum anfassen und küssen. Und Robert war keine Ausnahme – auch er konnte sich der Faszination nicht entziehen. Er streichelte ihr goldenes Dreieck und liebkoste es mit den Lippen. Zweimal hintereinander brachte er sie zum Höhepunkt, ohne ihr Gelegenheit zu geben, zwischendurch wieder zu Atem zu kommen.

Als er dazu ansetzte, sie ein drittes Mal zu befriedigen, krallte sie die Finger in sein Haar und zog seinen Kopf hoch. Sie blickte an ihrem makellosen Körper hinab und dann in sein glühendes Gesicht.

»Mach es mir richtig«, keuchte sie. »Ich kann nicht länger warten, besorg es mir, Robert!«

Er lächelte und gehorchte prompt. Sie war erstaunt von der Kraft, mit der er sie nahm, und die tiefreichende Wollust seiner Liebkosung verwandelte sich in rasendes Verlangen. Sein Knie zwang ihre Schenkel weit auseinander, und sie stöhnte vor Wonne.

Als wiege sie nichts, hob er ihre Hüften an.

Er war in ihr! Sie schnappte nach Luft, als sie fühlte, wie er sich in ihren Unterleib schob. Robert lag auf ihr und liebte sie in einem wilden, heftigen Rhythmus, der sie innerhalb von Sekunden zum dritten Höhepunkt brachte. Seine Lust war derart übermächtig, daß er völlig vergessen hatte, wen er da liebte.

Die Beine, die sich für ihn öffneten, waren Gabys und nicht Suzettes, der Kopf, der sich auf dem Kissen von einer Seite auf die andere warf, war silbrigblond und nicht rabenschwarz. Aber die Brisanz der Situation entging Robert.

»*Formidable!*« urteilte Gaby, als sie ihre Sinne wieder beieinander hatte und wieder in der Lage war zu sprechen. »Bist du im Bett immer so stürmisch, Robert?«

»Du inspirierst mich eben«, entgegnete er. Und in diesem Augenblick meinte er sogar, was er sagte.

Später am Nachmittag, nachdem sie erneut miteinander geschlafen hatten, lud er Gaby zum Abendessen ein, mit dem Hintergedanken, sie anschließend mit zu sich nach Hause zu nehmen. Sie küßte ihn auf die Wange und schlüpfte aus dem Bett. Sie sagte, daß sie bedaure, aber bereits Pläne für den Abend habe, die sie unmöglich umwerfen könne und so weiter.

Erst da fiel ihm ein, daß dies Suzettes großer Abend sein

sollte. Er überlegte, ob er Gaby anbieten sollte, sie zu begleiten.

Schließlich sagte er sich jedoch, daß es geschmacklos sei, mit Gaby dort aufzukreuzen, nachdem sie den Nachmittag miteinander im Bett verbracht hatten.

Es war gut, daß Robert zu diesem Schluß kam und gar nicht erst fragte, ob er Gaby begleiten solle. Sein Selbstwertgefühl hätte doch sehr darunter gelitten, wenn er erfahren hätte, daß es bereits einen anderen Begleiter gab.

Ein zärtliches *au revoir*, eine Verabredung für den kommenden Tag, und sie komplimentierte Robert geschickt hinaus.

Von Bobos schäbiger Kellerspelunke in Montmartre zu einem schicken Privatklub in der noblen Avenue Montaigne – was für ein Schritt für eine Sängerin! Und an diesem Abend sollte Suzette ihr eigentliches Debüt geben. Ihre bisherigen Auftritte betrachtete sie nur als Probeläufe für diesen Abend.

Zu diesem Klub hatte kein Pöbel Zutritt – er war Mitgliedern vorbehalten. Und die Mitglieder waren Berühmtheiten, das verstand sich von selbst. Im Publikum saßen internationale Playboys mit unglaublichem Charme, aber wenig Tiefe, sehr männliche Filmstars, halbnackte Starlets frisch aus Cannes und bedeutende Politiker der Rechten und Linken, die sich eine kurzen Pause von den anstrengenden Regierungsgeschäften gönnten.

Dazu überaus einflußreiche, homosexuelle Couturiers, afrikanische Potentaten, die nach Paris gereist waren, um Minister zu schmieren, Aristokraten aus unbekannten fernen Ländern und französische Manager von zweifelhafter Reputation.

Sie waren prominent, diese Klubmitglieder. Oder wenn nicht eben prominent, zumindest immens reich. Zumindest die Männer.

Was ihre Begleiterinnen betraf, waren sie allesamt

umwerfend schön, perfekt gestylt, teuer gekleidet und über die Maßen begehrenswert.

Die meisten dieser Begleiterinnen sahen aus, als wären sie höchstens neunzehn, während die Männer über Vierzig waren – mindestens.

Suzette stand unter einem gedämpften Spot und lehnte lässig an einem weißen Konzertflügel. Ihr rabenschwarzes Haar glänzte wie Seide, und der Pony fiel ihr frech in die Stirn. Das enganliegende, schulterfreie Samtkleid hüllte ihren makellosen Körper ein wie eine zweite Haut.

Sie sang ihr Lied *Place Vendôme,* Text von Michel Raduguet, jenem verliebten jungen Studenten, Musik von Jacques-Charles Delise, dem ebenso verliebten Barpianisten.

Aber an diesem Abend war keiner von beiden zugegen, da Nobodys zu diesem Klub keinen Zutritt hatten. Suzette hatte ihre Lieder am Nachmittag mit der dreiköpfigen Band geprobt und von Jacques-Charles handgeschriebene Notenblätter an sie verteilt.

Bei den Proben waren die Musiker in Hemdsärmeln gewesen, aber jetzt trugen sie Dinnerjackets, und ihr Haar war mit Brillantine zurückgekämmt. Die Musik war leicht zu spielen und gefällig. Vielleicht stammte sie ganz allein aus Jacques-Charles' Feder, vielleicht war sie auch von Stücken älterer und bekannterer Komponisten kopiert – wer wußte schon, was in einem Pernod-umnebelten Hirn vorging?

Alle drei Bandmitglieder waren auf den ersten Blick von Suzette angetan, und so legten sie sich ins Zeug, um dafür zu sorgen, daß ihr erster Auftritt im Klub ein voller Erfolg wurde.

In dieser luxuriösen Atmosphäre blühte Suzette auf wie eine exotische Blume in der Sommersonne. Sie sang, wie Jacques-Charles es sie gelehrt hatte, ihr Gesang immer an eine Person gerichtet, wobei sie ihre Wahl nicht ganz zufällig traf. Sie sang für die wichtigsten Persönlichkeiten im Publikum und für jene, die am ehesten danach aussahen; die älteren mit den jüngsten Freundinnen, für den, von dem jeder behauptete, er würde Minister werden, wenn der Regierungschef seine Regierung umbildete, und den Filmstar mit dem kantigen Kinn, der sich gerade von seiner dritten Frau scheiden ließ.

Sie alle reagierten sehr angetan. Suzette gefiel ihnen, und sie mochten ihre Lieder. Jeder von ihnen stellte sich vor, er wäre der großgewachsene Mann aus Michels Gedicht, der ihr das Diamanten- und Rubinarmband um das Handgelenk legte. – Um anschließend im Bett dafür belohnt zu werden, jeder nach seinen eigenen Phantasien.

Gaby war dort, um Suzette singen zu hören, da ihr Börsenmaklerfreund Monsieur Delacroix in jedem Klub seiner Wahl Mitglied war. Ihr Tisch stand dicht bei der winzigen Tanzfläche, und sie hatten Champagner vor sich. Gaby sah nicht minder verführerisch aus als die verwöhnten Damen der Gesellschaft. Ihr blondes Haar fiel ihr in weichen Wellen über die nackten Schultern, ihr anmutiger Körper von dem weißen Satinkleid, das der Börsianer ihr geschenkt hatte, nur spärlich verhüllt.

Er, Jean-François Delacroix, lauschte Suzettes Gesang mit einem wohlwollenden Lächeln auf dem distinguierten Gesicht, eine Hand unter dem Tisch auf Gabys Schenkel. Natürlich konnte er nicht wissen, daß sie ihm gegenüber gemischte Gefühle hegte und sie ihn keineswegs so sehr anhimmelte, wie er glaubte. Sie liebte die teuren Geschenke, die er ihr machte, liebte es, in Restaurants ausgeführt zu werden, wo köstliche Speisen und erlesene Weine serviert wurden, und in Klubs, in denen Berühmtheiten die Nächte durchtanzten.

Aber es wäre zwecklos gewesen, es leugnen zu wollen: Jean-François war nicht Lucien. Der kleine, kriminelle Fetischist und seine Spielchen, so abartig sie auch waren, hatten Gaby amüsiert. Sie vermißte sie. Nichts von dem, was Jean-François sich im Bett einfallen ließ, bereitete ihr solches Vergnügen.

Und Robert? Der Nachmittag war phantastisch gewesen, aber auch er hatte Lucien nicht ersetzen können. Es war aufregend gewesen, so ungestüm geliebt zu werden. Aber wenn Robert so weitermachte, würde es bald langweilig werden.

Vielleicht konnte sie ihm einige von Luciens Spielen beibringen? Es schien einen Versuch wert zu sein, obgleich sie nicht recht an einen Erfolg glaubte. Robert war fast dreißig – jede Neigung, die er haben mochte, würde sich inzwischen herauskristallisiert haben. Und wenn er kein Talent für solche Spielchen hatte, würde es heißen ›bye bye, Robert‹.

Als der Applaus für *Place Vendôme* schließlich verebbte, trug Suzette ein weiteres ihrer Lieder vor. Dieses hieß *Palais Garnier* und handelte davon, wie sie vor der Oper aus einer glänzenden schwarzen Limousine stieg, in einem Ballkleid von Dior und einem Kilo funkelnder Diamanten.

Ihre Lieder beschworen Bilder herauf, die dem Publikum vertraut waren, und es gefiel ihnen, daß sie ihnen den Respekt und die Anerkennung zollte, die ihnen in ihrer Arroganz zuzustehen schienen.

Ihre natürliche Umgebung war das 16. Arrondissement, sie lebten in der Avenue Foch und am Boulevard Lannes, in eleganten und luxuriösen Wohnungen, die unvorstellbare Summen kosteten, mit Fußboden aus italienischem Marmor, Wänden, die mit Seide bespannt waren, und goldenen Wasserhähnen im Bad. Und jene, die nicht in solchem Überfluß lebten, hofften, daß es eines Tages soweit sein würde. Und so identifizierten sie sich mit dem, wovon Suzette sang.

Die Männer applaudierten, weil sie schön war und sie sie begehrten. Die Frauen spendeten Beifall, weil sie glaubten, ihre Lieder handelten von ihnen und ihrem Leben. Sie fühlten sich geschmeichelt, und jede sagte sich: *Ja, das bin ich in der Limousine, in dem Dior-Kleid und mit dem Diamantenkollier. Ich sehe so sexy aus, daß die Männer förmlich sabbern, wenn sie mir die Hand küssen.*

Und als Suzette ein weiteres Lied sang, stellten sie sich

vor, wie sie einen kleinen, weißen Hund auf dem Gehsteig der Avenue Foch ausführten und einen Augenblick auf dem Gras unter einem Baum halt machten. Und daheim in ihrer Luxuswohnung wartete ein junger Liebhaber auf sie, reich, elegant, sein Körper sonnengebräunt und bereit, sie in unbeschreibliche Ekstase zu versetzen.

Suzette wußte, daß der Abend ein Erfolg war, daß das Publikum ihr aus der Hand fraß. Der Klub würde sie bitten, regelmäßig dort zu singen, da war sie ganz sicher. Und das war nur der Anfang. Bald würde ganz Paris von ihr hören.

Sie würde schon bald ein großer Star im Lido sein, oder im Casino de Paris. Und in den Folies-Bergères, dachte sie und lächelte in sich hinein.

Sie würde auf der Bühne ein Ballkleid tragen und nicht fünf Kilo Straußenfedern auf dem Kopf, und sie würde nicht länger eine fünf Meter lange Schleppe hinter ihrem nackten Po herziehen! Und um ihren Standpunkt klar zu machen, würde sie darauf bestehen, daß eine Reihe Showgirls hinter ihr posierten, während sie sang, mit nackten *nichons,* die die Männer mit lüsternen Blicken anstierten. Sie hingegen würde bedeckt sein – sie war ja der Star!

In der winzigen Garderobe hatte sie im letzten Moment vor ihrem Auftritt das schwarze Samtkleid hochgehoben und ihren Slip ausgezogen. Über den Seidenstrümpfen war sie völlig nackt.

Das hatte ihr Glück bringen sollen. Sie glaubte, daß ihr Leben an jenem Abend eine Wende erfahren hatte, als ein unbekannter junger Mann im Rollkragenpullover ihr in einem Hauseingang in Montmartre das Höschen ausgezogen hatte. Hiernach war sie mit neuem Mut in Bobos schäbige Spelunke zurückgekehrt.

Keinen Slip zu tragen brachte ihr Glück, dessen war sie sich ganz sicher. Und – was jene, die sich in der Avenue Montaigne ihre Lieder anhörten, nicht ahnten – sie war sogar noch nackter als andere Frauen ohne Unterwäsche –

beispielsweise die blutjungen Begleiterinnen der reichen Männer dort im Parkett.

Suzettes natürlicher schwarzer Pelz war wie immer sorgfältig abrasiert, die seidige Haut zwischen ihren Schenkeln glatt und bloß und wahnsinnig sexy. Nur schade, daß die Besucher, deren Applaus ihr entgegenbrandete, davon nichts wußten.

ENDE

Band 13 712

Roberta Latow

Galerie der Liebe

Deutsche Erstveröffentlichung

Cheyney Fox, eine kunstbegeisterte, äußerst attraktive junge Frau, eröffnet in New York eine Galerie. Ihr ganzes Hab und Gut hat sie in den Kunsthandel gesteckt. Aber bald muß sie Konkurs anmelden – ein Buchhalter hat sie getäuscht. Am Boden zerstört, beschließt sie in Griechenland einen Neuanfang zu versuchen. Und stürzt Hals über Kopf in eine Affäre mit einem österreichischen Magnaten, der ungeahnte Leidenschaft in ihr weckt ... Aber leichter wird Cheyneys Leben dadurch nicht – zumal es da noch einen anderen Mann in ihren Leben gibt, einen Globetrotter und Reporter, der Frauen eigentlich nur als hübsche Staffage betrachtet ... bis er Cheyney kennenlernte, eine Frau voller Erotik, Macht und gutgehüteter Geheimnisse ...

ROBERTA LATOW ist in England seit langem die führende und beliebteste Autorin für erotische Literatur – ›sie hat in diesem Genre neue Maßstäbe gesetzt.‹ (Sunday Times)

BASTEI LÜBBE

Sie erhalten diesen Band im Buchhandel, bei Ihrem Zeitschriftenhändler sowie im Bahnhofsbuchhandel.